复旦大学中文系高山流水文丛

顾问：陈思和　骆玉明　主编：陈引驰　梁永安

走进古堡

箫声曼／著

復旦大學 出版社

复旦大学中文系作家班

创办 30 周年(1989—2019)纪念

总序

"五四"新文学运动一百年来的历史证明:新文学之所以能够朝气蓬勃、所向披靡,为中国社会的进步和发展作出了那么大的贡献,一个很重要的原因,就是它始终与青年的热烈情怀紧密连在一起,青年人的热情、纯洁、勇敢、爱憎分明以及想象力,都为文学创作提供了丰厚的资源——我说的文学创作资源,并非是指创作的材料或者生活经验,而是指一种主体性因素,诸如创作热情、主观意志、爱憎态度以及对人生不那么世故的认知方法。心灵不单纯的人很难创造出真正感动人的艺术作品。青年学生在清洁的校园里获得了人生的理想和勇往直前的战斗热情,才能在走出校园以后,置身于举世滔滔的浑浊社会仍然保持一个战士的敏感心态,敢于对污秽的生存环境进行不妥协的批判和抗争。文学说到底是人类精神纯洁性的象征,文学的理想是人类追求进步、战胜黑暗的无数人生理想中最明亮的一部分。校园、青春、诗歌、梦以及笑与泪……都是新文学史构成的基石。

我这么说,并非认为文学可能在校园里呈现出最美好的样态,如果从文学发生学的角度来看,校园可能是为文学创作主体性的成长提供了最好的精神准备。在复旦大学百余年的历史中,有两个时期对文学史的贡献是不可忽略的:一个是在抗战时期的重庆北碚,大批青年诗人在胡风主编的《七月》上发表个性鲜明的诗歌,绿原、曾卓、邹荻帆、冀汸……形成了后来被称作"七月诗派"的核心力量；这个学校给予青年诗人们精神人格力量的凝聚与另外一个学校即西南联大对学生形成的现代诗歌风格的凝聚，构成了战时诗坛一对闪闪发光的双子星座。还有一个时期就是上世纪70年代后期，复旦大学中文系设立了文学创作与文学评论两个专业，直到1977年恢复高考的时候，依然是以这两个专业方向来进行招生，吸引了一大批怀着文学梦想的青年才俊进入复旦。当时校园里不仅产生了对文学史留下深刻印痕的"伤痕文学"，而且在复旦诗社、校园话剧以及学生文学社团的活动中培养了一批文学积极分子，他们离开校园后，都走上了极不平凡的人生道路，无论是人海浮沉，还是漂泊他乡异国，他们对文学理想的追求与实践，始终发挥着持久的正能量。74级的校友梁晓声，77级的校友卢新华、张锐、张胜友（已故）、王兆军、胡平、李辉等等，都是一时之选，直到新世纪还在孜孜履行文学的责任。他们严肃的人生道路与文学道路，与他们的前辈"七月诗派"的受难精神，正好构成不同历史背景的文学呼应。

接下来就可以说到复旦作家班的创办和建设了。上世纪八九十年代之交，复旦大学受教育部的委托，连续办了三届作家班。最初是从北京中国作协鲁迅文学院接手了第一届作家班的学员，正如《复旦大学中文系"高山流水"文丛》策划书所说的，当时学员们见证了历史的伤痛，感受了时代的沧桑，是在痛苦和反思的主体精神驱使下，步入体制化的文学教育殿堂，传承"五四"文学的薪火。当时骆玉明、梁永安和我都是青年教师，永安是作家班的具体创办者，我和玉明只担任了若干课程，还有杨竟人等很多老师都为作家班上过课。其实我觉得上什么课不太重要，我已经完全忘记了当初的讲课情况，学员们可能也忘了课堂所学的内容，但是师生之间某种若隐若现的精神联系始终存在着。永安、玉明他们与作家班学员的联系，可能比我要多一些；我在其间，只是为他们个别学员的创作写过一些推介文字。而学员们在以后的发展道路上,也多次回报母校,给中文系学科建设以帮助。

三十年过去了。今年是第一届作家班入校三十周年(1989—2019)。为了纪念,作家班学员与中文系一起策划了这套《文丛》,向母校展示他们毕业以后的创作实绩。虽然有煌煌十六册大书,仍然只是他们全部创作的一小部分。因为时间关系,我来不及细读这些出版在即的精美作品,但望着堆在书桌上一叠叠厚厚的清样,心中的感动还是油然而生。三十年对一个人的生命历程而言,不是一个短距离,他们用文字认真记录了自己的生命痕迹,脚印里渗透了浓浓的复旦精神。我想就此谈两点感动。

其一,三十年过去了,作家们几乎都踏踏实实地站在生活的前沿,在商品经济大潮的呼啸中,浮沉自有不同,但是他们都没有离开实在的中国社会生活,很多作家坚持在遥远的边远地区,有的在黑龙江、内蒙古和大西北写出了丰富的作品,有的活跃在广西、湖南等南方地区,他们的写作对当下文坛产生了强大的冲击力;即使出国在外的作家们,也没有为了生活而沉沦,不忘文学与梦想,是他们的基本生活态度。他们有些已经成为当代世界华文文学领域的优秀代表。老杜有诗:"同学少年多不贱,五陵衣马自轻肥。"这句话本来是指人生事业的亨达,而我想改其意而用之:我们所面对的复旦作家班高山流水般的文学成就,足以证明作家们的精神世界是何等的"轻裘肥马",独特而饱满。

其二,三十年过去了,当代文学的生态也发生了沧桑之变。上世纪90年代以来,文学已经从80年代的神坛上被请了下来,迅速走向边缘;紧接着新世纪的中国很快进入网络时代,各种新媒体文学应运而生,形式上更加靠拢通俗市场上的流行读物。这种文学的大趋势对"五四"新文学传统不能不构成严重挑战,对于文学如何保持足够的精神力量,也是一个重大考验。然而这套《文丛》的创作,无论是诗歌、散文还是小说,依然坚持了严肃的生活态度和文学道路。我读了其中的几部作品,知音之感久久缠盘在心间。我想引用已故的作家班学员东荡子（吴波）的一段遗言，祭作我们共同的文学理想：

> 人类的文明保护着人类，使人类少受各种压迫和折磨，人类就要不断创造文明，维护并完整文明，健康人类精神，不断消除人类的黑暗，寻求达到自身的完整性。它要抵抗或要消除的是人类生存环境中可能有的各种不利因素——它包括自然的、人为的身体和精神中纠缠的各种痛苦和灾难，他们都是人类的黑暗，人类必须与黑暗作斗争，这是人类文明的要求，也是人类精神的愿望。

我曾把这位天才诗人的文章念给一个朋友听，朋友听了以后发表感想，说这文章的意思有点重复，讲人类要消除黑暗，讲一遍就可以了，用不着反复来讲。我不同意他的观点，我说，讲一遍怎么够？人类面对那么多的黑暗现象，老的黑暗还没有消除，新的黑暗又接踵而来，人类只有不停地提醒自己，反复地记住要消除黑暗，与黑暗力量做斗争，至少也不要与黑暗同流合污，尤其是来自人类自身的黑暗，稍不小心，人类就会迷失理性，陷入自身的黑暗与愚昧之中。东荡子因为看到黑暗现象太多了，他才要反反复复地强调；只有心底如此透明的诗人，才会不甘同流合污，早早地离开了这个世界。

我之所以要引用并且推荐东荡子的话，是因为我在这段话里嗅出了我们的前辈校友"七月派"诗人中高贵的精神脉搏，也感受到梁晓声等校友们始终坚持的文学创作态度，由此我似乎看到了高山流水的精神渊源，希望这种源流能够在曲折和反复中倔强、坚定地奔腾下去，作为复旦校园对当今文坛的一种特殊的贡献。

复旦大学作家班的精神还在校园里蔓延。从2009年起，复旦大学中文系建立了全国第一个MFA的专业硕士学位点。到今年也已经有整整十届了,培养了一大批年轻的优秀写作人才。听说今年下半年,这个硕士点也要举办一系列的纪念活动。我想说的是,作家们的年龄可以越来越轻,我们所置身的时代生活也可以越来越新,但是作为新文学的理想及其精神源流,作为弥漫在复旦校园中的文学精神,则是不会改变也不应该改变,它将一如既往地发出战士的呐喊,为消除人类的黑暗作出自己的贡献。

写到这里,我的这篇序文似乎也可以结束了。但是我的情绪还远远没有平息下来,我想再抄录一段东荡子的诗,作为我与亲爱的作家班学员的共勉:

> 如果人类,人类真的能够学习野地里的植物
> 守住贞操、道德和为人的品格,即便是守住
> 一生的孤独,犹如植物
> 在寂寞地生长、开花、舞蹈于风雨中
> 当它死去,也不离开它的根本
> 它的果实却被酿成美酒,得到很好的储存
> 它的芳香飘到了千里之外,永不散去
> 停留在一切美的中心
> ——《停留在一切美的中心》

陈思和

2019年7月12日写于海上鱼焦了斋

目录

序　箫声如咽——箫声曼小说集《走进古堡》读后 /陈思和 / 001

中篇小说 / 001
　　水乡旧事 / 002
　　神狐 / 053
　　世家 / 084
　　灵约 / 119
　　紫太阳 / 141
　　半杯冷饮 / 183

短篇小说 / 203
　　走进古堡 / 204
　　庙会 / 212
　　风瘫 / 226
　　名弹 / 231
　　童男童女 / 234
　　虚事二题 / 240
　　进香 / 248

追忆似水年华（代后记）/ 251

序　箫声如咽
——箫声曼小说集《走进古堡》读后

陈思和

声曼自北方来,先入鲁迅文学院,1989年后转上海复旦大学作家班。他有没有听过我的课,现已不可考,仿佛记得在课堂上偶尔提起20世纪60年代的一部长篇小说,主人公叫萧长春,就听见下面有窃窃的笑声。这就知道了班里亦有学员名叫萧长春,不久又知道了萧长春就是经常发表小说的箫声曼,不过直到我讲授的那门课结束,有一次在学员宿舍里喝酒的时候,才与声曼有了较长时间的交谈,故而僭妄地说有师生之谊,按一般的说法也算是喝酒的朋友。总之,是有缘了。

最初与我提起箫声曼的,是编《上海文学》的周介人老师。一次他来复旦讲课,路上对我说,复旦作家班有个箫声曼,在我们刊物里发了一个短篇,引起了争议。那时我不识声曼其人,也就漫声应着,回头赶紧找来看,就是那篇《风瘫》。虽然篇幅不长,却力透纸背,掩卷仰视长空,一个裸身躺在青石板上迎风受孕的女人意象,仿佛是云雕于天际,硕大无比,扶摇羊角而上,久久拂之不去。这故事似无年代,但凝重、滞涩的笔调提醒着人们其并非神话,这种因朴而愚、因愚而蛮的民俗民风,令人想起现代文学史上那位曾因写出沉重的呼兰河而闻名的女作家,在同样来自黑龙江的箫声曼的笔底,萧红的遗风犹存。

说《风瘫》短而重、野而僻，似能涵盖作者创作中的一部分精品。《水乡旧事》《双乡》《走进古堡》等作大都是这样。这些作品记叙了北方村里的家乡事，有民间风情，也有历史传闻，时时露出了边风的野趣和奇僻。如《水乡旧事》第一章写伊力巴的良娟，万种风情，质朴可爱，倒似比大城市里的红男绿女更干净些。又写"韩粉房"的董祥，故事背景更现实了一些，写某生产队长终因淫乱而劳改，但在当地民歌里却又恩恩怨怨地唱着"寡妇婆子老徐娘，铺被等董祥"的风流情意。这是现代刑法同纯朴民风的天然冲突。再看"汤池"篇里写赵大姑的悲剧，那才是对人性的野蛮摧残，由娟妓从良到浪子判刑再到赵大姑自杀，孰是质朴，孰是野蛮，岂不令人深思？说其短而重，正是这些作品大都由民俗带出故乡，一地一议，事不在多，却写得沉重有力。说其野而僻，是指作家的家乡虽处北方边塞地，却称水乡，时有妩媚之处，写的虽是村野情趣，却因地僻而愈发显奇了。

作者在北方风情中似不满足于一地一事的叙旧，他力图把握北方的独特性来写当地的剽悍民风，其所叙者，虽属稗官野史、贾雨村言，但因其地僻远，文化上与正统的汉民族关山遥隔，说远的，历史上联系着契丹、女真等古民族，说近的，也有伪满、日据年代的奇传怪说，自有其独立的历史文化传统。如《托力河》中的谢君瑞，《断指》中的赵八爷，甚至连伯大街上卑琐的老傅头，都与通常的近代史写法有异。这些作品在艺术形象的把握上尚有生疏，不及前类浑然天成，但写得也有意思。比较好的是《走进古堡》，这里的历史是虚写的了，却能较好地传达出一种特有的艺术氛围。

在我有限的阅读印象中，声曼擅长于围绕边寨家乡事的短篇创作。在这一类作品里，他找到了独特的表达方式，虽还不够成熟，却有英豪气。自然他并不想自囿于现成之风，转而想突破自己，于是扩大题材，做了各种尝试。这对于一个有潜力的作家来说是必然要做的一步,但既然要尝试,总难免会失去一些现有的成就,尝试总会有成功与不成功的。看声曼的近作,不知是不是他在南方住了几年的缘故,似乎是想改变原来北方的粗豪之气,转向精致与细腻,现在也难说这方面他已经走得很成功,但看得出他是在艰苦地实践着这种尝试。从短小的作品看,如《风瘫》《名弹》《童男童女》等作品,都是朝着细处去努力。如《童男童女》中的几组小对话,憨状可掬的情态与他过去的边地小说判若两人。但话往回说,也正因为有了那边风的吹拂,才使他的细腻处总添几分豪气。最有力的证据是《庙会》,这个故事若将背景虚掉,可视为一个民间故事,但那寺庙是远村僻地的小庙,村女又是亡了夫婿的新寡,其格调总不似南方"僧民会"之类的故事那般脂粉气。这个故事的描写中,声曼处处在用语中使力气,企图营造出一种"美"的氛围,这大致可看作他努力的目标。声曼另一个尝试似在形式上,总想在写实中注入虚幻的成分。这在《走进古堡》中表述得最好,其虚幻其神秘都演化为一种独特的氛围,若隐若现地从字缝间透出,成为一种美学上的感受。反之,《虚事二题》则太直露了,神秘的内容是不能有答案的,有了答案反让人觉得是游戏。《灵约》也是这样,这一篇作品明显是想用幻想的形式让两个不同时空的人发生感情交流,但是除了内容描写上尚须提炼外,在已经有了"四度空间""异次元""时间隧道"等科幻工具的今天,用现在这样的形式来构筑故事,多少显得有些陈旧。

当然,声曼的尝试还不止在这两个方面,他还有些作品我没有读到,所以也难对他的创作做出总体的评价。不过我觉得,就声曼已有的生活底蕴和创作气象,如一味写短小笔记式的北人水地,多少是可惜了,所以总该有所突破,去寻找更恰切地表达自己的语言与形式。记得好多年前,在杭州与某作家聊天,他有一言我至今记忆犹新。他说,按理作家对某一现象的描绘,有无数种可能的方法,他在小说中选择哪一种表现方法是绝对自由的。

但在这无数种可能性中，总是有一种语言一种方式最最贴切作家所要描写的事物，就好像天造地设一样，难的是大多数作家却没有耐心去寻找，或者找到了也不知道。我觉得那位朋友说得有点玄乎，不过也像是这么一回事，就同人世间男女两性的事，虽说人生知己难觅，总该相信在命运深处，自有天造地设的一对存在着，他只适合她，她也只适合他，只不过各在天涯海角，痴痴地盼着和寻着另一方。至于寻得着寻不着，那是另外一回事，命运的事本也只可遇不可求，不过每当现实中诸事不如意，只要相信有这样一种存在，活着才会有滋味。写作的事也唯如此，寻找才会成为一种作家的本能，也成为写作的本来意义。

　　声曼未及而立之年，人生道路尚在铺展，愿他的寻找无论是生活是写作，都能转化为现实的价值，即寻到真正只适合他个人的"那一个"。

1992年7月18日于复旦大学

中篇小说

水乡旧事

在浩瀚的天宇下,在无垠的大地上,一个逝去了的时代正在幽幽地逝去。然而,当我站在广袤的东北松嫩平原上翘首凝望的时候,那种不见古人来者的遥远而亲切的思绪便在潮湿润泽的香甜与苦臭交会的美妙气味中怆然而生。

伊力巴

伊力巴是个百十多户的小屯子。

老话说,到了伊力巴,一辈子不想家。

伊力巴是句蒙古语。什么意思,在我匆忙地写这部小说并且先写到它的时候,我还说不上它的确切含义,只隐约觉着并且仅仅是隐约觉着这是对一方土地的美称。这是几百年前留下的名字。这一带是黑龙江省和吉林省的交界处,是松嫩平原的腹地。四周环水,土黑草肥。这里最早的土著居民是蒙古人和达斡尔人。满族龙兴后,女真人和汉人大批地迁徙而来。后来倒是汉人居多。

伊力巴是三百里水乡的制高点。风水极好,阴阳先生说这一带地面瑞呈龙象,伊力巴占龙首,而龙尾则在卜奎,就是现在的齐齐哈尔。屯里人肉眼凡胎看不出里表,但每每站在高岗上,四下一望,却也是烟雾缭绕,紫气升腾,也就深信不疑了,于是就为生息在这块龙兴宝地而庆幸起来。

所有的人都说这儿的风水好。这是几百年来的定论。

伊力巴的水土极养人。汉子清灵俊秀，女人美貌绝伦。满清朝廷代代从这里选过宫女。

天下三百六十行，哪行旺运干哪行。老辈人多记得这套话：塔子城的酒，依卜汽的烟，伊力巴的姑娘赛天仙。伊力巴美女多，卖大炕的也就多起来。所谓卖大炕，文点说就是暗娼，只是规模小点，一家一户地零星接客。伊力巴差不多一小半的人家做过这种营生，倒没人觉着这是什么丢人的事。早年间闯关东的极多，这儿的土话叫跑腿子的。不少人到了这地方，便折光了本钱，一头扎下来不走了。于是人口便发达起来，就有了那句老话，到了伊力巴，一辈子不想家。

老辈子人说，跑腿子的少有娶上媳妇的。憋了半辈子，流到这地界。野乡僻壤不比城市，窑姐儿或叫婊子或叫卖大炕的不懂要价，给点钱就中，上身容易，上瘾也容易。于是父母兄弟姐妹东西南北上下左右全忘了，不想走了；行李里的一点儿钱落地就光，想走也走不了了。赁点地，干点营生。白天出力干活，晚上腾身睡女人，也就扎下根来。

五叔就是跑腿子来的。

五婶儿就是五叔嫖来的。

五叔来伊力巴的时候二十五岁。黄河岸上的老家闹了洪水，家里死了个精光。活不下去了，跟了乡邻们逃了出来。

跑腿子的也叫盲流，顾名思义就是漫无目标盲目流动——或干脆叫盲目流窜——的意思。

那是一个早上，五婶儿到柴禾垛抱柴禾。一耙子下去，"哎哟"一声扒出个人来。这就是五叔。

五叔饿昏了，冻昏了，钻到柴禾垛里待了一宿。

五婶儿激灵了一下，也就镇静下来，因为那年头常碰到这种事。

"你，你咋钻到柴禾垛里啦？"

"俺是逃荒来的，实在走不动了，快饿死了，求大姐给碗饭吃！"

五婶儿的脸微微一热。大姐？这人真会说话。那年她才十九。

"你起来吧，屋里暖和暖和。"五婶儿说。

五叔爬了起来，饿狗似的跟在五婶儿身后。

五婶儿用葫芦瓢舀了半盆水，又拿了块猪胰子，放到五叔跟前。

"洗把脸吧，看你那埋汰样儿，洗干净了再吃饭！"

"唉唉！"五叔差点儿跪下。洗完脸吃饭！家里也没这样，八成这是做梦。

擦脸的工夫，一股饽饽的香味虫子般地钻到五叔鼻子里。他忍不住地回头看，见炕上已摆上了一个四脚小桌子。一碗酱茄子，一碟咸萝卜条，一小笸箩苞米面大饼子放在上面。

五叔手一抖，毛巾掉在地上。眼睛狼贪地盯在金黄的饽饽上，嘴里一阵发涎，他使劲地咽了一下。"来，吃饭啵，傻瞅啥？"说话的不是五婶儿，是一个五十来岁模样的老太太。这是五婶儿她妈。

五叔狼一样吞起来。五叔还没觉出嘴里是什么滋味，篮子里的大饼子已见了底儿。

五叔饿坏了，他三天没吃饭了。

"行啦，别撑着，过阵儿再吃！娟子，领他到堂屋先歇着。"

五婶儿叫娟子。五婶儿妈这样叫。

五叔站起身。吃饱了肚子身形立时高大起来，还了本色。

五婶儿吃了一惊，五婶儿妈吃了一吓。

刚进屋时活脱像条死狗，怎的这会儿成了金刚？

五婶儿不错眼珠地瞅着五叔。心想，洗了把脸，倒似揭下层皮，这小子咋长得这么俊？

堂屋就是正屋。五婶儿领着五叔进了堂屋，指着一面大炕说："你自个儿歇着，准困坏了。"

五叔已经几天没睡觉了，倒在炕上就睡着了。

锅盖样大的一盘月亮不知不觉地爬上了天。五叔睡了四个时辰。

前面的黄土道呼呼地刮着风沙，道两旁的枯草瑟瑟地响。四个独轮车，两副担子摇摇晃晃地进了一个屯子。他们碰到一个拣粪的老头，问这是什么地方。老头回答说，这儿叫"伊力巴"。哦，这就是伊力巴呀！车和担子惊道。

于是，他们进了他们早就耳闻的伊力巴。

"到了伊力巴，一辈子不想家。"五叔心里默念着这句老话。

前面还是刮着风沙，忽然间什么也看不见了。五叔只觉着自己只身走在一条剑一样锋狭和尖利的泛着白光的灼亮的小道上，周围骇人地黑骇人地静。忽然耳畔传来喳喋私语，怎么清楚，怎么真亮。是谁在说话？有男人也有女人的声音。这种腔调他好像头回听过。这是什么腔调？他要听个究竟，他要看个究竟。他猛地刹住脚步，从那条剑一样锋狭和尖利的泛着白光的灼亮的小道上折回身。

他睁开了眼。

他被眼前的情形惊呆了。

五叔睡的是正屋，南北两铺炕。他睡的是北炕的炕头，炕梢堆了一堆新劈下的苞米。南炕炕沿上边有条抹杆儿（搭毛巾和衣服用的，多用竹竿），挂着面幔帐，白天拉到两边，晚上睡觉再拉上。这儿的习俗。一家睡觉不分男女老幼全挤在一个屋。北炕为大，南炕为小。长辈住北炕，晚辈住南炕。若是南炕挂上幔帐，那幔帐挡着的便一定是新成亲的，那铺炕也就成了洞房。新婚男女在里边云云雨雨是不便被几尺外的家人看见的，于是便设幔帐障眼。于是帐摆流苏被翻红浪谁也看不见。其实那呼呼啦啦吭吭哧哧哼哼唧唧的动静却是怎么也捂不住的。

五叔看到什么了？五叔看到了他从没看到过的事。

那幔帐撤开很大一条缝。两条白色的影子缠在一处。女人水一样的长发顺着炕沿一直垂到了地上。

五叔浑身的血轰地涌了上来，心打铁般地乱敲。

五叔想闭上眼睛，可造孽的眼皮像支上了似的死都闭不上。

五叔听到的花柳事多了，什么样的都有，什么难听的都有，可就是没见过。难道这就是搞破鞋？不，这不一定就是搞破鞋。搞破鞋多半是男女双方都乐意的事，谁敢说那大姐没要这小子的钱。再不就是卖大炕的，那可瞎了这位大姐了，不能。哎，或许是她掌柜的，破茶壶——没嘴（准）儿！

五叔张大眼睛看着、绞着脑瓜仁子胡乱寻思这当儿，那两条白色的影子发出了响动。

"行了，撑饱了就挪窝儿吧！"女人说。

"别忙，再眯一会儿，瘾头没过呢！"男人说。

"滚犊子！哪有空儿老陪着你，没看北炕还挺着一个吗？"女的使劲推开身上的男人……

这是五叔落在世上二十五年头一次看到的男女间的勾当。好稀奇，好眼人。那女人的身子忒白了，像凝了的荤油一样，说话嗲声嗲气的，全看不出白天那位大姐的样子了。

五叔的心毛了。

第二天，五叔自个儿趸摸着找活儿干。屋里屋外妇人家干不动的活儿凡看得到的他全包了。五叔有的是力气，只要有饭吃，就满足了。更何况还有一个虽然只认识了一天但一想起来或看一眼就心剌挠的娟子，就是后来的五婶儿呢！更何况还有那只偷看了一次就让他燎腚般难耐的五婶儿的雪白的赤条条的生动的身子呢！炕上的苞米棒子，别人家早倒腾到房顶晾上了。五婶儿家没人手，就一直在炕上堆着。五叔问明白了，搬个梯子噔噔爬上房。

五婶儿和五婶儿妈用土篮子把苞米从屋里拎出来，递给五叔一根扁担，再把土篮子往扁担钩上一挂。五叔轻轻地一提，就上房了。干得忒轻巧了，娘俩儿惊愣了。小伙子真壮实，五婶儿妈想。

十来石的苞米一个时辰不到就倒腾完了，五叔竟大气没喘。

五叔不敢正眼瞅五婶儿，昨晚的事老在眼前晃。这妇道长得真馋人！五叔想。五叔心里上来一股从来没曾有过的滋味，好舒坦。五叔愿意在五婶儿跟前干活，只要她在眼前，只要她看着就行。不光是吃了人家的大饼子，不光是在人家炕上睡了觉，那为了啥呢，就他自个儿知道，要他说呢，他也说不清楚。

五婶儿愿意看五叔干活，也愿意支使五叔干活。睡了一觉的五叔，吃了几顿饱饭的五叔，跟被她用耙子扒出来那会儿一点儿也不一样了，真是换了一个人。瞧那胳膊上的腱子肉，瞧那脸上泛出的红光，瞧那干活的架式，真是个男人样。可瞧自个儿的眼神儿，柔柔的亮亮的倒像个姑娘家，是个正桩人。哪像来睡她的那些野驴。五婶儿心里也别有一番滋味。什么都愿意做，什么都想做。一天到晚都是乐呵呵的。

五婶儿妈倒是没看出什么。这小伙子真有眼力见儿！她想。要是……她又想。先留下他几天，看看是不是个正道人。跑腿子的，一天半天拿不准。嗐，胡想些啥！不知人家里有没有媳妇哪，也不知人能不能看上咱呢！

这天晚上，五叔睡得太死，白天活儿干多了，没歇过乏儿，睁开眼睛，日头已跳上三竿了。五婶儿隔着门喊他洗脸吃饭。昨晚上五婶儿干没干那事也不知道。五叔挺后悔，没看成那事；五叔又不后悔，他真不希望五婶儿再干那事。

五叔就这样一天天住了下来。像顶门掌柜一样，专拣老爷们儿才拿得起来的活儿干。他自个儿从没露挪窝的口音儿。五婶儿妈和五婶儿也好像家里早就有这么个人儿似的，乐得留他在这儿。

住吧，住吧，就像一家人。五婶儿妈私下里几次跟五婶儿说要招他做养老女婿，五婶儿只是笑；五婶儿妈私下里几次跟邻居讲这个人怎么怎么好，邻居们也都说这小伙子低眉顺眼的是个庄稼人。于是五婶儿妈暗下了决心，再过几天，就跟他挑明喽。

五婶儿跟五叔早熟了，一天天亲热起来。五婶儿整天价给五叔琢磨好吃的，眼见得五叔越发精壮了。瞧着五叔这副好相貌，五婶儿打心眼里乐，笑眉笑眼的；自个儿也气儿吹似的白胖起来。打这以后，来找她的男人一天天少了，最后她干脆关死了门。

那一天晚上，一家人吃了顿好香的饭。五叔下暗钩钓了好些鲇鱼回来，五婶儿拾掇净了炖上。好香啊，满屋子都香喷喷的。这地场虽是水乡，可五婶儿家没个男人，吃顿鱼也挺不容易。鱼里又放了些马莲粉，娘仨儿饱餐了一顿。

饭桌上，五婶儿妈提出了那桩事儿。五婶儿说去盛饭躲到外屋听着。

"……行不？你自个儿拿个主意。晚上睡觉寻思寻思，明儿早上回个话儿。"

"行！大婶，俺在这儿算又脱生个人，大恩大德还报不过来呢，寻思个啥，中！中！"

"这就得了，娟子以后就托付给你了。这丫头是个直性人，没心眼儿。一方水土一方风俗，这地场的乱糟事儿你别挂记，祖宗八代兴的。庄户人，过个安稳日子就行啦。我老骨头一把，能跟着你们几天，明儿个东屋拾掇拾掇，你就搬过来吧。"

这就算定了。

结婚简单。天高皇帝远的，那年头不讲什么手续，也没那么多说道。屋子扫了遍灰，炕扒了换了新坯，四周墙抹了层泥，糊了新窗纸，被褥拆洗了一遍，最后行李搬到一块儿就算成亲了。用不着吹吹打打，小户人家摆不起那阵势。倒是择了个好日子，也是五叔到河里弄了些鱼，再打了点烧酒，请了三五个邻居，呼号吃喝了一顿。到了掌灯时分,就把两口子推进了洞房。

五叔是童男子,五婶儿是过来人。五叔百般地不自在,五婶儿从心里觉着惭愧:自个儿毕竟接受过许多男人了,破身了,不干净了,真对不住五叔。

"鞋脱嘞,睡吧!"五婶儿款款地说。

"嗯!"五叔挤出了一声。脱鞋,侧身上了炕。

五婶儿噗地吹灭了灯。

小风吹得窗棂上的红纸扑啦扑啦响。屯子里静得只有几处狗叫声。西场院书馆里正在说书,大鼓书一阵阵隔着窗户透进屋来。

  大伙儿且听我细细地说
  瞎子李我偏不讲那"十八摸"
  屯里哪家的灯不亮
  准他妈是咃——
  小伙儿钻进了姑娘被窝
  咚噗隆咚咚,咚咚隆咚咚噗隆咚咚咚
  隆咚咚嗒隆咚咚……
  妹妹咃我咋瞅你咋好
  哥哥哟你走到哪儿我都跟着
  燕子垒巢孵出了小燕
  家雀儿叼食儿养着一窝
  ……

五婶儿的身子没骨头似的软。五叔直觉得翻进了五里雾中,早走了魂儿。五婶儿柔柔地领着五叔踏遍她的山山水水。五婶儿立住说,就在这,你进去吧。于是五叔慌慌张张地闯了进去。那是无边的溢着奇香的仙境,两扇石门警惕地把守着妙不可言的洞天。五叔愣头愣脑地撞到石门上,碰了个鼻青脸肿。五叔趑回身说道，俺进不去。五婶儿点着他脑门子说真笨真傻你忙啥哩，还是我领你去吧。五婶儿用好看的手轻轻地分开两扇石门。五叔急不可待地挤了进去……

五婶儿抱紧了五叔满是热汗的身子，柔声道：

"往后咱就好好过日子……"

"能娶上你这么好的媳妇，是俺的福分！往后不管是旱涝丰灾，苦也罢，甜也罢，俺就累折了腰，跑断了腿，也养着你娘俩。"

"有你这句话就行了。咱水乡不比你们关里，好生活，做活路容易，用不着手挠脚刨拼命地扑腾。只要勤谨，就能过上消停日子！"

五叔腾出手抚着五婶儿的奶子，说："往后你给俺生个儿子，就用它喂，准能像俺一样结实，当个铁打似的庄稼汉。等咱们做不动了，也有了养老的。"

五婶儿把头埋在五叔的肩胛里，用舌头痒痒地舔着五叔的脖子，说："你想得好长远，说不准今儿个就给你怀上！"五婶儿说到这害羞地笑了，更死地搂紧了五叔……

五婶儿和五叔就这样和和平平地过起了日子。转年，五婶儿给五叔生了个白胖儿子。保准儿就是那次怀上的！五婶儿想。没准儿真是那次怀上的，五叔想。

这是许久以前的事了，五叔和五婶儿早已过世。年轻人多不记得了，只是老辈人聚到一处，每每感慨地念起那句老话：到了伊力巴，一辈子不想家……

前官地

嫩江的中下游是一带白茫茫、绿油油的水乡。白茫茫的是嫩江主干分出的无数条河汊子，像网一样罩在百里平原上；时至夏秋，一块块的草甸子便绿油油的，别是一番好景致。在吉林、内蒙和黑龙江的交界处,有一块显阔的地面,方圆五十里。居中一个屯子,百十来户,男妇老幼五百人丁。

这屯子地处偏僻,最近的邻屯也有五七十里。离喧闹的市镇就更远了。若遇上个天塌地陷般的急事,即便跑马到离它最近的重镇齐齐哈尔也得半天工夫,往返要整整一天。屯里的人多是满清遗民,数世老户,这一带称之为"此地人",或"站人"或"站棒子"。这里的风俗对土著就这么叫法。全屯只关、傅、计三姓,且转弯抹角丝丝罗罗全是亲戚。村民的宗族观念极强,闭门排外,生男不外娶,生女不外嫁。所以多少年来,虽然老的一批批死,新的一茬茬生,但姓氏却像铁打的衙门一样总是这三家。

屯里的男人强悍无比,个个凶勇好斗。女人则乖张嚣肆,全无忌讳。祖上留下的传统,满人的习性在这里赫然可见。虽已不是早年间尚勇武重骑射的模样了,但毕竟地处宝土,祖宗借此龙兴,所以古风犹存。

顺治年间,一个叫徐富国的四品道台被贬并最终死在了这里。大概是他阶品高的缘故,后来人们便把这屯子叫作"前官地"。

前官地绵绵延延地繁衍了三百年,直到抗战胜利前夕。

那是个暴晴的上午。

两个骁横的汉子抡着钐刀在出屯三里的甸子上打草。前边百步远是一条望不见头尾的千里官道。道两旁蒿丛凶生。鸱枭低掠怪叫。两个汉子一个豹头环眼一个虎面虬髯。

两个人抡了一个时辰的钐刀,觉着乏困,正要倒下来喘口气。忽见大道远处起了一股烟尘,渐渐近了。原来是一挂军用马车,车上坐着三个人。其中一个是穿着和服的日本女人。

车子跑近了,两个穿军装的男人从马车上跳下,径直奔他们走来。

是日本人。是鬼子。

两个汉子一个驴打挺从地上跳起，呆愣了一下，对视了一眼。两副眼光同时道：鬼子！一丝惊慌，一丝胆怯，或什么也没有。

来人站到了面前。

一个提着马鞭，一个挂着洋刀，都戴着森白的手套。

"呀哩哇啦咕噜……？"鬼子发问。

"……"

"格巴吆斯秃叻……？！"鬼子又问。

"巴嘎！"鬼子大怒，抬手挥鞭。鞭梢优美生动地在空中画了个弧，准确地落到汉子们的脸上。

"泰来的……怎么走？"鬼子蹦出了汉话。

"巴嘎巴嘎巴嘎……"鬼子一连喊了十个巴嘎。马鞭狂风暴雨暴雨狂风般地抽下来。这是皇军的天下，这是皇军的后方，大胆的胆大的刁民竟敢不睬皇军的问讯？皇军宰个人就如碾死个臭虫！两个汉子一动不动如泥胎石像。脸上翻开的肉口子渗出紫红的血。

"……？！"

"……"

挎洋刀的鬼子欻地抽出战刀，锃光瓦亮地在阳光下一闪抵在虎面汉子的黑赤胸脯上。虎面汉子毫无表情，冷如冰铁。

刀尖陷进皮肤。刀尖耆然渐进。黑赤的肌肤犁裂有声。一溜紫红的液体顺着洋刀血槽欢快地奔流。几只绿豆蝇闻腥而至，或歌或泣或喜或悲嗡嗡不止。

鬼子嘿嘿阴笑，撤回刀身。又欲发问，眼前陡然卷起一股恶风，腕上早中了一脚，战刀当啷落地，还没看清所以，一把大钐刀闪电般从这鬼子脖子上掠过，那颗盛气冲天骄横无极昂贵无比的头颅大瞪着眼睛无限惊诧地离开脖腔咕咚滚落地上，立刻，绿豆蝇们子弹一样射了上去。

与此同时，豹头汉子把这惊险的一幕操演了一遍。

一切趋于平静。

两个汉子对视了一眼，森然无语，猛回头，看见车上女人，便大踏步过去。

车上女人早滚在地上，瘫作一堆泥，磕头如鸡米。豹头汉子弯腰伸手，劈脑抓住和服，哧啦一声扯到腰际，白晃晃的一对奶子突地裸露眼前。豹头汉子又要动作，虎面汉子厉声吼道："别动！放她去。"

于是，他回转身，扒去死鬼子身上衣服，扔到车上，打起马，吁吁而回。

出了这等稀奇事，前官地一屯立刻沸腾起来。羡慕眼红或忌妒什么都有了：两个人分了一车的东西。

"瞧两个血脸，准人脑袋打出了狗脑袋，不轻！"

"真个马不吃夜草不肥，人不得外财不富！"

"眼馋有鸟用，咱们不兴也到那看看，说不定也能碰上呢！"

一句话提醒了群情激昂的村民们。于是一声呼哨，百十精壮后生操起钩杆铁齿潮涌般奔了村外。

大道上空无一人，纤尘不惊。

有挑头的喊过两个小巴郎（即小孩子——作者注），令其远远地站在高岗上眺望。众人只是"守株待兔"，起先无事，便蚁聚赏玩裸尸。

正看时，一小巴郎飞也似的跑来，直嗓喊，来了来了！

人群立刻骚动。挑头的大叫，大伙儿别乱，全趴到草棵里，别出动静，等他们来了听我的……

吆喝了半晌，众人才呼呼啦啦缩身到半人高的蒿草中。

真来了。

须臾，大道上爆土扬场起了飞尘。六七挂马车悠悠地跑了过来。每挂车上一个赶车老板子，中国人，短褂长鞭。首尾车上各坐一个日本兵，横背"三八大盖"。车上满载军需品。

走到非常地段，前面的马车忽然停了下来，好像看到了什么。鬼子兵站起，冲后面哇啦了几句。后面的车也渐次停下。

就在这节骨眼儿上，道旁草棵里猛然一声嘶吼："杀鬼子呀——"立时，百十人自草丛中冲出，直扑车马。

车上的日本兵惊呆了，不知所措。待缓过神来，慌慌张张冲人群开了两枪。赶车老板子们发声喊，跳下车疯了似的跑了。头挂车上的鬼子咕咚滚下车，抬头见最后那挂车上的殿后的鬼子提着枪早逃远了，自己更不敢怠慢，顺着原路落荒而去。

这是前官地人多少辈子没见过也没捞着过的好处。

车上的东西全了：军大衣、大头鞋、军毯、军被、毛呢军装、帐篷、罐头、饼干、茶叶、军用水壶……什么什么都有了。

力气大的抢大的，力气小的抢小的。

分了个天昏地暗，分了个日月无光。好不解劲，好不痛快。

日头西沉。

快乐的前官地痛快了一天，终于疲惫了。伴着夜色的降临，百十点灯火一个接一个灭了，最后是一片老黑。恶犬们的狂吠也渐渐稀疏下来。整个屯子死一样静。

突然，屯子周围一阵喧嚣，鸡飞狗跳。无数只手电的光柱鬼影样织成了网，把小小的屯子严密地罩了起来。汽车摩托车的马达声响成一片。

这是前官地有史以来的最大一次喧嚣。

所有的男妇都被赶了起来，向屯里马号集中。所有的房子都被点着了，烈焰熊熊。

前官地一片火海。

五百号人被围到了马号前的场院上。四周架起了三十几挺歪把子机枪。比村民多一倍的日伪军端着刺刀四面围定。

几个军官簇拥着一个瘦老头来到人群前。戴着白手套的翻译官先发话:"听着,这是大日本帝国关东军久井师团第五联队联队长本畑大佐。昨天下午,皇军军需车队从昂昂溪出发在你们这个村口被劫了,两名皇军被害。现在大日本帝国正要与中国休战,可你们这些刁民,狗胆包天,竟敢趁火打劫,哄抢军资,杀害皇军。现在从你们的窝里已经把东西搜出。死到临头,你们知道吗?嗯?!"站在旁边的瘦老头本畑大佐早耐不住了,大骂道:

"巴嘎!良心大大的坏了,通通的死了死了的!"

大祸临头了,村民们知道。

有小儿哭。本畑冲哭声一指,立刻过去几个鬼子从人堆里拉出一个抱小孩的女人。

大佐狞笑着走到女人跟前,一把抢过怀里的孩子。那是个两岁左右的小孩,正伸胳膊蹬腿拼命地叫。大佐打了个口哨,立刻跑过来一条威猛的军犬。军犬长嘴削牙,棕额吊睛。军犬哈哧哈哧甩着红艳欲滴的舌头,盯着小孩不耐烦地左右急踱。突然,粉团儿般的小孩被高高抛起,几乎是同时,那条军犬呼地跃起一口将小孩的脑袋咬住。

人群一阵骚动。女人大叫一声气绝仆地。几把刺刀同时逼了过来,嚓嚓抛开女人的衣服,在皙白的胸乳腹股上一顿乱戳。

"小日本,我操你八辈祖宗!"随着一声撕心裂肺的叫骂,一个汉子疯了似的冲出人群,直扑过去。十几把刺刀齐齐迎上,同时刺进了汉子的胸膛。汉子大叫一声,噗地喷出一口鲜血。鲜血似雨似雾,溅了鬼子们一身一脸。

大佐一晃头,一个汉子立刻被拉了出来,拽到马号门口,门两边各站着一个端着刺刀的鬼子。汉子还没立稳,两把刺刀猝然齐下扎进两肋,嗨一声挑进了马号。紧接着第二个被拽了过来……第三个……

血咕嘟嘟从马号里淌了出来。

猛然,人群里怒兽般一声暴吼:"不能等死,跟狗日的拼啦——!"

几百人似火药被点燃,轰然炸开。

几十挺机枪同时怪叫。子弹暴雨般刮向村民们。村民们张着双臂扑向暴风般的子弹。枪声、喊声合奏成英武雄浑的绝世大乐,熠熠火舌,涌动的人流勾画出一幅辉煌灿烂的绚丽彩图。成排的子弹在前官地人的胸膛里炸开,鲜红的血鲜红的肉四下迸射,壮如锦花。成排的前官地人舒展腰臂畅快地倒在浓艳的血泊中。打红了的枪管仍在咕咕怪叫,打穿了的胸膛仍在汩汩流血。同生在这块土地上,同死在这块土地上,前官地人无悔于这要命的脾性。

两个时辰后,一切都静下来。

天光大亮。残败的屯子仍到处滚着浓烈的黑烟。

腥气如霾,远布十数里。上百只乌鸦呱呱大叫着往复冲扎盘桓。几条瘦狗站在没足的紫红的血浆里香甜地大口吞食……

没足的紫红血浆里尸伏着前官地五百蒸民。

前官地人被杀光了吗?

前官地人没被杀光。

一个姓关的汉子和他的一个儿子活了下来。那天,他抢了一个大箱子,一石多重。撬开个缝见全是大皮靴。老婆说,搁家怕不把握,还是藏个地场好。于是天刚擦黑便带着儿子拉着箱子到后岗上挖个大坑把箱子埋上了。回来的时候,他便见到了那幕惨剧。

后来,他找了邻屯的一些乡亲帮着把死人埋了。就在他埋箱子的后岗上挖了一个极大极深的坑,五百具尸首整齐地摆在了里面,埋上了。这个活儿整整干了三天。于是后岗上突兀地出现了一个大坟。

后来,人们把这个大坟叫作"千人冢"。

后来,这爷俩在马号的旁边盖起了一间房。

每逢清明节,爷俩便买回大捆的黄纸烧了,祭奠那五百横死的亡灵。

每年的清明节的晚上,儿子都说,他隐隐地听到了如潮的呐喊声。

塔子城

三百里水乡的最南端和吉林省交界,在交界处有一个小镇,叫"塔子城"。

辽代时,这里是契丹国的腹地重镇"泰州"。水草肥美,户口众多。民国二十年补修的县志有一处精彩的记载,优美而神秘地道出了此城的来历:

> 大安六年秋八月,辽道宗耶律洪基巡幸至此。翌日,大猎于郊野,至午时分,于林中惊起一只火狐。道宗驰马逐之。既近,搭矢欲射。忽马失前蹄,道宗猝然跌下,人事不省。僚从急救回宫,病势日见沉重。储君耶律延禧悬赏遍求名医,竟不奏效。一日,行宫前高唱佛号,有托钵僧卷帘而入,径至榻前。合掌道:"贫僧慧元,云游宝方,闻阙前有事,斗胆揭榜,特医王病。陛下曩日狩猎,尝逐一火狐。贫僧观此处地理,见有青龙蛰伏。龙侧有赤髯神兽,盖千年火狐——陛下逐者是也,因此为祟。今陛下若欲圣体康痊,急切恐不可得,须依贫僧偈言,望陛下慎记:双龙分域共天子,侧清境绥赖浮屠。陛下可先许愿,旬日疾自去,无恙。阿弥陀佛,贫僧去也!"言讫退步出宫,左右急出挽谢,已自不见。辽道宗记下偈语,当即许下大愿:去城南三里,建一七级六角密檐青砖宝塔。大安七年冬十月,宝塔成。塔高六丈,檐角各置青铜相风鸟,琤玲有声……

后来，女真贵族兴起，建都会宁府，也就是现在的阿城。金太祖天辅四年，名将完颜兀术挥师西进，于泰州一带大破辽兵，命猛将婆卢火镇守此城。于是它更加繁盛，市井喧嚣，商肆林立，勾栏瓦子，百业俱全，几比于宏都大市。再后来，大金国祚倾覆，泰州实亡；地以物显，城以塔名，遂称之为"塔子城"。

从那时起，人们便叫它"塔子城"，一直叫了七百余年。

老辈人说，咱这是金兀术待过的地场，不含糊！

那座宝塔呢，已经在风雨里站了八百多年了。

老人们说，下雨打雷的时候，站在宝塔上看四周城墙，能恍惚看到古代将士身着甲胄的幽幽身影，有时还能听到大声的呵斥和兵器相碰的叮当声……那神秘森瑟的样子，听了令人毛骨悚然。

宝塔是上去得了的吗？谁上去过？谁也没上去过。

宝塔是个神物。所有的塔子城人都对它敬服。

光绪年间，这里闹了一次地震。千年古塔受了糟害，但没有坍倒，只是裂了两条缝。后来随着年代的推移，风蚀雨淋，裂缝越来越大，看看有倒塌的危险。塔子城人预感到这是不祥之兆。宝塔千年来镇佑一方地面，风调雨顺，六业兴旺，人民受益匪浅。如今摇摇欲倾，必是灾难的谶示，说明此地风水禄数已尽。于是，教书先生摇首喟叹："祸兮福所倚，福兮祸所伏。吉凶相因，祸无日矣！"

有一年的夏天——到底是哪一年，我问了很多人，都说记不准了，但有一点却是千真万确的，是三伏的一天，人们都这么说——从外乡来了一个锔碗儿的，一路喊着锔锅锔缸。有人指着宝塔和他取笑，你锔锅锔缸行，能把塔上的缝子锔上吗？那人说，我专锔大家伙，小零碎倒不稀罕。要锔这宝塔，白天不行，得晚上。再就是没这么大的锔子，得用别的什么法儿。人们见他说得一本正经，跟真有那么回事似的，都以为他是个摔倒了不知往起爬的主儿，嗤笑着走开了。谁知，就在那天夜里——是三伏的一天，老人们说——午夜时分，星光璀璨的天空突然风雨大作，电闪雷鸣。一刻钟后，一个极亮的闪电欻地照彻夜宇，有人清楚地看见一个巨大的手掌从天而降，直拍向宝塔。闪电过后，紧接着一个闷雷地动山摇般滚来。整座城都震颤了。那多响的雷吧，活恁大岁数的人都没听过，忒响咧，能吓破人的胆！老辈人说。第二天天刚一放亮，有人便跑到宝塔下观看，立时惊得闭不上嘴——只见塔身丈余长的两道裂痕已严严地合到了一起，天衣无缝。一个巨大的手掌印清晰地留在了上面。人们惊呆了，全城的人都来伸脖瞪眼地围观。奇闻风传十里八乡，腿脚方便的都踊跃来看。我怀疑是传说，但几乎所有的人都说千真万确。我便问爷爷，您听到雷声了吗？您真看见那个手掌印了吗？爷爷啪一拐棍下来差点没砸漏我的脑袋，你个王八羔子，还不信？信你祖宗不？！妈拉个巴子……

于是我信了。

于是塔子城人又振奋起来：看样子福禄还没完，有上苍保佑，老天爷护着哩，倒是块宝地。

伪满洲国的时候，有个日本军官钻头觅缝地不知打哪儿听说宝塔里可能藏着宝贝，就让一个姓孙的汉奸领着到宝塔下探宝。

那是一个雨后的中午。松软的地表荡漾着氤氲地气，似野马般奔腾。太阳火辣辣的看上去像一环突突发火的轮子，直要掉下来。日本军官挂着战刀仰视着巍峨的宝塔，猜想里面有无数珍宝，自己定能发把大财。宝塔没窗没门严实无缝，日本军官紧皱眉头想不出办法。还是汉奸脑袋好使，指着塔基边的松土说，从这挖个洞钻进去里面有啥看不着！鬼子官儿竖起大拇指连说哟西哟西，马上用战刀拼命地掘土，汉奸谄笑着说这活儿哪是您老人家干的，还是小的我替您效劳，我是干这路活儿长大的，一个顶仨！两个人一阵紧忙活，真就掏出了一个大洞。又扑腾一阵，到日头偏西的时候，一条直贯塔底的地洞就掘成了。鬼子军官钻进去，用手一摸，四壁精湿潮臭刺鼻。汉奸打着手电照了照，见整个塔都是土木结构，除了中心一个柱子什么也没有。鬼子军官十分懊恼，撅腚出来骂了一句八格牙鲁，拍拍身上的黄土，又顺手给了汉奸一个耳光便扬长而去。

我讲这个故事的关键不在鬼子寻宝。因为此塔并非佛家名刹正宗浮屠，而是封建帝王去疾还愿避邪取佑的镇物，不会藏有真经秘卷佛骨舍利等诸般圣物，更不会有鬼子官儿所希求的金银珠宝。而是他为了发财而掏的这个洞，给这个象征我们民族灿烂文化的弥足珍贵的千年古塔带来了毁灭性的灾难。那个洞当时没有填上，事实上他们根本不能填，那个时候也根本不可能有人来填。结果每逢下雨，雨水就灌进去，动摇了基础。久而久之的结果就是宝塔最终的倒塌。

那是1953年阴历八月十四的子夜。和巨掌锔塔的神异的夜晚一样，也是一个雷雨之夜，也是一道极亮的闪电，接着是一声天崩地裂般响亮的巨雷。有人就着闪电看见宝塔陡然一颤，紧接着一团浓浊的烟气从塔底卷起。雷声过去，人们听到轰隆隆如大厦倾覆般的一声轰响，再就什么也没有了，一切归于平静。

第二天，全城的人都跑来围看。人们的心一下子沉到了底：那图腾般象征着塔子城的存在并使之遐迩驰名的神物已化作一堆瓦砾。悲夫悲哉！真是空前的不幸，每个塔子城人都感到造了孽一样内疚，因为谁也没注意到这个潜伏了很久的灾难。祖宗留下来的庇佑辈辈子孙的神物竟然毁于这一代人正在蒙受恩泽的时候。但很多人都心如明镜地知道，根本原因是那条横卧塔底十年之久的地洞……

1969年大批"封资修"的时候，宝塔成了最大的封建残余。斗志昂扬的红卫兵小将们发现，塔子城一带无产阶级革命路线之所以难以贯彻执行，封建思想之所以根深蒂固，完完全全是宝塔在作祟。虽然塔已经倒了，但根基还在，余毒未尽贼心不死，于是举旗擂鼓兴师动众地来到废墟前刨根掘底。折腾了一阵突然发现了那个地洞。顺着地洞刨下去，将到塔底的时候又突然碰到了一个木箱子，大家用力拖出来，有人拿铁锹使劲一别，哗啦啦盖子碎落在一边，从里面咝咝吐着芯子爬出几条长虫。小将们妈呀一声屁滚尿流地逃散开。定了定神，过来几个勇敢的三下两下拍死了长虫，攒头细看，原来木箱里躺着一具骷髅。肉虽然烂得早没了踪影，但身上的衣服还依稀可辨是和服。身旁放着把战刀，木柄已烂掉。一个小将从骷髅左侧肋骨上拣起一枚银质勋章，翻过来见背面镂着几个字："水川八百一"。原来这个水川八百一不是别人，就是随汉奸来探宝的那个日本军官。日本投降后他和他的手下人没跑出去。他虽然是个中佐，但属后勤性质，手里没兵没将。心想与其束手等死，不如效忠天皇来个杀身成仁。于是把战刀磨得飞快，砉一声劐开肚皮自杀了。水川八百一信佛，崇尚仁慈行善，不杀生不为恶，恰好坐地就有释家浮屠，何不葬于塔下，或许能升入西方极乐世界，圆成涅槃，遂有遗嘱云云。

塔子城民风淳朴敦厚，文教发达；多出睿智明识之士，少有偷鸡摸狗刷锅扒灰破鞋烂袜腌臜龌龊之闻；男人儒雅刚正，女人贤淑勤劳；有"君子城"之称。在三百里水乡，这是一个绝无仅有极富特色的去处。

塔子城人爱塔子城。塔子城人尤其怀念那象征着这座古城的在风雨中站立了八百多年的神异的宝塔。

每当仲秋时节，老人们围坐一起闲话，常常指着城南宝塔墟址说，那天是八月十四，午夜时分……

伯大街

他大概有六十岁了。他该死，可他还顽强地活着。他焦枯的双手上那三十几年前沾染的猩红的血迹已变作黢黑的斑痂深深地长进了肉里。

爸爸请公社的几个干部吃饭。这里边有公社的一把手高书记。爸是农业助理。

妈和姐在厨房忙活。妈看到来的是公社的一把手和一些有头有脑的人物，觉得不能怠慢，便努力地弄起饭菜。

他们喝酒的时候谈了很多事，说了很多话，当然有很多废话。我并不是在亵渎父亲的尊严，的确他们说了许多废话，但也有几句不是废话的话。我在灶坑前给妈烧火，我是个神不守舍的人，支楞着耳朵听他们说话。他们中的一个说："……杜疯子那阵儿整天在屯里转悠，总在咱这一片儿游荡，谁知道他竟是个地下党呢！他连屎都往嘴里填，没见着洗过脸，邋邋遢遢的，胡子头发一边儿长。跟杜疯子在一起的还有一个，文化些，只是要饭。后来死了，是被鬼子塞到冰窟窿里的。谁告的密，就是老傅头。他还活着，活的还挺他妈筋道……"高书记插了一句："怎么后来没把他镇压了呢？""他？嘿，他能着呢！全屯都姓傅，架杆子一卜弄全是亲戚，连个证据都没有。后来杜疯子当了专员，派人调查了一回，那个地下党才定了烈士。要活着，少说也是县团级干部，不过老傅头倒没怎么样，还是那么洋棒儿……"

伯大街有两百来户人家。它的名字的来历我没考证出结果，不知肇始滥觞。"伯"是大伯伯父伯伯伯母伯公伯婆伯仲伯祖的伯，不是公侯伯子男五等爵位的伯。

我真看不出他是个告密请赏的人。他总是呼号儿地吆喝，有时爽快地哈哈大笑。他身量不高，精瘦，也精明。他骑着一辆恐怕三百里水乡再也找不出比它老旧的自行车。"小鬼子的玩意真结实，抗造。我骑了三十多年了，圈都没瓢过。"他得意地夸他的车子。车轮胎是红色的，车架子是赭黑的铁锈色，我清楚地记得。

伯大街离昂昂溪、富拉尔基最近。这两个地方是日本关东军的重要军事基地。那时候日本人在太平洋战场失利，在中国大陆各战场也打了个稀里哗啦。看看待不下去了，关东军准备撤退。消息绝对机密，一辆辆军车开出基地，看见的人都以为是客货车。谁知走到泰来、白城子附近，整列整列的车都被轰轰地炸毁了，没几次躲得过去。鬼子大惊，在齐齐哈尔、富拉尔基、昂昂溪一带大规模搜捕。搜了一个月，列车又挨了一个月的炸。鬼子气疯了，重金悬赏捉拿共产党的探子。

那是个深冬的雾天，串乡要饭的叫花子李奉天突然被全副武装的日本宪兵抓住了。全村人被赶到河边。天好冷，是冬月二十几。李奉天满脸是血，光着脚站在风里。

鬼子官儿个子很矮。这倒不是说日本鬼子的个儿都矮，那太脸谱化了，也有高的，鬼子官儿的身边就站着一个瘦高的鬼子。不过那时候日本人多半挺矮。也许是五行相克的道理，矮的日本人专打比他们高的中国人。

鬼子官儿走到村民跟前，说："咿哩哇啦呜噜，呜噜哇啦咿哩……"翻译官马上翻译道："太君说了，今天要处治这个共产党，叫你们好好看着。"鬼子官儿脑袋一扑棱，立刻窜上去两个宪兵，嚓嚓剥去了李奉天的衣服，剥得一丝不挂。这时北风刮得正紧，卷着碎雪嗷嗷直叫，咬着李奉天。李奉天挺着脖子僵立着，牙咬得咯咯响。鬼子官儿身边的瘦高鬼子走过来，拉住绑绳拽着李奉天在冰上踉跄地走起来。温湿的脚板一接触冰面立时被揭去一层皮。李奉天突然开口大骂："杂种们，要杀麻溜点儿，别让爷爷受这个罪！"翻译官拿条毛巾死命地塞进他的嘴里，李奉天摇着头呜呜地说不清了。

鬼子官儿又哇啦几句。跑过来几个二鬼子，舞起洋镐和冰镩子咚咚地凿起冰来。

一会儿工夫，缸口粗的冰窟窿凿成了，呼呼地冒出不少水。李奉天被牵到近前。

村民们身上一阵发冷，抖抖地屏住了气息。

"太君说了，要把这个共产党塞到冰窟窿里去！"翻译官大声冲着人群喊道。

李奉天被猛地摔倒，整个儿地套进一个大布袋，扎死了口。接着被抬起，扔进冰窟中……

那天下大雾，下了足足三天才散，那才怪呢！老人们说。

李奉天就这么死了。

这是一个悲壮的故事。这是一个值得树碑立传和大书特书的英雄传奇，而这个悲壮的故事和值得树碑立传与大书特书的英雄传奇却偏偏没能流传下来。我当时只是听爸爸他们喝酒时提了一嘴，详情不得而知。问了很多人都不知道。因此有一点我必须向可敬的读者们说明白，刚才我所描绘的这个悲壮的故事只是我依据那简略的几句梗概，在不违背四十年前那一悲壮时刻基本事实的前提下，按照历史事件的固有逻辑做的一个技法笨拙的艺术复原。李奉天是我临时为烈士起的名字，因为实在没有人知道他的姓名。我想我这算不得蒙骗大家，通达的读者们也一定会原谅我，因为我在写到这里的时候，鼻子一阵阵发酸，而你们读到这里的时候，也未必无动于衷。

这位无名英雄为我们多灾多难的国家和民族，为三百里水乡和它的人民做了那么多事直至牺牲，却连个名连个碑甚至连把骨头都没留下，这不能不令人黯然神伤。我作为家乡的一名不肖子孙，在他牺牲四十年后，暂凭杯中薄酒，和涕酹奠，以慰英魂！

老傅头儿就那么硬梆地活着，就那么骑着那辆他赞不绝口的小鬼子时候的自行车。

爸到伯大街蹲点，住冯鑫老头儿家。冯鑫干瘦干瘦的，蛮精神。老头儿的日子过得不赖，每晚上都能搁两盅。

白天，冯鑫老头儿到河里甩旋网和搬罾子弄几斤小鱼。爸忙完了工作回来，一进屋闻到腥味，就笑了："呵呵，有鱼吃了！""嘿嘿,老丫儿早就给你拾掇上了。"冯鑫咧嘴笑着说。

地上蹲着冯鑫的小女儿老丫儿。她熟练地刮鳞、破肚、剔鳃、抠胆。她抬头冲爸笑了笑,又低头去忙。

鱼炖上了。

鱼炖好了。

爸盘腿上了炕。老丫儿拿过一个旧瓷缸,倒上一半开水,把玻璃酒壶坐了进去。一会儿,酒温了,她先给爸斟满一杯,又给冯鑫老头儿倒上。

这姑娘真有眼力见儿,干活儿也撒楞!爸夸赞道。

噢噢,好就给你做儿媳妇吧,咱们轧个亲家。你儿子不没定亲吗?哈哈哈!是不是?冯鑫立刻接上道。

嗯——这丫头可真不错!爸又说……

爸回家后跟妈说。妈一听就生气了:"看你这一出,没个正形。儿子才多大?还没毕业!以后没影的事儿少说!"

爸便不吱声了。

爸后来离开了伯大街。

爸再没提那件事。

冯鑫老头儿我后来一直没见到。他每天照例打几网鱼,晚上照例捆几盅酒,我想。

冯鑫就是老傅头。

"冯鑫"是我讲这段故事时编的名。我深怕正直的读者们看到我父亲竟和这样的人在一起喝酒,而对他的人格产生怀疑,进而对我的人格产生怀疑。其实我爸在伯大街下乡跟冯鑫老头儿——也就是老傅头儿——喝酒是我爸跟张书记他们喝酒两年以前的事了,我爸根本不知道老傅头儿的隐私。

我爸确确实实知道了老傅头的隐私。不过那是后来的事。

爸他们酒桌上谈起老傅头的事的时候,他已经六十来岁了。

爸他们酒桌上谈起老傅头儿的故事距我编故事的现在已经十

年了。他身板很硬梆。

他焦枯的双手上那三十几年前沾染的猩红的血迹已变作黢黑的斑痂深深地长进了肉里。他怕是还活着，我想。

韩粉房

> 萝卜窖
> 大酱缸
> 猪肉粉条酸菜汤
> 抹嘴儿溜溜光
> 西葫芦
> 倭瓜秧
> 毛驴骡子老牛牤
> 柴垛赛山岗
> 哥扒墙
> 妹敲窗
> 没有破鞋不成庄
> 洗澡盼开江
> ……

老姨家住在韩粉房。

老姨到我家串门。临走时我说老姨我上你家玩几天，老姨说，行，跟我去吧，我便高兴得差点儿蹦起来就准备走。妈嘱咐老姨说，率贞不小了，屯上的事儿让他少知道点儿，别学坏嘞！妈你放心吧，学不坏，我说。

于是上了路。

我看不出韩粉房跟水乡其他地方有什么区别。百十多户，一色草房。屯前是马蹄河，屯后是寥洼地。通向老姨家的土道上撒满了牛屎马粪。几棵半死不活的老榆树耷拉着脑袋站在屯子四周，算是点缀。一排腐朽得快要断了的电线杆歪歪斜斜地通向屯里。离土道最近的一根电线杆上站着一只臭咕咕，与离土道最近的一棵歪脖树上站着的一只黑老鸹正大声地叫骂。两条起秧子的狗从旁边畦田里窜出，向野甸跑去。道旁土岗上人立着一只豆储子，闪着电珠一样的大眼睛色迷迷地向这边看着。我恐吓地一扬手，那豆储子便慌慌张张地躲进洞去。老姨回过头催道，快跟上。我就跟上了。

李树得睡董祥妈的时候，他才十来岁。李树得出奇地瘦也出奇地高，像一棵细脖楞噔的杨树。小董祥往死里恨他，他怎么也不明白，这么个骨瘦如柴像死树根一样令人作呕的家伙竟会和妈在一个被窝睡觉，而妈竟会让他钻进自己的被窝却不怕被他硌青了骨肉。全屯的孩子都敢指着他的鼻子骂他是杂种，骂他爸是王八，骂他是王八羔子王八蛋。邻居爱胡闹的拎着他的耳朵告诉他，快回家看看，你妈又和老李搞破鞋了。你去，拿把菜刀瞅冷着把被掀开，照准老李的玩意儿一刀给他削喽，要不你爸就得一辈子当王八，你就得一辈子当王八羔子。是不，快去！他知道妈正在家里烀猪食根本没跟谁睡觉，明白他在耍戏自己，就使劲挣开，骂了一声便撒腿跑了。

董祥的爸爸是个透顶的窝囊废，露孔鼻子罗锅背，也难怪老婆看不上他。媳妇是花钱买来的。那时董家是韩粉房有名的富户，董祥姥爷欠了董祥爷爷一屁股债，逼得实在没办法了就把如花似玉的闺女给了董祥爷爷的蠢儿子，也就是董祥的爸。十足的鲜花插进了狗屎堆。后来董家破败了，董祥妈也渐渐风流起来，想捞回自己失去的年月。董祥爸贵有自知之明，睁一只眼闭一只眼权当没看见。不过董祥到底是他爸的苗而不是什么杂种：在两人一个高兴一个伤悲但毕竟是燕尔新婚的一段时间里，董祥妈的优良土壤不情愿地接受了董祥爸的劣质种子而萌生了董祥。而董祥的孕育成功在遗传基因上恰好偏向了母体，这真是不幸中的万幸。于是董祥毫无其父的恶劣形象，相同的只是男性性别。于是董祥妈稍有了点寄托和安慰。生下了董祥后再没让丈夫上过身，丈夫也知趣，像骟马一样对房中事竟一点儿没了兴致。于是董祥妈就大胆起来，反正给老董家留了后，风流一回也不枉人世上走了一遭，总不是卖大炕吧。

晚上董祥躺在妈怀里。他早就不吃奶了，他吃奶吃到六岁。但都快十岁了他还愿让妈搂着睡。妈喜欢他，他是妈的心肝宝贝，让他跟自己睡。他把脸埋在妈的酥软的胸前，两只小手抚摸妈比海绵还柔软的乳房。他已不想也不愿再去裹妈两颗枣色的乳头，只是想把头贴在妈起伏的胸膛上，把腿跷在妈的滚烫的腹弯里。那天晚上，他就是这样。他突然感到妈的心剧烈地跳起来，咚咚地像敲鼓。妈的身子热得烤人而且出满了汗。

第二天，妈说，你别跟妈睡了，都九岁了自己睡吧。他不知为什么。到了晚上他还往妈被窝里钻，但妈把被角拽紧喝道，不听说，都多大了还这么没出息！他委屈地回到自己被子里。想不明白妈为啥生气了，他一点儿也想不明白，他也根本想不明白。

晚上他做了个梦。妈在炕上糊袼褙，他自个儿玩儿嘎拉哈。突然门被推开了，两只大耗子像人一样儿走了进来，越走越近。耗子大瞪着如炬的眼睛，胡须一颤一颤的，眼看着一只耗子走近自己，猛地伸出人手似的爪子向他抓来。他妈呀大叫一声扑到妈的怀里，心嘭嘭地跳。准魇着了。是妈在说。没事儿，翻个身就好了。怎么是个男的声音？爸在外屋睡多咱回来了？没见爸回来过，这声儿也不像吧！他使劲儿摇醒了自己。一会儿窸窸窣窣有穿衣服的声。天快亮了，我得走了。那男的小声说。他拼命扯开眼皮。窗外已露鱼肚白，屋里朦胧能见人影。起来后立起身，他的肋巴像耙齿一样突出，不费力就能数出是十二根。他站在地下，极瘦高。妈躺着没动。那人蹑手蹑脚地走了，临走呼地掀开被，在妈的雪白的嘎嘎上掐了一把。妈小声骂道，没脸赶紧把被盖上。他慌忙闭上了眼睛，想象不出妈为什么跟这么个东西在一起睡觉，而不让自己睡在她怀里。自己只是轻轻抚摸而那人却掐妈的嘎嘎。这家伙一定欺负妈，这个狗娘养的这个王八犊子这个驴揍出的杂种！

董祥妈的脸爬满了皱纹，李树得鱼刺样的腰杆弯了下来。董祥满二十岁了。

董祥出落得漂亮，白净净一副书生相。粉嘟嘟的面皮像个女人，长托托又是一条壮汉。

前院崔大笸箩媳妇结婚三年了，一直没开怀儿。是谁的毛病没人弄得准，也没法弄得准。这媳妇长得俊俏满屯子有名，就都说大笸箩媳妇腼应大笸箩不让他上身。其实这是屁话，再厌烦一个炕上睡三年哪能总无事。话儿站不住脚儿。又有说大笸箩有阳病打不下种，这也是模模糊糊没根底的话。倒是有一个说法挺新人耳目，说大笸箩小时候撒尿鸡子被狗咬去半截，也有说是鸡鹅的，这不大可能，但不管狗咬鸡鹅反正是掉了半截，于是屯子里遍传这个说法，大笸箩少了半截的玩意儿影响了香火的接续的说法便成了定论，真的假的是否确凿没人看见，但后来的事或许能有点证明。

大笸箩的媳妇姓李，邻里间称呼李嫂。李嫂最动人的是有双笑眼，且笑的时候嘴角弯弯地向上翘，着实讨人喜欢。李嫂长得黑点儿，但正黑得好看。

这天天呼啦转阴了，黑云山崩似的压下来。鸡鸭鹅狗争着回窝，蛇鼠虫豸慌忙奔洞。李嫂晾的羊草散铺在院子里，两三百捆一个人长八只手也码不过来。大笸箩到齐齐哈尔拉脚不在家，李嫂泼了命地码垛，没干上一半雨点就哗哗噗噗砸下来。李嫂急得脸上着了火，偏偏越急越干不成个个儿。"嫂子你别急吧，我帮你来码!"李嫂一回头见是董祥。"哟,兄弟,你家没活儿呀来帮我?""我家早晾干了。——别说了赶紧点儿!""那就让兄弟受累了。"董祥操起一把四股杈跳进越下越急的雨幕里,嚓嚓地干起来。

董祥码完了最后一垛。李嫂喊声回吧,扯着董祥的袖子跑回屋。

屋里又干净又暖和。一只大花猫趴在炕头上,笑眯眯地看着水泼似的两个人。

窗外成了雨的世界,白茫茫看不出五步。天上时远时近响着闷雷。雨正下在兴头上,看一时半会儿停不下了。

墙上的"飞马"牌老挂钟当当响了七下。

董祥才觉出冷,浑身拉拉巴巴起了一层鸡皮疙瘩。李嫂平和地解开董祥褂子的布扣,露出一片还不很壮健的胸膛。李嫂一只手在胸上轻轻一抹:"哟,是不是激着了!"董祥脑袋轰的一声,感到一阵无比的幸福,浑身的血决堤般涌上来,脖子脸涨得赤红。"你呀你呀,我的傻弟弟……"李嫂娇嗔着用细长好看的手指头轻轻地戳了一下董祥的脑门子,"你换着,我也渴得慌。"抓起两件衣服转到后屋去。董祥赶忙褪下湿衣,拣过一件干的刚要蹬上,哪料李嫂嘿儿嘿儿甜笑着又飘了回来。董祥一慌张一幸福一迷糊一下蒙了眼,浑身上下同时勃发躁动,不知哪上来的虎劲,张手一搂,就把李嫂搂了过来,李嫂穿什么衣服穿没穿衣服他没看清也没记住,只记得醒来时自己胶漆似的吸在了一个无骨的肉体上。那天,雨整整下了一夜,闷雷整整滚了一夜。

董祥离不开李嫂了。李嫂也离不开董祥了。

李嫂斜仄着腿铰衣服样,悠悠地哼着《王二姐思夫》。窗外一个鸡娘们儿死命地憋出一个蛋,大叫着跳出窝四处炫耀;暴怒的太阳瞪着眼向下喷火。董祥闪身进了屋,撒欢儿奔到近前,孩子似的抱住李嫂滚在炕上。李嫂说,你摸摸你摸摸!董祥顺着她股腹摸去,手下觉出明显的沟痕。俺怀上啦——哼,你的孽……李嫂用好看的手指戳了一下董祥的脑门儿。

屋里说话窗外有人听,道上说话草棵里有人听。偏偏这事叫人听着了,偏偏这事叫人看见了。于是听着的传给爱听的,爱听的再传给爱张扬的;看见的告诉爱看的,爱看的再告诉爱扯淡的。欠嘴的儿告诉嘴欠的妈,嘴欠的妈提着猪食瓢一溜小跑拐进邻院欠嘴的邻居那儿,咬着耳朵一顿嘀咕……于是,大笸箩媳妇白昼养汉风一样传出去,又风一样传了回来钻进大笸箩耳朵里。

大笸箩哪受得了这个。晚上塞窗户堵门,把媳妇扒个精光,解下鞋底宽的牛皮腰带一顿死打。还是不解气,冲女人小肚子就是一脚。女人"啊"一声惨叫,昏死过去,下身流出一摊血。董祥三个月的精血毁于一脚。

李嫂在炕上躺了十天,第十一天收拾起一个包袱,趁大笸箩没留意连夜回了辽宁老家,再也没回来。

  外屋地
  南北炕
  堂屋下屋苫草房
  白土刷粉墙

  冬天冷
  夏天凉
  虱子虮子爬成行
  房头晒太阳

  猫上树
  狗跳墙
  姑娘媳妇贴花黄

倚门望董郎
……

董祥的花花事传遍了韩粉房。

那次事儿以后,董祥就放荡开了,从此再也没收敛住。韩粉房的人都这么说。韩粉房凡能挂点相的都跟他说不清。老人们说。

没有破鞋不成屯。水乡水厚地肥,生活不那么苦巴,说不上富但也饿不着肚皮。一天的活路做完,心里也就鼓泛起来,心思一鼓泛起来,就想到那事上去了。有一天,不知打哪来了一个算卦的,在人堆里掐指一算,说,这地场是三百里水乡的风流眼,辈辈出风流事。上界犯了天条的属这等事的都打到这儿。所以二十年保准出一个邪星,非男即女,女的糟害人,男的乱了屯子。

话一传出,韩粉房哄地羊炸了圈。怪不得这小子长得这么俊,敢情是上界邪神脱生的。这是老人们的话,他们信。咳,可不是嘛,早年间可真就出了几个骚人,准,准!于是更准了。说不定瞎子说的就真是那么回事儿呢,迷信这玩意儿,不可不信也不可强信……于是女人们便不觉得董祥可怕了,也不感到与他有染是什么丢人的事,反倒觉着荣耀甚至有福气。于是明来暗去的跟董祥睡觉的女人多了起来,董祥就自自然然成了十里八乡有名的风流人物。

后来董祥不知怎么的就当上了生产队长,他那个队的生产在那年头来说搞得倒挺像样。大饼子窝窝头还能接上溜,小葱豆腐臭鱼烂虾时不常地打打牙祭。于是韩粉房人服了,董祥是个人物。

董祥好皮肤,葱白儿似的,容易让妇人把不住麻。至于韩粉房有多少女人跟董祥睡过觉,没人统计过也没法统计,倒不如说眉眼周正点的没剩下谁。

后来,也就是我跟老姨上韩粉房那年,听说他出了大事。有人把他告了,说他贪污腐化投机倒把坑蒙拐骗奸淫妇女。最要命的是奸淫妇女，这不是恶棍地头蛇吗！这不是黄世仁刘文彩吗！于是立捕不误，锒铛入狱，董祥被判了二十年徒刑。

我只见过董祥一面。那是在县一中念书时，学校组织学生到劳改农场也就是泰来监狱去向犯人们做宣传，使他们尽快改邪归正立功赎罪重新做人。我正好被分配到七号点儿，见一个细眼白面高个的中年人立着一动不动，像泥塑一般。我问他你是哪儿的，他回答三个字，韩粉房。我暗吃一惊又不敢再问，尽管他是囚犯，而我是个堂堂的革命学生。

后来，后来的事我就不大清楚了。

千层底儿
十纳帮
手闷靰鞡大裤裆
夹袄扣儿成双

和大泥
开大荒
铲地背垄抡大夯
数九挎粪筐

韩粉房
没正梁
寡妇婆子老徐娘
铺被等董祥

跟老姨上韩粉房时，临走妈嘱咐说，那地场乱，儿子可别学坏嘞。

我一路走一路看，看不够似的，老是拉在后面。老姨回头召唤说,跟上。我就跟上了。

乡葬

当车子推到一个土岗上的时候,他驻了步。远处是无垠的雾蒙蒙的一片。那就是三百里水乡。呵呵,到家了!说罢他扑通一下跪倒,从胸腔里发出一声长号……

在我回家探亲的一个暮春的晚上,血红的太阳拖着万道沉重的霞光悲壮地向西山坠去,料峭的北国寒风在消逝前凶狠地扫荡着我家乡的土地,颤抖着的空气随着穹幕的降临呜呜地发着哀鸣,稀薄的炊烟疲软地笼罩在寂寥的乡邑四周。饭罢,我感到胸口憋得慌,便让妈陪着出去溜达。走到一栋砖房前的时候,妈指着说,这家出了一档子事儿,挺稀奇呢!我问,啥稀奇事儿?妈说,你见那地上的纸钱没?记得那天是二月初七……

他把绳子搭到肩上,回头嘱咐孩子们坐牢,便拉着车向大道上走去。

两个孩子跷成个团儿瑟缩在车子前首,身上盖着乌黑坚硬的被子。大概凉气早打透了他们又短又薄的关里家式的棉衣,灰蒙蒙的小脸上挂着两行透明的清鼻涕。车子中间停着一个马槽子样的木箱子,上着盖,原色无漆。箱子头首上摆着一只碗、一双筷子和一个冻硬了的馒头,颠簸早使它们乱了位置,仄歪的碗旁只剩了一根筷子。箱子里躺着一个人,是那两个孩子的娘。她静静地躺着。她死了四天了。

一天最多能走三十里。带的干粮吃完了,带的钱也花光了。到山海关还有一截子路呢。

拉车的汉子劝慰低泣的孩子,儿,挺着点儿,爹就是爬也把你们拉到地方。别哭，你娘听了准不好受！孩子们便不哭了。

女人的病一天重似一天。自个儿估摸熬不过去了，就把汉子叫到身边。我跟你跑过来十年了，离老家好几千里，一直没音信，爹妈准以为我死了，他们恨我，权当没我这个闺女。可当闺女的心里挂着爹妈呀！这些年，一过年节我心里就像坠着石头，难受啊！从小长大的地方我哪儿忘得了，这几天做梦老梦着早先的事，老梦着老家的样子。看样子我挺不了几天了，走了魂儿也得回去，牵着呢！我有一件事求你，你答应了我，也算咱俩没白过一回，我闭上眼睛也净心了。他爹，行不？

汉子扑通跪下，泣不成声。孩子他娘，你说吧，别说一件，就是一万件，打折骨头俺也要办到。

那就好了。他爹，我就担念一桩事儿，我死了这把骨头要是埋不到老家……我闭不上眼哪！女人瘦削的脸上流下了泪。

孩子他娘，我懂得你的意思了。你先养病……万一……俺就把你拉回去……好歹也要让你回去！

女人死了。女人临死了结了心愿，便放心了。

出了山海关，汉子走一程要一程，要饭。没了盘缠，要饭不嫌馊，饽饽馍馍饼子窝头楂子高粱米饭俩孩子狼一样吃。

天煞黑，汉子把车子拐进了一个马号。更官儿问哪儿来的。关里家的，回黑龙江。汉子回答。这么走你得走到啥年头？唉，盘缠不够哇！紧赶着点儿，再过个把月就到了。老哥，让俺在这蹲一宿吧！

哎呀，这多冷吧，俩小尕儿受得了？嘿，皮了呢，能将就。快过来谢大爷！两个孩子怯声谢过更官儿。更官儿叹口气出去了。

俩孩子偎在一堆睡着了。

汉子抽出烟口袋，卷了一棵划火点上。车子停在窗外，箱子上的瓷碗正对着自己。汉子盯着瓷碗使劲抽了口烟。

三百里水乡呼啦来了一帮盲流子。山东山西河南河北的，找个地方住下来就满足地过起日子来。东北好过，尤其黑龙江好过。地广人稀，物产丰饶，水土肥美。跑盲流的就像风吹草籽儿，刮哪儿落哪儿，有土就能活。那年月正闹"文化大革命"，做工的不做工，种地的不种地，嚎唠一声蒙头蒙脑不知所以地都跟着造了反。本来人多地寡的山东就够穷了，这一折腾便更惨，地瓜秧都吃光了。饿殍四见。年轻力蛮的一看还糗着啥，闯关东吧！于是仨一群俩一伙地离开了故土，到东北当了盲流成了黑户。

　　汉子就是这时候来的。

　　汉子生性精明，狼腰虎背堂堂一表，且做得一手好木匠活儿。

　　女人那时年轻，有个好听的名字叫彩萍。轻轻地走羞羞地看，却也会用眼睛撩拨人。

　　彩萍家起屋架，汉子揽了活。汉子不怕吃苦，哈下腰就是小半天，虽是山东人，却没多少山东味，走南闯北说得一口周正的官话。

　　那天，也是彩萍头一回来送饭，挎着篮子。吃饭啵，大哥。哦……不大饿！他一抬头，愣住了，这家有这么好看的大姑娘！彩萍心里也一翻个儿，哟，这小子怪俊呢！汉子傻愣着盯着姑娘，一句话说不出。姑娘扑闪着大眼睛一汪水似的看着汉子，静静地不动。突然姑娘一转身跑了，悠起的辫梢啪地抽到汉子脸上，痒酥酥地让汉子想了一下午。

　　后来，彩萍就顿顿来送饭，汉子就时不常地给辫子抽一下。慢慢地熟了，慢慢地近乎起来，一日里不见谁都空泛得心慌。彩萍脸蛋生彩儿爱笑话多，彩萍妈觉着怪；汉子干活死里用劲不知乏累，彩萍爸有点怪。

　　这是犯啥风？老头子合计。去瞅瞅。

　　老头儿精细地查看着活儿，挺好，不错的斧锯。回转身想夸两句,突然地见了女儿。

俩人贴身坐着,厮偎着不分你我,好生亲热。

嘿嘿!还想拐了我闺女不成?!

赶上年关了。

汉子心里愈发焦苦。俩孩子鸡爪子似的小手积了厚厚一层皴,裂了百十个细细的渗着血汁的小口子。脸冻起了泡,脖子同车轴一般黑。身上的虱子滚成了蛋蛋,顺着袄领子窣窣地往外爬,便乱抓乱挠乱蹭。汉子的心如被斧子砍了一下,滴滴地淋着血。他死命咬住嘴唇,一股紫黑的血悲戚地淌了出来。

前面有人烟,哔哔剥剥响起了炮仗。唉,过年了。

"爹爹!俺饿……"孩子们嘤嘤地哭。

"儿,等着,爹给你们弄吃的去!"汉子没法捺住眼泪了,猛扭过身向村子走去。

他知道自己身上带着晦气。他是个不吉利的人,不能给别人留下不吉利,他盘桓了半晌进不去一个门。最后,一个矮屋里出来个老头,见他凄惶,便喊了进去,问了原委,说:"去,把车推来,把小尕子领来!在这儿过个年吧!""这哪儿成,这哪儿成!""我这一把岁数了,能活几天?没怎多讲究。去吧去吧,推来!"老人说。

车子停在院里。爷仨仔细地洗了回手脸,然后开始吃极香的饺子。"行啦,先吃个小饱吧,别撑坏嘞。饿了再煮。"孩子们不干,贪婪地盯着盘子,边舔嘴唇边肚子咕咕地叫。

彩萍壮着胆子跟妈说:"妈,我要跟木匠好。""啥?啥?冒傻气咧!完蛋的货,嫁不出去了?山东八块的,哪儿好?!"妈厉声喝斥。

彩萍没法,又找爸商量。"咂呵!妈拉巴子的……打折你的腿！惦记上我闺女了，明儿个就撵他走，滚他妈犊子！山东棒子不可交。我看你再敢提这茬！"

两条路一块堵死。

"咋办？哥！""别连累你了，俺配不上你，把俺忘了吧！""不，哥，不管他们同不同意，我都跟你，走，咱俩一起去说。"

呵！反了呢，是我养的不？没了王法！你，收拾喽，明天给我走！闹啥眼睛了，引来个猫头鹰！

"哥，收拾了吧，我跟你一起走。""那怎么行。我是个跑腿儿的，走哪都是家。你一个姑娘家。不成不成！""哥，跟你走就是你媳妇了，怕啥！两口子亮亮堂堂过日子谁管得着？""你爹妈让你走？""偷着跑，不叫他们知道。上哪儿找去！哥，收拾了吧，咱明天就走！"

汉子便回去收拾了东西，捆了家什，带不走的贱卖了。好利索。彩萍偷偷规矩好了女儿家的细软零头，打了包裹。好快当。悄没声地搭上北去的客车，两个跑了。

出了正月。

走了两个多月，看看出了吉林地面，估摸快到了。

没几天啰，出头了！汉子心里说，

俩孩子瘦成了骷髅，麻木得不知了冷热。汉子也瘦成了古木根，胡子遮住了半面脸。见到他们的人指着说，要饭的。孩子们跳着脚喊，叫花子，叫花子。

两个孩子的屁股上生了一层厚厚的跰子。他摸过，那是坐的。他的肩胛骨勒进了一道深沟，好像刻进了骨头，好像长不回来了。

他整个像截木头，只心里死记着一个念头：挨到地方。

他就这么又走了十多天，最后登上了那座土岗子。

下面雾蒙蒙的。是三百里水乡。

这地方总是浮荡着一种奇怪的味儿。是土味儿。

汉子是外乡人,在这待的时间不长,可他还是熟悉得不得了。

这几天道越走越轻快。孩儿他娘,是不是你也快活起来了?!真的,车子真轻快多了。孩儿他娘,你显灵了吧,帮着俺呢!

汉子直起身,叫过两个骷髅样的孩子。看看吧,这就是你娘的老家,好大哩。你姥家就在不远。

从齐齐哈尔到三棵树,从三棵树到伊春,就到了小兴安岭。

彩萍的叔在林业局当工人,托人借了个房,两人住了下来。叔又张罗着给侄女婿找了个活儿,上山扛木头。

操持家难,顶门过日子更难,叔再没给帮衬,婶子厉害,忒刁。"我说右眼皮跳不是好事儿,这不,来要账的了。填不满的穷坑,再惦记着你跟她过去!"叔喏喏连声,再没敢过去。

黑户结婚不用登记。其实那年头也用不着登记。

彩萍利索干净,汉子死吃能干。没几多时间,小屋变了样,晚上睡觉,谁也不脱衣服,一个炕头,一个炕梢;谁也不说啥,谁也不埋怨谁。忙啥,不忙!好饭还怕晚?今天就算结婚了吧,彩萍说。弄点儿菜打点儿酒,把叔一家请来乐呵乐呵,汉子补充道。

彩萍便去请叔叔婶子。

"哟,不去啦。挺紧巴的,省俩吧,都是亲戚,客气啥!"婶子装模作样地说。"先回吧彩萍,我和你婶子待会儿就去。"叔说。于是彩萍便回。

"还是去吧,就这么一回!他俩两眼摸黑的扑奔谁?!""哼,还用得着结婚?怕崽儿都揣上了。跑了这么长时间,整天守在一块儿,公鸡也踩出蛋儿来了,装啥人?!""你胡咧咧啥吔,不怕人笑话?去吧,啊?""我胡咧咧?还不知笑话谁呢。走!嗯,不吃白不吃,帮了他们那么多,还没捞回来呢!"

汉子和叔喝了一瓶高粱酒。婶子领着孩子吃光了桌子上的菜。婶子直咂嘴儿,啧啧,这屋拾掇得怪敞亮呢!

席散，叔一家走了。

彩萍铺好了被。喂，傻坐着啥，累不？睡吧……

可下有个窝了。彩萍说。

往后的日子准难着呢，是不是？汉子说。

是做梦吧？自己一个盲流子竟有这么好的命，得了这么好的一个花一样的媳妇。二十几年成熟起来的粗犷嶙峋的男性不可抗拒地融化在魔力无边的女人的海里。这是个好女人，是个千载难逢磕头作揖烧香祈祷钻头觅缝也找不到的好女人。

"你说，我们能过得好吗？"风飘来似的轻轻一问。

"能！为了你我敢拼命！"咬牙切齿地一声。

"净瞎说，谁又没让你去拼命——往后咋办呢？""我上山干活，你在家做饭。""再往后咋办呢？""再往后你就给我生个儿子。""再往后呢？""再往后儿子长大了养咱俩老。""你想得真远。你想得真笨。你真傻！咱们离家这么远，想爸妈咋办？""想急了就回去看看。""那不行，爸妈不能认咱们。""那就别回去。""那也不行，我离不开那儿。就是将来死了也要死在老家……""你，说啥呢？今儿个啥日子说这话！"汉子捂上了她的嘴。

两个老人稀里糊涂地开了门。这是咋回事？汉子扑通跪下来，泪流满面："爹，娘，您二老还认得我么？"

"你——"俩老人愣怔半响，摇摇头。

"彩萍，你们的闺女彩萍还不能忘吧？我就是那年的小木匠啊！"

"啊——"俩老人张大嘴半天合不上。

"啊……啊……那……她呢？我闺女呢？彩萍呢？！"末了，老太太终于磕磕绊绊地挤出了一句话。

汉子拉过两个骷髅似的孩子："跪下，给姥爷姥姥磕头！"孩子便磕头。

"噢噢……这……可,我闺女呢?"

"娘,她……她在那——"汉子颤抖着手指着车上的箱子。

彩萍给汉子生了个儿子。转年,又生了个儿子。

这年,林业局清理黑户,汉子一家被强制遣回山东老家。

山东苦。家里没根底,还累着俩孩子。

彩萍打小没吃过这个,人又要强,渐渐地身体就顶不住了。那天,大孩子光着脚丫跑到地瓜地,爹,俺娘没气了!汉子大惊失色,箭打般奔回。彩萍倒在猪圈旁,两只小猪拱着她的裤角。汉子唤一声抱起,小跑着背到公社医院。

彩萍得的是伤痨,肺结核。没钱住院。大夫对汉子说,回去养着吧,怕好不了了。

打那以后,彩萍的病日渐沉重。人瘦成一条条,脸蜡黄如烧纸,没了早年间彩萍的俊美模样。

汉子没了主意,失去了主心骨,丢了魂,落了魄,没头苍蝇般转悠。

"唉,对不住你呀,跟我遭了大罪,我真做了孽!"

"看你说的,跟谁不是过,这是命吧,我不悔!说对不住是我对不住你,得了这个糟心的病。咱这个日子就够呛了,再这么一折腾,唉,咋整——啊!……"接着就是一阵咳血……

水乡又多了一座坟茔。

彩萍就埋在里面。

坟下面不远是一条小河,坟前是平阔的草甸子,坟后是一带杨树林。这里记下了彩萍童年时无数的梦。

汉子领着两个孩子来到坟前,两个老人已先自来到这里。汉子抖开几刀纸带着孩子跪下烧了。

他说:"爹,娘,彩萍的心愿了结了。俺回去了。往后初七、十五的您二老费点儿心求人上上坟，添几锹土。俺在那边常烧点儿纸，也就……唉！"言罢，拉起两个孩子，走了。

两个老人木呆呆立在坟前，望着爷仨渐渐消逝的背影。

一辆大客车满载着一队学生向县城方向驶去。路过这里时，语文老师指着那座新坟，说，这是女儿冢。

妈说，你说这事稀奇不？蹊跷不？从腊月里走到二月间儿，仨多月，没见过！我说，是够稀奇了，小说电影里都没见过，真稀奇！妈叹口气说，上哪儿见去？听都没听过。记得出殡那天是二月初七……

托力河

嫩江西岸有一条环状的河，周围六十里，河宽两百步，水势湍急，是嫩江西向的一个分支。自此再向西走是广袤的内蒙古大草原。

这条河叫托力河。

这条河紧紧环绕着的一个村子叫托力河屯。

屯子中央有一座深宅大院，大院四周立着四个高大的炮楼子。这是托力河的首富谢大户的谢家大院。

谢大户的名字叫谢君瑞。

谢君瑞出身原本贫寒，在他出生的十个月前，他的爸爸娶了一个色倾全屯的姑娘水香。

水香的美是不太好形诸笔墨的。老人们说，在水香没出嫁的时候，屯里许多年轻英俊的后生都在默默地等着她。

屯东一段河，河水浅清，平沙河床。屯里人把它当作游泳场。男的在左边，女的在右边，相距一里许。眼睛彻亮的能看到出水的精白身子。一到夏天，男男女女都到这里洗澡。女人洗澡时要带盆衣服来，就着清清的河水洗净了，然后再慢慢地解衣，慢慢地下水，慢慢地搓揉。年轻的后生澡洗得勤，身上干净也洗，脏了也洗，有空儿没空儿瞅空子就来洗，有时凫水凫着凫着就偏到了右边，等自个儿感觉到了便赶紧转回。年轻人毕竟年轻，没人笑话他。倒是有岁数大的，不自觉地朝那边溜几眼，别人笑他他便说我瞎眉唬眼的能看着个啥。女人洗澡也没什么忌讳。姑娘们还害羞些，媳妇们就不在乎了。野性点的敢赤条条地站在只没膝盖的水里搓弄奶子，故意让那边的人看着……

水香不常洗澡。水香只在黄昏洗澡，都是一个人悄悄地来。水香洗澡的时候那边的人就多得数不清。

后生们洗澡时谈论的话题就是水香，说她的身子如何如何。后生堆儿里有个最英俊的，阖屯水性第一，人称"浪里白条"的就是后来谢君瑞的爸。"浪里白条"极有心计，那次他瞄准了水香在洗澡，一个猛子扎下去，直潜到水香脚下，抱住，挟到对岸，在浸着一层浅水的沙滩上披着晚霞绚烂的红光成了那事。水香没哭没闹也没张扬，过了几天，小伙子择了个黄道吉日吹吹打打亮亮堂堂地把姑娘娶到了家里。后来，屯里的后生们都纷纷找了媳妇。再后来，水香呕吐眩晕显怀分娩坐月子就成了谢君瑞的妈。

屯里有个姓梁的大户。梁大户有个疤瘌眼儿子。疤瘌眼儿子二十岁的时候，就看上了水香。但晚了点儿，那时候水香和"浪里白条"早成了亲。疤瘌眼儿子馋涎白淌了许多，焉能作罢，便和父亲谋划设计了一个歹毒的圈套。没多少日子，"浪里白条"便不明不白地死在了甸子上。一个月后，媒婆们便臭虫似的来到水香家，劝她改嫁给疤瘌眼子。那时候水香已身怀六甲，娘家爸见梁家狼一般恶，得罪不起，便与水香公婆一商量，佯装应允，条件是容个空儿待生下孩子再说。然后赶紧联络了几个熟故，趁夜黑把水香送到富拉尔基转道齐齐哈尔，又坐火车逃到沈阳亲戚家躲了起来。梁疤瘌眼儿子空欢喜了一回，爷俩带人到水香娘家大闹了一场，无奈也就作罢了。

水香到沈阳不久便生下了一个男孩，就是谢君瑞。水香发誓要为夫报仇，便替人打零活儿，省吃俭用伺候孩子，稍大一点便送到学堂读书，一直供到十八岁。那是民国二十几年的事，日本人占了东三省成立了伪满洲国，溥仪又当起了皇帝。谢君瑞学习用功脑袋好使，不负母望，一试考中，进了哈尔滨帝国法律学校，三年后毕业，到齐齐哈尔做了个不大不小的法官。谢君瑞牢记家中血债不忘报仇，不久便翻出了二十年前的命案诉讼立案。结果梁家父子俱以谋杀罪被处极刑吃了枪子儿，梁家财产判归谢家。接着谢君瑞便隆重地把母亲从沈阳接回，住进了梁家大院。没两年，谢君瑞在官场受到排挤，愤然辞官回归故里，和母亲一道操持起原来梁家的现在是谢家的一大摊子家业。几年光景，谢君瑞成了托力河的首富。接着便娶妻生子，修起了堡垒般的四个大炮楼子。

那一年谢君瑞三十一岁。

那一年的春天，好像就是一九四五年的春天。结冻的冰河早有暗流涌动，春风一鼓，大块大块的冰面玻璃般裂开，蜂拥着相互撞击着轰轰隆隆地向下游泻去。几个月的冰上通道旬日内荡然无存。

托力河又被白练似的河水裹住了。

日本人的仗越打越糟，稳固的伪"满洲国"看看保不住了，便仓促收拾细软准备退出东北。

齐齐哈尔是关东军的一个大本营。从齐齐哈尔撤退到沈阳本有一条铁路，但仅一条铁路如何承受得了非常时期的负荷，而且铁路一旦被炸毁就抓瞎瞪眼了。于是另一条纵贯东三省的阳关大道便成了日军的生命线，沿路关隘必须打通，必须有重兵把守。

托力河是日军撤退的第一站。

谢君瑞听到了风声，立刻聚起村中贤达勇健，商议了对策，接着迅速组织全屯健儿，筹措枪械，操演习战，又尽出家资，派人到扎赉特旗从蒙古王公和胡匪手里买回百余支快枪和大批弹药。

没多久，日军便派人下了通令，声言将派军队驻扎托力河"防共防匪"。谢君瑞当即回书，声明本埠地方安宁，未敢轻动兵戎，谢绝驻防。日军闻罢震怒，立下最后通牒。谢君瑞并不回答，惟严阵以待。

开仗那天是五月节，老辈们还清楚地记得。

鬼子从富拉尔基调来七艘汽艇。仗打得奇凶，硝烟覆盖了整个河面。枪炮爆豆似的响。

上千人立在屯头，猜测局势，替丈夫儿子担忧，娘娘庙前供品如林，紫烟缭绕，嗡嗡嘤嘤祈祷皇天上帝保佑平安。卜卦测字蓍筮占卜谶兆吉凶……水香也在人群里面。

"打得过吗？小日本儿忒厉害，连抗联八路打都吃劲呢！"

"也不好说，那是旱地儿，咱这是水路，过河不比平地。瞧老谢那个横劲，小鬼子未必进得来咧！"

仗打到日头黑，前边陆续抬下十几个挂彩的。后来，抬下的就越来越多……屯里哭声一片。形势吃紧了。

谢君瑞传下话，叫屯里人趁夜收拾东西，该埋的埋，该藏的藏。说夜黑了先休战，明早鬼子再反攻恐怕顶不住了。

人们感到灾难就要降临。烧香磕头什么什么都不顶用了。

我碰到一个老人，他参加了那场恶战，而且挂了彩，耳朵被打掉一只。那年他二十多岁。他说："小日本儿怎么蝎虎，第二天再打上几炮咱们就完了。咳咳，就是邪，第二天天刚冒亮，一瞅，一个也没了，全他妈蹽了。你说邪不！"他冲前边指了指："就在那儿，打沉了一艘汽艇。"他摸了摸断耳的那圈齐齐的茬口，"小日本儿也没少死！"

于是托力河声威大震，远近咸服。

于是谢君瑞蜚声遐迩，名满一方。

到了阴历七月上，就是快到白露时，日本投降了。

伪满洲国倒了。

八路军来了。

托力河是西进和北进的必由之路。八路军派人联系，满以为能顺利通过，没料到谢君瑞一口拒绝。八路军连派了几个人前来谈判，尽被挡回。

那天是八月十五，老人们回忆说。

八路军几十只木船抢渡托力河。谢君瑞打了一阵，撤到屯里。最后八路军把谢家大院团团围住。

那是一个营的八路，有三四百号人，老人们回忆说。

谢君瑞从炮楼子里向外猛烈射击。双方相持了整整一个下午。

晚上十点多钟的时候。月亮盘子一样高挂在空中，森白的冷光罩在整个屯子上。谢家大院突然挑出一面白褥单，接着十几支火铳鸟枪土炮扔了出来。八路军营长一挥手，一个排的战士立刻冲了上去。刚走近大门楼，骤然一排子枪从炮楼子打下，又炸开几颗手榴弹。立时二十几人倒在血泊里。八路军营长红了眼睛，暴吼一声猛地跳起，亲自抱起一个五六十斤重的炸药包，借着浓烟的掩护滚到院墙根，拉燃导火索顺着院墙扔了下去，正落在炮楼脚下。接着是天崩地裂般一声轰响。

比炸雷还响，连月亮都跟着抖了一下，老人们回忆说。

八月十五，那是个不寻常的日子，托力河人没吃上一块月饼，老人们回忆说。

八路军占领了谢家大院，却没有找到谢君瑞，什么都翻遍了。

那真是个谜。

小时候，听人讲，谢家大院到托力河对岸有一条地道，打河底穿过，谢君瑞就是钻地道跑的。跑的时候，屯里很多人帮忙打了掩护。

后来，传说谢君瑞跑到了挪威，但没有什么确凿的证明……再后来，人们还是这么说。

在托力河屯东的一个山岗上，有二十三座坟茔。坟茔前有一间小屋，小屋里住着一个老人。坟地周围种了十几亩瓜田，乡政府每年把瓜种上，让老人看着，连带守护这片坟茔。瓜熟了卖了，钱就成了老人一年的用度。也不知道老人在这里住了多少年。每年的清明节，总有上百的学生由老师带着来这里扫墓。老人便对他们说，这里埋着二十三个八路军……

汤池

不知为什么，本意"热水池"的汤池竟是满语"温泉"的意译。

几百年前，这里是一片一望无际的湿润葱茏的草地。剽悍的女真人驰马来到这里，扎下帐篷插好弓刀，这里便有了人烟。绵延不断迤逦回环的河泊像白练和珍珠一样镶嵌在碧毯般翠绿的植被上，一个部落的歌手张开双臂激动无比地叫道，啊！美丽的温泉，美丽的草原，这是上天的恩赐……

小时候到三里远的半拉山上玩，站在山顶上四下里一望，周围数十里风光尽收眼底。从嫩江岔出来的十几条小河蛇一样蜿蜒盘桓，白晃晃的亮扎人眼。小河西岸是几里宽的芦苇荡，幽深幽深的。

半拉山是汤池的制高点。其实它根本算不上山，充其量不到百米高，而且齐斩斩的只有一半，另一半不知怎么就没有了，故名"半拉山"。"半拉"就是一半的意思。

有一回，半拉山山腰围了一大帮人。我正趴在地上看蚂蚁打架，看见了就撒腿跑过去。人群中间有一个大坑，坑里有副骷髅架，旁边还有一副矮小些的骨架，不像人的。公社武装部长张仁富哑着嗓子说，这是个长工，他旁边是条狗，解放前被害的。他指了指旁边的一个大坟说，看见赵家这个坟没有？准是给老地主殉葬的。地主狠不？忒狠了！这地主坟应该给它刨喽。他一挥手，上来几个虎彪彪的壮汉，一顿锹镐就把坟扒开了。里面死人黑黢黢的骨头长满了绿毛。墓里散堆着一些陪葬品，有几件太阳光照进来闪闪发亮，我到现在还清楚地记得骷髅指骨下躺着一枚金镏子。张部长瞪大眼睛说，把这几件东西捡出来，清点一下送武装部去，坑填平，赵家的地主狗崽子要严加看管，特别是赵小跑那个破鞋。

那是备战备荒的时候，到处挖战壕。半拉山下就挖了一条战壕。半拉山下这条战壕后来就成了我们玩耍的主要场所。

那天，我正撅着屁股抠土燕子洞，突然肚子死命地疼起来。我捂着肚子四下踅摸想找个没人的地方拉泡屎。我正蹲着，突然一阵小声呻吟，像感冒难受的哼哼声，隐隐约约地传了过来，接着是窸窸窣窣的压草的声音。我吃惊地收紧了屁股，向前探身看了看，什么也没有。这时又传来一个男人的说话声。我赶忙系上裤带悄悄爬过去，到壕沿往下一看，差点儿叫出声来。一个光溜溜的男人趴在一个光溜溜的女人身上正抽筋似的动。我不知道咋回事，但知道不是好事，至少是在打架。光屁股的男人我看得多了，光屁股的女人却没看过，也不敢看。眼前这个女人的身子几乎全叫那个男的给压住了，只露着两条白白的胳膊。那男人的身子也挺白，只是背上长满了粉刺。我只觉得一阵恶心，一个滚儿滚开了，撒腿跑了回去。

晚上吃饭的时候，一家人围着炕桌喝苞米碴子粥。我想起了白天看到的事，就跟爸妈说了。爸说，没准儿又是赵小跑跟姜凤楼。除了他俩能有谁？妈说。

赵小跑是我家邻居，那年三十五岁。她爸解放前是汤池头号富户，她解放后便成了地主崽子。那样的成分谁敢娶她，所以过了三十岁还独身一人。其实她长得很美，像仕女画上的仕女一样，又念了十多年书，有墨水有文化，但那时不认这些。

"赵小跑"不是她的本名。她的本名叫什么好像没有人知道。"赵小跑"是个难听的外号，可人们都这么叫，长了也就听惯了，也就顺过来了。所以直到她的最后，她还是这么个名。

人们都说赵小跑很坏。我常见邻居那些老娘们到我家炕上盘腿大坐，边纳鞋底边讲她的坏话。

我并不觉得她坏，而觉得她非常好。我叫她赵大姑，看她比邻居那些老娘们要好看顺眼得多，又和善又慈祥像自己的妈。

姜凤楼我见过也认识，是公社的文书，能写会算还会唱二人转大鼓书什么的。他长得很白，瘦弱高挑瓜子脸，像戏台上的书生。他的年龄跟赵大姑差不多。媳妇两年前得肝硬化死了，他自个儿孑然一身。我在赵大姑家见到他几次，可一点儿也看不出他跟赵大姑搞破鞋的样儿。

晚上我到赵大姑家溜达。赵大姑正坐在炕上用剪子铰衣服样儿。见我来说吃饭了吗小三？坐吧。我就坐下了。我仔细端详赵大姑，觉得她还是那么和善慈祥，像自己的妈，不像别人说的那样。我真想躺在她的怀里撒娇打滚或睡上一觉，就像她的孩子。赵大姑也很喜欢我，说我懂事聪明干净老实。坐了一会儿，赵大姑抬头见我愣愣看她非常奇怪，哎，小三，不认识我呀，咋这么看你大姑？我定过神儿来，红着脸笑了笑。赵大姑说你的头发咋弄得跟刺猬似的，来大姑给你梳梳。我高兴地坐过去，赵大姑把我搂在怀里，用梳子一下一下地梳我的头发，我的脸紧贴在她胸上。她的胸酥软温暖极了。我一动不动，一种难以名状的幸福感流遍全身。也不知梳了多久，我忽然觉到她的手停住了。我仰脸儿看她，她的脸通红通红的，两颗晶莹的泪珠挂在长长的睫毛上，白皙丰润的脖子连同椭圆形的光洁的下颌，被喉结牵着轻轻地蠕动，看得出她在使劲地咽着眼泪。大姑你哭了，你干吗要哭？我吃惊地问。唉，赵大姑叹了口气，你怎么能知道呢，你还小哇，大姑的命苦，这辈子也就这样了……

那一阵子，赵大姑跟姜凤楼的事传遍了汤池。

我偷偷地问妈，他俩为啥不结婚。他敢娶地主分子吗？他可是公社干部，妈说。

三伏天热得难熬，我和伙伴们到半拉山下的小河洗澡。扑通了一会儿，我突然感到肛门一阵刺痛，以为扎了什么，忙光着屁股跑上岸，扯着嗓子喊，三赖子，快过来看看，我屁眼儿扎了个刺儿，给我拔喽。三赖子笑着跑过来，使劲抽着鼻涕。他比我大两岁，长得也高大，但脑袋没我来得快，在同伴里常受到戏弄，但一旦发起脾气来，动手打架谁也不是他的对手。他跑到我跟前，跪在地下。我哈下腰用手使劲掰开屁股。他瞪大眼睛瞅着，说哪有哇啥也没扎。我从大腿空儿里看他的模样十分好笑，憋了憋没憋住，就突然笑了出来。这一笑不要紧，本来下腹疼痛谷道紧缩，突然间失去了控制，在直肠口酝酿良久的稀屎急不可待地奔涌出来，像高压水枪一样迅疾地无遗漏地喷到三赖子脸上。三赖子妈呀一声，愣怔了半晌，才猛地掉转身跑回河里冲洗。我知道闯了大祸，更明白三赖子回来找我的结果就是不可避免不可抗拒的一顿暴揍。三十六计跑为上策，我没工夫细想，撒开脚鬼撵似的向家的方向逃去。

我一点儿也没考虑当时是光着屁股的，没命地跑到街口，陡然感到连裤衩都没穿，脑袋轰地涨到斗大，脸臊得滚热，连忙拐到道旁一个厕所里躲了起来。

忽然咚咚哐哐传来一阵锣鼓声。我顺着厕所的通风孔好奇地往外看。见百十来人蜂拥在街口正向这边蠕动，隐约看得见中间有两个戴高帽的。我盯着看下去。一会儿，人群近了，一个用扩音器喊话的哑脖子声传了过来，我听出那是武装部长张仁富。有人往那两个人身上扔东西吐唾沫。我终于看清了两个人的脸，是赵大姑和姜凤楼，赵大姑身上满是灰土和草末，纸屑、唾沫糊了一头一脸，头发散乱地披在裸露的肩上，花格布衫扯了三四个口子，胸前挂着两只破鞋。我没记住她穿的是什么裤子，好像是蓝花绮的。姜凤楼穿着一身灰干部制服，身上挺干净，不像赵大姑那么狼狈，只是头上挂了些土，胸前也挂了一双鞋，是挺新的一双皮鞋。我往下移了移目光，发现他赤着脚，赵大姑的头低垂在胸前。姜凤楼却是挺着脖子一动不动。

两人的手全被绑着，过了一阵，他们被推搡到另一条街上去了，接着又传来张仁富的哑脖子声。

我很想跑过去看看，可光着屁股不敢动身，眼见得太阳偏西了，但天还很亮，我在厕所里待了足有一个时辰，眼巴巴盼着天黑，天就是不黑。正急得要憋过气的时候，隔壁家的小肥子跑来撒尿了，于是我像抓到了救命草一样催他赶快到我家取条裤衩，一会儿，他把裤衩拿来了。

晚上我问妈，赵大姑和姜凤楼被游街你看着了吗？妈听了没吱声，摇摇头到外屋去了。

后来听人说，赵大姑和姜凤楼是在赵大姑家搞破鞋被抓住的，武装部长张仁富在房前屋后放了哨。妈说，扯淡，大白天谁有那份闲心，糟践人呗。

不久我就到南方亲戚家念书去了，三年后才回来。

回来后我帮妈干活，妈给柿子秧掐尖打杈，我跟在后面拔长草。过了一段时间，妈领我到园子里转悠。妈哈腰摘下一个柿子，用手擦了擦，端详了半天，递给我，说，这是头一个泛红的，你吃了吧。我心里一阵幸福，话就多了。我问，妈，西院儿赵大姑咋样了？不知怎的我突然想起了她。你问她？唉，妈叹了口气，死啦，快一年了，还有那个冤家。死了？赵大姑死了？我愕然张大了嘴，是咋死的？上吊死的，两人都是上吊死的，妈说。我愣愣地站了半响，简直不信这是真的，但明明白白这就是真的。她也死了，姜凤楼也死了，两个人一块死的。唉，死了就死了吧，妈说，活着也是遭罪，他俩的命是系着扣的，前生做下的。过了一会儿，妈直起腰来，见我呆愣着，说，你是怎么了？我望着不远处灰蒙蒙的半拉山没吱声。妈又说，你看见那两个坟头没有？就是他们……我顺着妈手指的方向望去，果然半拉山脚下有两个坟头。

第二天，我和姐姐到半拉山割蒿子。路过那个地方，我停下来，见坟坐落在壕沟旁，就是那次看到那事的地方。坟头长满了青草，又青又密，坟脚下有两个黄皮子洞，几条马蛇子蹲在洞口，见有人来眨眨锃亮的小眼睛倏地钻了进去。姐姐拽了拽我的袖子，我们就走了。

1989年3月改于鲁迅文学院

神狐

引子

民国三十二年阴历四月十一,那个惨烈的白天。公主岭威名赫赫的赵八爷怒气冲天地端起他的奉天造土炮,对着熠熠而近的一团红火扣动了扳机,轰的一声闷响,土炮弹膛爆炸。赵八爷左手昂贵的无名指不翼而飞……

十天后,公主岭无所不知的大巫胡本丘悲哀地预言,赵家后代隔辈长孙必短无名指。

四十年后,赵八爷的两个孙子聚在一桌喝酒,次孙忽惊异地停下筷子,问道:"哥,你的无名指怎么少了一截?"

一

日头滚落西山。半枯的大甸子急嗖嗖刮起劲厉的秋风。半人高的野草齐齐靡倒又齐齐地站起,朦朦胧胧露出黝黑的地皮。肃杀的冷气卷地而来,飒飒有声。成百只大雁排成人字雁阵奋勇南飞,嘹唳的雁鸣从遥远的天际苍凉地传来。一群乌鸦呱呱叫着拼命扇动破败的翅膀,盲然向北转进。坚硬的柞木棵子微摇着枯裂的树干,哗啦啦满天地倾撒残枝颓叶。

一匹蒙古杂种矮脚健马电光一般踏着荒草飞驰而来。马上紧伏着一个粗豪的大汉。大汉斧劈出来的阔脸上沾满了汗污,虬卷的络腮胡须上挂了厚厚一层尘土。

人马穿出草甸,进了喧嚣的公主岭镇。三拐两拐来到一座庄院。大汉翻身下马,啪啪拍了几下朱漆大门。须臾,大门吱呀打开,一个低眉顺眼的老家人站在大汉面前。

"哦,八爷回来了!"

大汉把缰绳刷地甩了过去,大踏步走进了院子。

屋里,一个穿红挂绿的高挑女人用鸡毛掸子轻轻拂着大汉身上的尘土,一边指使丫环道:"小秀,把洗脸水端进来。"

使唤丫头将一个粗瓷面盆放到凳子上,倒进水。大汉呼噜噜洗了阵脸,擦净,现出凛然本色,虎虎有神。

女人问:"答应小日本啦?"

"老子没理他们。"

二

气势磅礴的"武运长久"大匾下端坐着大日本帝国关东军公主岭驻屯军首席长官吉洪丰八二中佐。中佐身旁立着公主岭镇长马圭弘。吉洪微皱眉头,肥嫩的中指轻轻敲着桌案:"马先生,坐下来谈谈你的意见!"

马圭弘弯腰坐下,向前探了探身,操着一口流利的日语说:"岭西那百顷阔地确实是好,可您有所不知,那是公主岭大财主赵胜天赵八爷的坟茔地,祖宗八辈埋在那儿,做军马场——怕赵胜天不干。"

"哦——"吉洪肥嫩的中指加快了敲击的频率,沉吟了半晌,苦阴着脸说:"中国古老的习俗我们应当无条件地接受和尊重,世界上任何一个优秀的民族包括大和民族在内——都不能轻易地惊动祖墓。但是,除了那里实在找不到更合适的地方了。你比我更清楚,三千匹战马是需要极大一块草场的,那么,这方圆百里还有……"

"哪里哪里。除了赵八爷的坟茔地,哪儿也不行。可这事难哪!"

"唉!"吉洪叹了口气,"我也是没办法,上峰要我在三个月内开辟出军马场。没多长时间军马就要运到。军令如山这你清楚。"

"那样的话。我……有个主意,不知行不行。"

"说说看说说看!"吉洪显出极大的兴致。

"紧傍着坟脚修一道墙或围一道栅栏,百顷阔地不就都空出来了?又伤不着祖坟。不过这得说通赵八爷。"

"嘿,这主意不错!"吉洪很高兴,"你马上把赵胜天请来,我跟他面谈!"

"这样太唐突。我说也不好,使一个说客去说动他!"

"有这样的人吗?"

"有。就是肇兴绸缎庄的巩睿巩师爷。"

三

熙攘喧嚣的公主岭镇市井中心显赫地亮着全镇最大的一片商号——肇兴绸缎庄的烫金招牌。绸缎庄财源茂盛买卖兴隆,其他商号无与伦比。公主岭谁都知道,肇兴绸缎庄能有今天,多亏了巩睿巩师爷。巩师爷能言善辩腹藏机谋博学多艺聪敏过人,公主岭镇无人不服无人不晓。

巩师爷这会正满脸淌汗地挤出柜台人堆,转身进了后堂客厅。茶几上杯盘狼藉,才送走南方来的两个老客。做成了这一回买卖,解决了绸缎庄半年的货源,薄本厚利,物美货值,自然而然巩师爷颇费了一番口舌心血,以致弄得精疲力竭,气短口干。刚刚坐定,便听得高叫有人来访。巩师爷说声请进,来的却是镇长马圭弘。

抱腕寒暄、分宾主落座后，巩师爷恭敬地问道："镇长大驾光临，想必有所指教？"

马圭弘微微一笑，欠了欠身：

"哪里，太客气了。适才吉洪中佐把敝人找去，亮出了一桩麻烦事儿。我寻思再三，非巩兄莫能，故尔特来求教！"

巩师爷心里一动：他又在日本人那儿许了什么愿做成了什么买卖，定是叫我去做说客。事儿小不了。看样子摆脱也摆脱不成。要光是出钱尚属小事，做说客多半跟日本人有关了。跟日本人有关的事就要大扯。伪满洲国也是坐不稳的江山。十年河东十年河西，将来的事谁料得准！唉，但愿今儿个没事……于是他试探着说："镇长言过了，巩某一经济人，商贾不精，大事不能为，如若不是用钱的地方，恐怕……"

"巩兄，我老马一向说话实在，话就直说了吧。日本人想在公主岭建一个军马场，地皮看中了赵八爷的坟地。赵八爷你知道，谁敢摸他的屁股！可再厉害也厉害不过日本人。吉洪决计要在他祖坟地上建军马场，已不可动摇。他把我找去，要我跟赵八爷打个招呼，这哪行？我出了个主意，就是傍着坟脚围一道栅栏或修一道墙，把坟围上。这法儿还算仁义，但也怕赵八爷不干，就想劳驾巩兄出马去劝说赵八爷，就这事儿。"

嘿……怕的就是这个真就是这个。

"哦，镇长，兄弟不是不帮忙，这占坟地的事是要破风水的。别说赵八爷不能干，就是搁你我也答应不得。当这样的说客不是要断子绝孙吗！再说啦，赵八爷的脾气你也知道……所以，兄弟实在难承厚望，请镇长担待！"

马圭弘见巩师爷封了口，脸上立刻布满了阴云。

"巩兄，你我也是多年交情了。看来这事要弄大，吉洪这家伙主意不能变了。他本来要亲自请你去。我担心巩兄不知所以言语不便，就紧赶着来告诉巩兄个音儿。巩兄说得都在理儿，可巩兄不想想,日本人谁惹得了?他们要干的事哪桩不成!溥仪皇帝不也是摆设吗,你我长几个脑袋。咱这身家性命都提在人手里呢!赵八爷英雄,可他也在日本人的治下,他能硬过日本人?咱们跟赵八爷都是世交,赵八爷有个差迟闪失,与你我都不好。所以看在老马份上,巩兄还是劳驾一遭。"

话到了这地步,巩师爷没了退路,半晌没吱声,眉头紧锁,良久,叹出口长气。

"唉——罢罢!既然镇长如此说,兄弟恭敬不如从命,就豁出去走一趟吧。兄弟半生名节怕要在此事上惹出风险。因此,此事断不可张扬出去。再者,能否说动赵八爷,兄弟实难保证。"

四

在康熙爷允许汉民向东北迁徙的某一年夏天,在古老的晋中平原,春秋晋国名臣赵盾的一支后裔从李自成义军兵燹废墟中艰难地搬动步履,向地广人稀的东北跋涉,经过九九八十一天的辗转和七七四十九道的险关,终于来到了一个叫作公主岭的美丽葱茏的绿色草地。又经十代人筚路蓝缕披荆斩棘的艰苦创业,赵家成了公主岭輋声远近的大户。大清帝祚倾覆、中华民国开国的天翻地覆的那一年腊月,赵家第十一代传人诞生了。公主岭繁茂的草木英华荣衰摇落了二十年后,族里排行第八的赵胜天庄严地承嗣了宏伟的祖传家业。

丫头小秀急匆匆奔到卧房,喊醒了醺醺酣睡的赵八爷。

"啥事儿?"赵八爷睁开睡眼哑着粗嗓问。

"八爷,客厅有人找您,我叫他等着呢。"

"哪一个?"

"肇兴绸缎庄巩师爷。"

"噢,巩师爷,他来干吗?"

赵八爷疑惑地皱了皱抹子眉,趿拉着礼服呢皂面软底夹鞋,步出卧房。

巩师爷早站在客厅,笑容满面地迎住。

"啊呀八爷,久违了,打扰酣梦,包涵包涵!"

"哦呵,巩师爷,哪阵大风把你刮来了?咋不先打个招呼,老赵好有个准备,请坐请坐!"

分宾主落座后,小秀端过茶盘,酽酽地斟上两碗红茶。

巩师爷心中忐忑。赵八爷猜不出个里表,便问道:

"师爷今儿个来,是不是有啥事儿?老赵是个直性人,信得过,就直说了吧!"

"嗯——"巩师爷又喜又怕,赵八爷话来得实在,不容自己不说了,便向前挨了挨身子,说:"八爷,你我多年交情,八爷看兄弟人品如何?"

"哎,这说哪儿去了!你巩师爷是公主岭名流,人品还会有错?"

"好,承八爷看待。八爷,兄弟今儿个有件事给你透个风。"

"啥事?"

巩师爷小心地探过身说:

"昨个儿,马圭弘把我找去,说日本人要在公主岭建一个军马场,选中了一块阔地——八爷您别生气,就是岭下咱那片坟地……"

"啊——"

赵八爷听罢立刻变了色,腾地站起身:"妈的,在赵家祖坟上建军马场!杂种操的,欺负到爷们儿头上了。告诉他妈的小日本儿,脑袋剁了也没他妈的门儿!"

得,不出所料,着了。巩师爷心说。

"八爷,压住火压住火。依兄弟看,这种事断是日本人打定的主意，吉洪他也没法儿。马圭弘讲，吉洪愿意在祖坟四周修一道栅栏，这个并不十分妨碍。依兄弟看，八爷虽说财大势大，可眼下天是日本人的天，地是日本人的地，他们想做的事就必做得出。赵家十几辈的家业尽握在八爷手里。此事八爷一定要三思而后行，一切从长计较，留得青……"

"哼！翻开屁眼往老子脑袋上拉屎。管他妈是谁，别人怕，老子不怕他们。把老子宰了崩了都行。祖坟不能动！"

"哎，八爷八爷，您别急，兄弟吐句滴血的话，这事太大，八爷要冷静。兄弟的意思，万全之策就是既不得罪日本人，又保住了祖宗宅院……"

"行了，别说了。师爷，你回去告诉马镇长，绝祖宗的事儿老子不干！"

赵八爷说罢站起身，梗着头不看巩师爷。

巩师爷眼见无趣，便起身告辞：

"那好，兄弟告辞了。兄弟再进一言，八爷此事务要三思，日本人的势力不可不虑呀！"

"哼！"

赵八爷忿忿地喷出一个字。

五

公主岭之阳，淖尔河之阴是一带纵横百顷的开阔地。时交夏秋，草木竞荣。莪蒿葳蕤，荠蕨萋萋。幽深的剑齿草丛在熏风中绿浪翻滚，起伏如潮，势如千军。森森黛色掩映下，居中昂然酣卧着几十座大碹坟。碹坟砖石砌就，巍如屋宇。依山傍水，枕梁踏波。明奏坤脉地理，暗合乾宿天文。白日普照下，坟地四周氤氲野马，紫气升腾。庞大的坟群中央突兀地敞开一块丈围空地。空地陡然凹进，一条深不可测的洞穴直面苍天。

小秀搀着一个瘦骨嶙峋白发苍苍的老太太立在坟茔前。墓碑前，老太太脚下纸灰飘卷余烟缭绕。

"咱回吧，老太太，时候不早啦！"小秀瞅瞅西斜的太阳说。

"回客，那就回客吧。"老太太颤颤地转回身，龙头拐杖点着路。

才走了几步，就到了洞穴前。

老太太轻声细步，动止有宜，庄严恭敬。小秀一脸好奇，张嘴说话，话未出口，便被老太太一把捂住。

稍远了点，老太太才松了口气。小秀说："老太太，都说那是狐仙洞，真假呀？"

"死丫头，不兴乱讲，没你说话的地方……"话没讲完，老太太似听到了什么，便向远处搭凉棚张望。小秀惶惑地跟着看，眼尖，突然惊奇地叫了起来："老太太，看，那是啥？"

老太太眯着老眼循声望去。

一箭地外，赤焰般的一团红火熠熠而来。红火光耀夺目，神采飞扬，草浪里无阻地烁烁而进。

老太太扑通跪倒，冲着红火咚咚叩起头来。

丫头凤姑服侍赵八爷歪在炕上抽水烟。绿宝石水烟袋鸽子倒食般咕咕响。大口大口的烟雾从八爷的嘴里喷出，向整个卧房弥漫。

天见黑了，八爷盼咐说："去，上灯来。"

凤姑直起身把蜡点上。红妆绣袄，袅袅婷婷。八爷看了心里一动，问道："是不是不回来啦，啊？"

"八成是，大奶奶走时说事儿没利索就住在三舅那儿。"

听了这话，赵八爷心下一阵高兴，两只环眼放出光彩，说："凤姑，去看看大门落锁了没有！"

凤姑一笑："八爷，天还早点，怕有人来，大门还没关哪！"

"没谁来就锁了吧。老太太睡没？"

"早睡了，老庄子小秀他们把老太太扶回来半天了。那我就把大门锁了吧。八爷！"凤姑说罢摆着软腰就出去了。赵八爷把水烟袋推到炕梢，脱下古香缎大衫，趿拉着鞋站在地上。

一会儿，凤姑款款走进屋，低眉顺眼摆弄着衣襟。

赵八爷早按捺不住，张开膀子一把将凤姑拉到怀里，旋又抱到炕上，一身硬肉磨盘似的压上去……"

"凤姑，将来就跟老子算了！"

"哼，八爷，咋个跟法呀？是明媒正娶，还是养着个娼啊！咱是个丫头身价，大奶奶知道了还不生吃了我！"

"这扯哪儿去了，连我都不信了？赵家谁说了算？"

正说着话，家人老庄子贴门喊了一嗓子：

"八爷，大奶奶回来啦！"

凤姑急忙抓过衣服，催八爷穿上，自己闪身出了屋。

赵八爷扣上衣服，对着镜子搓把脸，迈步到院子里。这时，大门已经开了。一个高高挑挑的女人站在院当中。女人见了八爷，没好气地说：

"大天白日的就锁上了门，干啥见不得人的事儿？"

赵八爷眨了眨眼，呵呵一笑，你一回来就是事儿："玩得不错？"

"嗯，是不错。外边的进香，家里的上供——上了房笆！"

"你别没头了，咋回事儿？爷们儿又没扒灰搞破鞋！"

"谁知道你正经啥样啊，家里养着现成的。不知几个觑着奶奶这个位儿呢！"

"呵，娘们儿事儿太多。猴子配骆驼还越说越玄啦！"赵八爷摇了摇脑袋，转身进了屋。

凤姑躲在厢房里听个真亮，嘎嘎咬了几下牙。

大奶奶径直进了卧房，使劲抽了抽鼻子，大声说："这屋胭粉味多大！是丫头们擦的那种粗粉。"回头瞅着八爷，"谁在这啦？是不是凤姑？"

"就上过灯。"赵八爷扭过脸说。

"哼，可不是上灯吗！看这被服都铺上了。八成睡两觉了！"

"行了吧，还没完啦？"赵八爷大脸阴了下来。

"唉——"大奶奶见势，叹口气收了嘴。

赵八爷甩掉鞋，偎倒炕上，问："白城那边咋样啦？"

"……听三舅的口气，小日本怕要长不了。国民党没准儿要回来。"

"不管谁回来，老子一个不理！"

"三舅说那边加税了，小日本儿在关里吃紧，咱这儿怕也躲不过去。"

"加就加吧，老子供得起他！"

大奶奶洗漱了进来，掩上门，放下窗子。她脱去旗袍，躺在赵八爷身边，见八爷不动，问道："闷着啥？"

赵八爷没吱声。过了一会儿，蹦出一句："这世道不太平，人得小心。我琢磨着，要有麻烦事儿。"

"来吧，躺下再说。有啥事儿？天大的事儿有你这七尺男人顶着，全家没牵挂，来吧来吧！"

赵八爷长吁了口气，眉起皱结。他躺下，闭上眼睛。

六

平明时分，在公主岭鸡声鼎沸的时候，一匹卷毛黑马嗒嗒来到赵家大院。骑马人啪啪拍响大门。家人探出头来问道："您是？"

"我是镇署的，找赵八爷有要务。"来人答道。

家人引着骑马人来到客厅，然后向赵八爷禀报。

赵八爷正呼呼大睡。大奶奶使劲摇醒了他："扒开眼睛就有人找。醒醒,出去看看是谁!"

赵八爷不情愿地睁开眼睛,骂道:"妈拉巴子,死催的,哪个这是!"翻身坐起,披衣出来。

客厅站着一个黑脸汉子。那汉子见八爷出来,拱手施礼道:"八爷,打扰了。我是马镇长的马弁,马镇长让我来禀知八爷,务请八爷到镇署去一趟,有要事相商。"

"哦——啥事儿?"

"八爷去了便知。"

"好吧,你稍等一会儿。"

赵八爷起身回到卧房,洗漱整束不提。

马圭弘听了巩师爷的回复,心里发凉,寻思这烂眼子的事儿要弄大发。自己无论如何也躲不过,没办法,必须亲自出马,否则吉洪那儿不好回话,赵八爷也容易跟日本人闹起来。而闹起来的结果必是赵八爷吃大亏……他实在不敢做这样的想象。日本人的忍耐程度是有限的,赵八爷的火爆脾性则是无限的。以其有限对无限,不用问,后果不堪设想。反过来,从各种关系上看,自己绝不能少了赵八爷这个朋友,而赵八爷则不一定需要自己。公主岭不全是赵家的,但也差不多少,公主岭有数的大户十之八九姓赵,自己镇长的乌纱帽是这些人给扣到头上的,而这些人又毫不含糊地奉赵胜天为领袖,使他成为远近驰名的赵八爷。这是赵家多少代人积攒下来的伟大荫庇,而赵八爷本人的特别秉性又陡增了赵家传人到了他这一代的非同寻常的色彩。这非同寻常的色彩本身就注定了赵八爷大有可能跟他本人僵起来。马圭弘越想越不是滋味,一大早便打发马弁去请赵八爷。

赵八爷随着马弁来到镇署。马圭弘降阶相迎,两人携手进了客厅。

寒暄礼过,八爷说:"镇长大清早把老赵找来准有事儿,怎么盼咐只管说！"

"也是，你我兄弟都是世交，八爷的为人谁不钦服，实在人讲实在话，想必八爷也猜出几分了。前天巩师爷给八爷递了个音儿，八爷不甚感冒。今儿个兄弟又把八爷请来,还为这档子事儿！"

"日本人要在我祖坟地建什么他妈的军马场！什么他妈的军马场，不就是放马吗！我老赵就是稀屎一泡任人踹，也不能让他在祖宗脑袋上放马呀！"

"八爷至孝，八爷至孝！听兄弟一言，现在的风声是日本人在太平洋马来西亚爪哇国那边作战不利，在关里和印度支那缅甸菲律宾这儿也要坏菜。后备吃紧。想紧急在东北准备一批力量。吉洪中佐接到指令，在公主岭地区建一个军马场，放养三千匹战马。这三千匹战马要组建一个'神风骑兵旅团'拉到南边去，放马也只是一春一秋的事，不外是在此操练一番。而且日本人话既然已出口，恐怕也难收回去了。兄弟抹下脸儿跟吉洪争个条件，叫他在坟茔周围修一道围墙或栅栏什么的，把坟地围上。这样对祖坟就没有大的惊动了。吉洪也同意。八爷家大业大，祖宗八代了，一定要三思而后行。"

"……"

"日本人在中国杀人的勾当做过多少你我都清楚。眼前是他们的天下，就是溥仪也还不是牌位！八爷说是不是？"

"嗯——"

赵八爷半晌没吱声，脸色铁青。左手无名指得得颤抖敲打着紫藤交椅。

马圭弘紧张地等待着赵八爷的反应。在承受了相当一段时间的沉默后，赵八爷抓起了马鞭子，狠狠地一挥，说：

"好吧，容我回去想想。妈拉巴子，老赵非卷刃不可，老太太的关就过不去。"

七

从坟茔地回来,老太太就觉着怪。那团红火一直在眼前晃。祖上一代代向下传的有狐仙保佑的话更坐实了。准是这么回事,没错就这么回事。赵家大业一代代往下传,狐仙也一代代往下传。这不是天意吗,谁个不信,哪个敢不信!没胡仙保佑能有今天?六十年前,嫁到赵家的时候,她就听老太爷讲这码事。那时才十七岁,祭祖轮不上她,靠不上前儿,平常人没那份儿福气。今儿个真就碰上了。那条洞,老太爷说的就是那条洞。阿弥陀佛善哉善哉。幸亏祖宗旁供着狐仙,敢情灵验着呢。

老太太神清气爽,步履矫健,褶巴巴的老脸润泽了许多,浑浊的眼睛放出明亮的光辉。老太太把小秀喊到跟前,慈祥地说:"小秀啊,昨个儿看见的你知道是咋回事吗?"

"您老不是说狐仙吗?就那团红火不是?"

"哎,你有福气哟。我活了这么大岁数,还头一回看呢!老赵家的人都没看见过,你个做丫头的倒见识着了,有福气不是!好好侍候着,多有眼力见儿,勤快点儿,这都是会当丫头的。往后再多拿点针线活儿,凡事按规矩办,稳稳当当的,老太太也给你个提携,有个出身……"

"那敢情好了,都拜在您老身上了。我还不懂事,凡事都靠您老教训,该打该骂您老狠着点,虽说是丫头,还不跟您孙女一样吗?"

老太太高兴,小秀也高兴。这小秀一张嘴儿甜言蜜语叭叭个热火朝天。猛丁想起了什么,小秀便咬着老太太的耳朵说:"老太太,您知道不,凤姑这阵子可不规矩呀,大奶奶叫她气得够呛。"

"咋个不规矩法儿?"

"嗯,您问问大奶奶就知道了。这阵儿老往八爷房里跑,前个儿,大奶奶进香去,她可得着了,整天长在那儿,准想着做二奶奶呢！"

老太太听了，渐渐阴了脸色。她咳嗽了两声，说："行啦，你去把大媳妇给我找来！"小秀惬意地应了一声，颠颠去了。

才走出门来，赵八爷噔噔跨着大步迎着问道："老太太在不？"

"在。"小秀急又引着八爷来到老太太卧房。

"妈，找您说个事儿。"

"啥事？说吧。"

"您慢慢听着，先别生气。妈，今天早上马圭弘把我找去，跟我商量一件事……"

"说吧，商量什么事？"

"日本人要在公主岭建一个军马场，看中了咱家的坟茔地……"

"看上了坟地怎么着？"老太太挑开了眼皮，"你说！"

"军马场就要修在那儿。"

"唔——"老太太呼地撑身坐起，目光炯炯，脸色铁青。

赵八爷不寒而栗，喏喏连声，忙解释道："没那么大发，就是占占草场，坟地不碰，傍坟脚修一道栅栏……"

"呸，放你爹个屁！雷劈的，哪个告诉你祖坟边上能修围墙！坟茔地随便动土？风水破了是了得的事？祖宗的田宅是放马的地场？这不是要败家吗，啊！日本人，小日本儿，比祖宗还高摆？你是不是应了他们？"

"没，没有，妈，您听我说。日本人的势力大得很，杀人不眨眼，连溥仪都胆儿突的。没听说蛤蟆河子那儿拿中国人当靶子打，宋家屯一次给挑了一千多人吗！妈，不是我害怕，要是没家没业，砍掉脑袋又能怎么着，可现在我是一家之主哇！"

"呸，呸呸！杂种操的，白养了你一回，倒向着小日本儿说话了。你这不是怕啦是啥！你个儿把坟刨了得啦，省得让洋祖宗费事了……"老太太大恸："唉咳咳，我道看见大仙是好兆头呢，原来是报了凶信啦！土没脖儿的人了，倒要看着祖宗让人糟践，我还要觍着脸进祖坟呐……"

小秀看老太太这般模样,忙上前捶背。赵八爷悄悄退了出去。赵八爷一阵焦躁,坐卧不是。

八

民国三十一年的秋天,吉林西北部一个叫公主岭的大镇上,酝酿出了一幕令后来人感喟不已的悲喜剧。剧中主人公便是叱咤一方的大财主赵八爷赵胜天。他在那一带方圆几百里地面上无人不知无人不晓。当日本关东军准备在赵家庞大的坟地建一个旨在为一支"神风骑兵旅团"驯牧三千匹嘶风战马的军马场的时候,赵八爷在肇兴绸缎庄伶牙俐齿的巩师爷和公主岭镇长马圭弘的反复劝说下,起初明智地审时度势,意欲说服掌管赵家宗规铁券的赵老太,不料赵老太当头一顿臭骂把他的刚刚认清的时务一扫而光。进退两难的赵八爷索性闭门不出。旬日后,关东军吉洪丰八二中佐亲下请帖,虽称不上鸿门宴,但在宴筵中赵八爷一反常态,时而抵赖耍滑时而辞严义正,使宴饮出现令人难堪的尴尬场面。

那时候,吉洪丰八二中佐已忍无可忍,他温淳平和的深厚修养在赵八爷面前实在难以维持。终于他两腮的肌肉急促地抽搐起来,这是他极度愤怒的生理标志。站在吉洪身边的石井曹长和另外几个军士伸手向腰间摸去。赵八爷哧拉敞开毛乎乎的胸膛,双手闪电般地一晃,两把长苗镜面二十响王八盒子早逼住了石井曹长和吉洪。直至对方放下了武器,赵八爷才在一片阒寂中大步走出宴会厅,翻身跨上那匹蒙古杂种矮脚健马,风一样回到赵家大院。

惊呆了的马圭弘等人目瞪口张,不知所措。吉洪刷地拔出洋刀咔嚓砍掉案桌的一角,然后坐下来,突然哈哈大笑:"赵八爷是大大的英雄,孟子说'威武不能屈',我非常佩服!"

　　幕僚们这才松了口气,浑身无力地坐回自己的位子。剑拔弩张的卫兵们也都收起了家伙。

　　赵八爷双枪赴宴轰动了公主岭,赵八爷的威名更加远扬。然而孤胆英雄的传奇之举并不能扭转日本人在公主岭赵家坟地建军马场的决心。大闹宴筵的一个月后,日本人便驱动上千民工来到那块风水宝地,兴起了土木工程。转眼间几十栋平房和密匝匝的牲口圈棚平地而起。这一切都是在赵八爷眼皮底下堂而皇之地进行的。这一切完成之后,日本人便没了动静。因为这时已是入冬天气,气候寒冷,从日本本土运来的军马在隆冬时节驻足伪满洲国意义不大,因此军马的真正到来也只能是第二年的春天。而第二年的春天说话间就到了。

　　凤姑离开了赵家。凤姑日新月异的肚子无可掩饰地把隐秘露了出来。赵八爷为此事大伤脑筋,大奶奶为此事与他发生了几至寻死上吊的激烈冲突,在这种激烈冲突达到高潮的时候,赵老太对大奶奶决定性的支持使胜负立见分晓,从而粉碎了赵八爷在凤姑枕边许下的大愿。深刻的悲哀笼罩在赵八爷心头许久,凤姑离开时,他给了她一笔足够她娘家一家人挣十年的钱作盘缠,并保证孩子出生后,他承担全部的抚养费用,因为那毕竟是自己留下的第一个骨肉,他无论如何要承认那是自己的孩子,这谁也挡不住。凤姑的离开并不说明大奶奶的完全胜利和他彻底的失败,那种他暂时还无法抗拒的强大的力量迫使他只能做出眼前的选择。将来在某个时机成熟的时候,比如……他还要向凤姑还所许之愿,这个想法他反复向凤姑做了交代。结果是凤姑有了良好的期待后,悲戚之色大有所减,这更令大奶奶和小秀等惊讶,她们几乎同声骂道:"真是个不要脸的骚货!"

　　凤姑回了娘家,不久之后的赵家发生剧变,赵八爷被迫驰马上了驸马坡,在土匪窝里竟发现了凤姑,这时她成了大土匪鲁一彪的压寨夫人。不过这是后话，按下不提。

赵老太在关键的时候站在大奶奶一边，除有必然的传统秩序的原因外，也与小秀的摇唇鼓舌不无关系。在她中伤的对象从眼睛里消失后，已经具备了一个女人所应具备的一切特点的十七岁的小秀，聪明地领悟到了那个被凤姑所觊觎的位置的极大的诱惑。于是一对新的矛盾在她和大奶奶之间渐渐地形成了。这是小秀学会用漂亮的杏眼撩拨因凤姑的离去深陷痛苦中的赵八爷以后的事。

九

天刚蒙蒙亮，躺在炕上的公主岭人被隆隆的马蹄声惊醒。那沉闷而又清脆的敲击铁器的钢声似潮水般铺天盖地而来。整个大地在轻轻摇撼。时间被突然拉到中世纪古战场万马千军惊天动地的激烈厮杀中。

当马蹄声完全扫荡了公主岭黎明时分的寂静的时候，赵家大门被急促地拍响了。

老庄子打开大门，见来人中有马圭弘和巩师爷，便慌忙迎进。

赵八爷候在客厅，与两人寒暄罢，便凝神问道："今天有事？"

"八爷，"马圭弘说，"咱们不是外人，我直了说，好有个照应。日本人的三千匹战马到了。"

"今儿早上怕都听见了。"巩师爷在旁接上道，"黑压压一片。我和圭弘兄觉得该跟八爷商量一下，咱们也好做个安排。昨天，吉洪把我俩找去，说这次押运军马的是关东军阿部旅团十四联队长矶谷大佐，位在吉洪之上。目下日军南线吃紧，后备空乏，补充迫在眉睫。三千匹战马要在半年内调驯好然后开赴前线，组成'神风骑兵旅团'。吉洪说他一时也照顾不了许多了，又怕矶谷大佐不知怀柔，托我俩专程来招呼一声。吉洪说他对八爷还是钦服的，八爷一身虎胆，是条好汉，若有冲撞……"

"噢，得了，我他妈明白了。行，咱们看看去。什么他妈矶谷鸭谷的，他还能把我祖坟刨了不成！"赵八爷立起身，说，"稍坐，我穿了衣服就去。"

赵八爷回屋披上衣服。头戴卷沿毡帽，腰扎大红丝绦，斜插双枪，威风凛凛。

巩师爷一见，忙说道："哦，八爷，兄弟以为最好还是别揣家伙，免生事端。"

马圭弘也说："是啊八爷，戎装容易出麻烦，倒不如轻身去。"

赵八爷想了想："好吧，掖着脑袋去就行了。"

一行人出了赵家大院，打马奔了公主岭。

赵老太昏昏沉沉醒来，睁开眼，见身边一个人没有，便使劲咳嗽起来。

老太太病了一个来月了，气闷得不行又堵得不行。该死的世道啊，该死的小日本，该死的雷劈儿子。这么大的家业眼瞅着就要败下来了。祖坟都给占了，风水都破了，还有个不败？谁听过祖坟上放马？祖宗脑袋上天天呼呼嘈嘈跑马还受得了？天哪，真就挡不住了！也是，人都说，连溥仪都挡不住小日本，连蒋委员长都挡不住小日本,连美国人——怎么这世界上还有"美"国人，浪不？——都挡不住，谁能挡得住？你能挡得住？儿子凶，儿子能，可也不能拿鸡蛋往石头上碰啊！闭上眼不看，昏了头不想，也不行，不能不看，不能不想。事在那儿摆着呢。你还没死，你还掌着家呢。几日前打发老庄子去看了一趟，说马圈栅栏都修起来了，就留着坟茔一块地。还有那个洞。这几天总梦着大仙，大仙的长髯飘过肚腹，被胡须遮住的嘴嗫嚅着说些什么，好像是骂谁败家，骂谁不孝，好像是说祖宗发怒了。骂谁，骂儿子呗，骂自个儿这当妈的呗。该骂，骂得轻。大仙保佑着你，大仙保了今天,还保佑你明天?小日本都带着刀兵,大仙也拿他们没法儿呀,中国神能治外国鬼吗?子孙们连祖坟都保不住,还能保住家业?大仙恨恨的样子,大仙用眼睛盯自个儿的样子真叫人怵心!打第一回做起这梦,就天天做起来。这身子也一天天困乏起来,整天病恹恹的样子,这样下去不是要完吗!大媳妇许是看出什么了,紧颠着来望自个儿,凉药热药紧着熬。儿子不立事,全没长眼睛,里一趟外一趟的,闲心可不小。叫凤姑那小妖精迷住了,还要娶小,没长心不是!养儿养儿,养了这么个遭瘟的,活把人气死。小秀倒懂事,这些日子对自个儿伺候得也全道,有眼力见儿。可这阵子也装痴做傻地透话,看样子也在惦记着那个位儿。瞅冷子也到儿子屋去,跑勤了,怕也要做下事。唉,这个家是没治了,乱了家法,乱了套,祖宗能不怪!自己打也打不动,骂也骂不听,早晚得气死。

小秀听老太太醒了,赶忙跑过来。

"老太太您好点没?"

"好点了。"老太太说,"搀我到祠堂!"

"唉!"小秀应了一声,搀着老太太出来。

列祖列宗前,赵老太各敬了一炷香。青烟袅袅,如缕如丝。大仙牌位的那炷香点了就灭,点了就灭。换了一炷又一炷,点了一回又一回,到了还是不济事。老太太大惊失色,小秀好不诧异。老太太又点了一回,这番香燃起来了,红火紫烟,似明似灭。老太太扑通跪倒,冲着牌位磕起头来……

赵家坟地前一片恢宏景象。数十里方圆的草甸上人嚷马嘶,冲起的丈高尘土湮灭了刚冒绿的稀疏的青草。浓烈的阳光倾洒下来,天地间昏黄一色。成群结队的日本东洋战马潮水般涌着健硕剽悍的身躯,呼呼搅着尘烟。铿锵狂疾的铁蹄骤风一样左奔右突。黑云似的庞大畜群蹚起的滚雷般轰鸣形成了公主岭前所未有的惊心动魄的景观。百余名蹬着高筒马靴的日本骑兵挥鞭驱动着隆隆的马阵,往返驰骋。

赵八爷一行人搬鞍坠镫,径奔坟地。庞大的坟群依山傍水,俯视着百步外突兀出现的军马场。马群蹚起的滚滚尘埃这时候正向坟茔卷地而来。

赵八爷如一尊石像冷冷地看着眼前的景观。马圭弘和巩师爷站在旁边心中忐忑。

这时,大约一个小队的三十几骑骑兵夹带着一股恶风向这边飞驰而来,威武雄猛,势不可当。赵八爷看着如此骁勇的日本骑兵,不禁心中平生一道寒气。

那队日本骑兵跃马到赵家祖坟百步远的地方蓦然勒住,掉转马头呼啸着向相反的方向驰去。一顿饭的工夫内,几队骑兵及驱动的马群凡到这里都无例外地驻足转向,咆哮而去。

赵八爷有点惊讶。马圭弘和巩师爷面露喜色。马圭弘说:"八爷,你看,日本人还没那么过格,看样子准是上峰给他们下了规矩。"巩师爷说:"要是这样的话,咱们忍一忍也就过去了,没事就好。"

正说着,几个日本军官打马来到近前,下了马,一看是吉洪,身边陪着一个满脸横肉的日本军官。

吉洪走到赵八爷面前,亲热地打招呼,把那个日本军官给八爷做了介绍。那人就是矶谷大佐。

矶谷大佐神色严峻,一脸杀机。吉洪满面笑容,和蔼可亲。"赵先生,"吉洪说,"践跐宝宅实出无奈,拥护圣战建设大东亚共荣圈乃我们共同的利益。日本和中国同种同文,我们尊重中国人的风俗,请赵先生放心。"

马圭弘和巩师爷频频点头称是,赵八爷木然无表情。

十一

赵家大院笼罩在一片灰黯的氛围中。上百间青砖瓦房构成的几进深宅失去了以往的生机，沉闷得让人透不过气来。院内老榆树整天落满了聒噪的乌鸦。高大厚重的院墙更平添了几分宅院的阴森和死寂。

赵老太咳嗽不止。小秀奔走不歇。大奶奶忙个不停。

老太太病势日见沉重，连着几天汤米不进。威严的老脸皮紧绷在脑壳上，成了一具活骷髅。抬头纹渐渐舒展开来，岁月的痕迹日趋消淡。老妈子田婶私下对众人道："老太太怕日子不多了，没看抬头纹都开了！"

赵八爷心烦意乱，迈着大步在院子里急踱。半年来的变故在他豁达的性情中陡起波澜。他实在没想那么多，没料到那么复杂。往日平静的生活被打破了，往日恢宏的交际排场和繁文缛节也被无情地冲击和摧毁了。牢固的赵家大院和神圣的赵家祖坟都在疾骤的变故中颠簸动摇，而恰恰这种无法应付的事变被自己赶上了。日本人的疯狂，日本人的强悍是包括自己在内的任何中国或伪满洲国人无力抵敌的。自己可以在大庭广众之下拔枪而起，大逞虎威，但那毕竟是一夫之勇，解决不了大问题。日本人在自己祖坟地修军马场，修了，谁也阻挡不了，想修就修，想干就干。日本人的铁骑纵横决荡，势不可当。他羡慕人家，那确是一支凶猛异常的军队，不然怎能那么容易跨海杀奔中国来。他看不起中国的军队，什么中央军，地方军，城防军还有保安队，都是酒囊饭袋……唉，只可惜了自己这一身本事。老太太看看又不行了。老太太这次把自己骂了个狗血喷头，说她非叫自己给气死不可。他知道，祖坟的事是老太太致病的主要原因。这两天，上上下下七嘴八舌都说什么祖坟上的狐仙又显了灵。老太太也病歪歪地整天念叨着大仙。什么大仙，不就是狐狸吗？他老早就听说过，祖坟那有连代住的大仙。若是老太太真个给迷了,老子非把它收拾了不可……

正想着,小秀出来招呼道:"八爷,老太太叫您哪!"

赵八爷赶快趋步进屋。

老太太忽然精神起来,混浊的老眼也清亮了。见八爷进来了,老太太欠起身说:"趁响午,你招呼几个人,抬我到坟地看看!"

"妈,您还是养病要紧,那儿有什么看的,改天去还不行!"

"住嘴,别说这伤天的话。我说去就去,麻溜准备着,吃了饭就去。"

赵八爷不敢违拗,转身出来准备。吃罢午饭,一行人出了赵家大院。老太太坐在一乘小轿里,两个家人高足轻步,稳稳地抬着。赵八爷带着几个随从骑着马跟在后面。

到了地方,扶下老太太。祖宗坟前逐个瞧了瞧。老太太神色严肃,目光深邃。烧纸磕头,叨叨咕咕,直到酸了腰腿,才站起身来。这时,一阵马嘶传了过来。老太太冲着军马场的方向悲哀地摇了摇头,一行老泪簌簌地淌了下来。

良久,老太太忽然感到了什么,眼睛一亮,道:"听,那不是大仙来啦!"众人竖起耳朵细听,却杳无声息。老太太激动不已,循声望去,竟喊了出来:"哎哎,那不是大仙来啦!"

果然,三五里远处,一团炽炭般的红火向这里熠熠而动。红火鲜艳夺目,光耀无匹。

众人吃惊得闭不上嘴。

赵八爷看了一会儿,双眉一竖:"这准是只火狐狸!"

"畜牲!"老太太怒不可遏,"你还敢乱讲。"

这时候,那团红火离得近了,便不再向前,远远地驻足不动。紧接着,一声动人魂魄的啸叫传了过来,叫声哀婉凄厉,撕心裂肺。老太太浑身毂觫,扑通跪倒,朝着叫声长叩起来。

赵八爷冷冷看着这幅景象,突然吼道:"妈拉巴子,好条狐狸精,看老子腾出手来不打碎你的脑袋!"

老太太不听则已，听了八爷这句狂话，手指了指，竟一字言语不得，往后便倒。众人慌了，忙大呼小叫地解救，好一会儿，才缓过气来，急急地抬下山去。

十二

公主岭一片热闹景象。日本人几千军马的到来使老百姓着实惊恐了一阵子，同时也为赵八爷捏着把汗。见后来倒是风平浪静，日本人没奈何赵八爷，赵八爷也没和日本人闹翻，便放下心来。公主岭一如往日，市井喧嚣，人声鼎沸。

吉洪见春日融融，草木竞生，不免心里一阵高兴。想何不摆一桌酒席大会宾朋。一来解解几个月的疲乏，二来为完成上峰建军马场的使命做番庆贺。于是吩咐备下几桌丰盛的酒席，遍请公主岭各路名流。

赵八爷是第一个要请的。吉洪派他的朝鲜助手金通日带着烫金请帖亲到赵府去请。

赵八爷把老太太抬回家，急请大夫看视，扎了几针，服了两碗汤药，大奶奶又悄悄使人厚礼请来无所不知的著名大巫胡本丘，为老太太跳了几圈，祷告了几遍。待老太太沉沉睡去，一家人才松了口气。

正在这时，金通日揣着请帖到了。

赵八爷好一番踌躇。去，上一回闹得挺凶；不去，倒显着这次气短。何况吉洪也未必不是番好意。

也罢，去。

宴会大厅灯红酒绿，杯觥交错，歌舞升平，一片欢愉气氛。吉洪见赵八爷到，降阶而迎，延为上宾，择右而坐。

民国三十二年的春天，公主岭关东军驻军大营里的一场宴饮，成了远近驰名的大财主赵八爷身家命运急转直下的契机，在后来发生的一切残酷事件中，这一契机都暗示了某种悲剧。

那时，矶谷就坐在赵八爷的对面，他怀里搂着一个裸肩露背的粉面女人。女人嘻嘻笑着为矶谷夹菜斟酒。矶谷一只大手在女人身上摸摸索索。矶谷看了赵八爷一眼，一脸鄙夷。"你的，"他指了指赵八爷，说，"跟我干了这杯！"赵八爷面无表情。矶谷催促道："你的听见没有，干了，祝贺我的马到成功。"

赵八爷脸色发白。吉洪忙向赵八爷碗里夹菜。巩师爷见矶谷有意要羞辱赵八爷，低声对马圭弘说："压着点儿八爷，矶谷要挑事儿。"马圭弘点了点头，坐近赵八爷。

矶谷的手大概摸到了女人什么敏感的部位，粉面女人突然浪声大笑起来。满厅哗然。矶谷更是兴奋，干脆肆无忌惮地大抓大揉起来。

吉洪向两名朝鲜侍者努努嘴。侍者过来搀扶矶谷。矶谷眼睛一瞪，大骂道："八格牙鲁，死了死了的！"抬手给了侍者两耳光。

矶谷站起身，操起酒瓶子满嘴一顿乱灌，砰地往酒桌上一砸，杯盘碗碟颠得哗啦啦翻滚。一碗热汤正浇在赵八爷身上。八爷腾地跳起，怒目而视。矶谷醉眼乜斜。马圭弘死命地拉八爷坐下。

赵八爷终于坐下来，恢复了平静。他后来看得清楚，他的愤怒使矶谷毫无收敛。厅里厅外荷枪实弹多是矶谷带来的人。剑拔弩张的场面已不容他再演几个月前的一幕。

正闹着，一名侍者挤到赵八爷身边，耳语数声。赵八爷立刻起身，慌忙出了大厅。马圭弘和巩师爷随后跟出。

大厅外站着老庄子，脸色惨白，浑身汗透，磕磕绊绊说不出整话。

"八爷，八爷，老太太她……"

"啊，"赵八爷一惊，老太太怎么了？"

"老太太……老了!"

"什么?再说一遍!"

"八爷,老太太老了。"

"哎呀!"赵八爷一个趔趄险些跌倒。马圭弘、巩师爷上前扶住。巩师爷道:"八爷节哀,稳便回府!"马圭弘掉头迅速安排了几个手下人随赵八爷回府治丧。

赵八爷一行急赶回赵家大院。

马圭弘、巩师爷转回宴厅。吉洪忙问道:"怎么回事?"两人答道:"赵八爷老母亲故去了。"

"哦——"吉洪立刻弯下腰来,敛容致意。

赵家大院一片哭声。百多口人进进出出穿梭般忙碌。大奶奶由小秀搀扶着,两眼赤红,呜呜咽咽,悲痛欲绝。小秀一边劝也一边抹泪。账房管家,厨师火工,家人护院,老妈丫环,长工短工……一应人等,镇上大户,邻里小户,巫祝长老……都手脚不停地忙着丧事。

院外鸾铃响。马上扑通跳下赵八爷,径奔老太太卧房。赵八爷几步抢进屋,高叫了一声:"妈——"跪倒灵床前,大哭了起来。

老太太脸上罩着细丝白绫,僵卧不动。瘦小的身形显得更加枯干。赵八爷伸手轻轻揭开白绫。老太太双眼微睁,嘴角半合,似无尽的怨恨。赵八爷呼地跳起身,大叫道:"怎么死的,嗯?"

十三

老太太被昏昏沉沉地抬回后,躺在床上。眼前一片昏黄赤白,身子酸疼无力,自觉到快要不行了。儿子媳妇们一阵忙乱,扎针吃药,便沉沉地睡了过去。

老太太十七岁嫁到赵家。那时的她是个刚出闺门的少女,不谙世事。老太爷大她八岁。老太爷理家是把好手，家业兴旺发达蒸蒸日上。到了那一年，赵家已是方圆几百里无匹的大户，财吞八镇，气领三江。可偏偏到了那一年，操持了半辈子的老太爷，眼看就要到了享清福的时候，突然横遭天祸……那时，老太爷提着一支新买的奉天造土炮追杀一只白毛獾子。狗一般大小的白毛老獾子在苞米地一瘸一拐地跑——它的前腿已被老太爷下的套子勒折了骨头。老太爷轰的一枪打去，獾子滚了两滚躺在地上不动了。老太爷高兴地跑上前，伸手要提死獾子，谁知那畜生竟呼地跳起来，张开白森森的利齿冲老太爷裆下狠命地咬了一口。只这一口，老太爷惨叫一声便蹲了下去。当看地老倌循着叫声找到血泊的时候，爬出几步远的老太爷已奄奄一息了。老太爷手指猎枪，嘴张了张，一歪头断了气。入殓时，人们见老太爷的下身已被白毛獾子嚼铜断铁的利齿咬得粉碎。老太爷临死留下了一个谁也猜不透的谜，就是对那支奉天造土炮的指向。老太爷死后，老太太掌管了家族大权。那时赵八爷只有十几岁，撑不起门面。老太太说一不二，满族人唯命是听。后来赵八爷娶了通辽姜大户的女儿做媳妇，就是现在的大奶奶，老太太便逐渐放松了权柄，家里家外交付赵八爷，但许多决定性的大事还是她说了算。日本人在公主岭祖坟地建军马场这件事在老太太心上投下了一块阴冷的巨石。日本人不可阻挡地在公主岭下赵家草场上几十座祖坟前后跃马扬鞭地飞奔。整天价爆土扬场，人嚷马嘶。这般境况如何得了，坟地的风水断是被破尽了。那一代代传下的万灵的大仙这阵子一遍遍给自己托梦，一遍遍责难自己。烧了无数的香，化了无数的纸，终究当不了事。现在，一切都清明起来，尽管针药什么的在努力阻止这种清明，但那种白亮而橙黄、清晰而飘渺的境界却随着自己的欲望不可阻遏地靠近了。自己仿佛在虚空中升浮，又像站在平坦的白地上，流光溢彩，金碧辉煌。自己试探着迈着轻盈的小步往前走，轻快无比，惬意无比。五脏六腑都被清冽的罡风濯荡得干干净净。塞满了胸腹的烦恼一件件被抛开，愁苦从脑子里一件件毒蛇般地爬出。身捷气爽，耳聪目明。这时候，前方突然出现一块水晶般清澈的空地。几十上百个神主牌位兀地矗立眼前，几十上百个神主牌位转眼间又变成了峨冠博带马褂长袍的列祖列宗。列祖列宗面目慈祥和善，笑望着她，让她从心里生愧。她的目光落到了坐在最后位置上的老太爷的身上，自己男人。男人没笑，男人面目狰狞可怖，恶狠狠地望着自己，她不敢正视，急忙低了头。又一想长久没见丈夫的面了，该仔细看看才是，便重又抬起了头，却早不见了对面的人物，神主牌位还光灿灿地供在那儿，香烟袅袅。往中间望去，一个赤髯老头正襟危坐。老头呵呵大笑，说："媳妇子，你过来，赵家祖业到你这儿就算完结了。我几次告诉你了，你的孽子已经把祖坟风水倾尽，田宅不保，神人不佑。既然这样，你就不用再操心了，操心也不济事。你以妇道之力，怎敌冷面刀兵，大厦将倾，一木难支，不如随祖宗们去吧，有你的位置哪！你看，他们才去不远……"她循声望去，果然万朵祥云瑞霭中齐整整排立着列祖列宗，正向高渺玉洁之境隐去。她焦急地挥手抬腿欲追，不料脚下猛地一绊，却向漆黑无底的深渊跌去，她大呼一声："大仙救我！"

守护在老太太身边的小秀突然被老太太的一声喊吓得跳起来，赶忙俯身看视，不禁大惊失色。老太太瞠目张口，已经没了气息。

十四

赵八爷霍地跳起身，疾步回到堂屋正厅，去墙上摘下那支老太爷留下的奉天造土炮。老土炮枪身乌亮，弹膛微锈，沉甸甸透散出酸苦的铁味。赵八爷用枪布拭去灰尘，反复调校，最后装上闪亮的霰弹,倒提着出了屋。

家人们见赵八爷目射凶光,面透杀气,俱不敢问。

老八爷从马棚中牵出那匹独一无二的蒙古杂种矮脚健马,飞身跨上,旋风般向公主岭驰去。

仲春的东北千里阔野到处蒸腾着浓厚的地气,微凉的西伯利亚夏季风横扫而来,布下瑟瑟寒意。遍野新枝旧叶黄绿相间,苍鹰低掠,鸳枭高飞。太阳遥挂中空,白云天边流落。

赵八爷提着土炮站在坟群中央那条深不可测的大洞旁凝神细看。洞口新踩出一溜半寸深的脚印,脚印向西而去,渐渐不见了踪迹。赵八爷又仔细观察了一回,转身下了坟地,来到老榆树旁,解开马缰绳,引镫搬鞍,向西嗒嗒而去。

半个时辰过去了,赵八爷搜索的范围越来越小。凭感觉,凭经验,凭胯下坐骑的阵阵喷鼻,赵八爷已断定他要找的目标不会太远了。

这时候,一股暖风温馨地卷了过来,赵八爷人马同时闻到浓烈的异常气味。赵八爷刷地调过土炮。坐骑咴咴叫着腾地竖起了前蹄。两百步外,一团烈焰般的红火突突闪烁在视野里。红火鲜明耀眼,光照左近,亦动亦静,亦浊亦清。赵八爷略抬了抬枪,扣动扳机,轰地一团浓烟喷出。

那团炽烈的火焰依然在视野里闪烁。红火依然鲜明耀眼,光照左近,亦动亦静,亦浊亦清。赵八爷大吃一惊,他百步穿杨的枪法从来未有此遇。打马急追,看看近了,觑得真切,举枪射击,轰地一团浓烟再次喷出。

这时候,那团炽烈的火焰就向枪响处熠熠而来。赵八爷大惊失色。赵八爷此时已有所悟,这团即近的火焰就是他要击中的目标,只是比他想象得还要可怕,还要神奇。他的手不自觉地抖了一下,但立刻他的愤怒又冲上顶门,他平端起土炮,双目虚睁,气沉丹田。就在眼前的目标突然直立起来的一刹那,赵八爷扣动了扳机……

民国三十二年阴历四月十一，那声震撼公主岭的惊天动地的轰响至今留在人们的记忆中。

当时，赵八爷已昏厥在地。炸碎了的奉天造土炮掼在一边。左手无名指流出的鲜血染红了赵八爷身边的土地。蒙古杂种矮脚健马悲切地长啸数声，俯下身来，将刚刚苏醒的赵八爷驮在背上，落荒而去。

十五

黑压压的日本军马在矶谷的指挥下成队阵地在几里纵横的开阔地里往返交驰。膘肥体壮的日本高头大马踢跳咆嚎地在这块平展的大地上奋尾扬鬃，无拘无阻。甜美的草料，甘润的饮水，平添了它们的剽悍和骁勇。它们如它们的主人一样很快适应了这里温馨的气候和壮阔的环境。在闲步慢踱和闪电般驰骋的时候，它们甚至留恋起这片刚刚熟悉的土地。它们以为它们奔驰过和即将奔驰的地方都应是畅通无阻、一马平川的。它们的铁蹄下无所谓峡谷沟壑和险关堑隘。所以当它们在这块平阔的草地上左突右奔了几十个寻常的白日后，便充分地感觉到方圆几十里军马场的束缚了。这以后的相当多的机会里，它们跑得兴起的四蹄在踏坡而上中突然被一排低矮的栅栏挡住。这令它们大为扫兴，每当此时它们都会蹄踏不止，咴咴嘶鸣。

这是一个阴云密布的白天。三百匹为一队的马群在矶谷及手下百余名骑兵的驱动下骤风般南北奔驰。当马群席卷到坟脚栅栏边的时候，无数条高扬的铁蹄顷刻间将孱弱的栅栏踏得粉碎。庞大的一股恶风迅速地在几十座坟头扫过，马蹄践起的黄尘冲上几丈高空。烟埃蒸蒸，蹄声隆隆。矶谷和骑兵们仰天大笑。

第二队马群驰来的时候重蹈了这恢宏的一幕。就在第三队马群刚刚登上坟脚的时候，坟群中央一条深不可测的洞穴里，猛然跃出一道红光。这团熠熠闪烁的烈火蹲伏在那座居高的坟头上，发出凄厉的啸叫，动魄惊心。刚刚登上坟脚的马群突然受惊，轰的一声潮水般退了下去。尾随其后的几骑骑兵措手不及，被撞到马下，顿时被踏为肉泥。

矶谷大吃一惊，愣怔半晌不知所以。当一队队战马都落潮般疯退下来后，他才气急败坏地命令部下用排枪射击。几百发子弹打过去。坟群被击得黄尘滚滚，砖石飞溅。熠熠闪烁的烈焰纹丝不动，凄厉的长啸一声紧似一声。

军马场一片混乱，受惊的战马四处狂奔。

怒不可遏又大惑不解的矶谷苦思良久后，突然下了调炮轰坟的命令。

很快，两门轻型迫击炮运到。炮手调好炮位，将锃亮的炮弹送到弹膛。几乎同一时刻，一阵雨点般的枪声突然在骑兵群中响起。两名炮手脸上嘭地绽开鲜艳的血花，伏在炮上。七八个日本骑兵坠石般落马。

那时候，天欻拉拉就阴了下来。一匹蒙古杂种矮脚快马驮着一个凶猛的大汉旋风般卷进日本骑兵群中，复又旋风般卷出。他上下翻飞的双枪甩出的珠玉般的子弹，令所向披靡的日军纷纷落马。眨眼间，这一骑人马已如一道电光飞出几箭之外，向遥远的驸马坡方向驰去。

尾声

当时，公主岭神机妙算、无所不知的著名大巫胡本丘曾悲哀地预言，赵家后代隔辈长孙必短无名指。

那以后的诸多年中，苦难的凤姑生下的孩子已长大成人。他在具备为赵家传递香火延续后代能力的同时，看上去肢体各个部位与他人并无二致。

几十年后，赵家的两个孙子聚在一桌喝酒的时候，次孙就忽然发现他哥哥的左手无名指竟短了一截。

世家

一

太阳才露头,就照在了监督家的屋顶。

灰蒙蒙的大房子有了响动。老爷子趿着鞋到院门外,倒海翻江一顿咳嗽,惹得周围一阵狗吠,就直起腰来,骂道,瘟不死的,瞎叫唤。他觉得胸口舒坦多了,四处瞅瞅,见院墙下一片狼藉,感觉奇怪,凑上去细看看,不禁吃了一惊。

"哟,昨晚进贼啦!"

一喊不要紧,全家人都各自奔出门来。爸,怎么了,进小偷啦?快看看丢了什么没有。说罢就分头检查起来。老太太警觉,踮着小脚到圈棚一瞧,空空如也。我的妈呀,老头子,驴给牵走了。

"啊,驴丢了,驴……"

老爷子绊绊磕磕赶过来,一搭眼,登时抱住脑袋蹲下去。

"哎呀,那对胶皮轱辘也不见了。"小女儿贵珍喊道。

又是一击,老爷子身子一仰,便背过气去。儿子媳妇们一阵忙活搀到里屋,捶腰打背救了半晌,才缓过神来。

"嗨嗨,这是怎么说的……咱家算败了,啥时见丢过东西。门严墙高的,大活驴就给偷了。"

小儿子贵宝说:"爸,你别犯愁,我出去踅摸踅摸,非抓住这个鳖犊子不可。"说罢横眉竖眼就出去了。

大媳妇劝道:"爸,别往心里去了,就是用咱家的驴,也得让驴踢死,用咱家的车轱辘也得给车轧死,好不了。"

大儿子贵臣说:"爸,好好躺一会儿,别当个事儿,这阵子丢驴丢猪的可多了,又不是咱一家,缓一缓再拴一头。说实在的,咱那副胶轮也不咋起劲,爸,过几天再买一对,用我的钱——哎哟!"话没说完脚面被媳妇狠踩了一下。

"行啦,都忙自个儿的吧,让爸好好睡一觉。我也得上班了,学校今天事多。"大女儿贵贤说着,把被角往老爷子身上拉了拉,就出去了。

都走了,老太太倚着炕沿坐下来。"好受点不?唉,破财免灾,咱这车以后也别拴了,你绊绊磕磕的费恁个劲,能挣几吊钱,趁这回丢了也净心了。"

"你懂啥。破财免灾,就这点财,还架住破啦!不挣俩钱还行,这一窝子,吃饭的多,挣钱的少,一天不动弹,不饿死几口才怪。"

"那有啥法子,不比早先了。你有权有势那会儿,都挺顺心的,现时不行了。"

"唉,七百年谷子八百年糠你还提它干啥?可也是,我当监督那会儿,满城谁不尊敬。咱也会当官,不瞒上不欺下的,整个泰来城太太平平的,是不是?"

"敢情,可那是哪年的事了!"

老爷子一想起早先,脸上就泛起光来。

过去可真不含糊,满泰来县谁不知道张监督。监督长袍马褂手提公文袋,近路四抬大轿,远道高头大马。起脊的青砖大瓦房巍然如宫殿一般。监督践职其间,温良恭俭,谦和清廉,政行不猛,广施宽仁,颇有令誉。虽无太大的才干,却凭着淳朴的德行把一座巴掌大的小城治理得井井有条,平平安安。后来革命了,闹了土改,当时全国尚未解放,照顾着张监督又维持了两年。迨至新中国一成立,划起了成分,张监督颇不好论,给伪满、国民党、共产党都干过,既无血债,又无恶行,位望政绩又高,最后按中农一划了事。自然旧职革除,给了个政协委员名誉。财产也没没收,还算欢喜。又过了若干年,革命闹大了,陈年老账一起算,监督情知不免,赶紧主动上缴了积存财物,保住了一座宅院,游了几圈,斗了几回,也就罢了。可坐吃山空,家境一天天败坏下来。

"这金子挺贵的,我那副镏子拿去卖了吧,咋也值千八的。"

"卖镏子?你糊涂了不是,不留个棺材本儿?往后别提镏子的事,没见老大媳妇雕眼狼闻的。"

贵臣被媳妇拽回屋。

"你可真孝谨,逞什么能,好像趁多少似的。"

"话能这么说么,爸好容易拴了这么个驴车,何况还是在一起用。"

"用咋了,又不是咱个儿,七狼八虎的谁没沾,他当老的偏心眼向着大姑娘小儿子谁不知道,丢了活该!"

"哎哎,小点声行不,收拾收拾干你的活得啦。我也要出去了。"

"放你的屁,小点声,天生的大嗓门管得着!记着,胶轮的事不兴再提,记着没,啊?"

"行行,姑奶奶,我不说了还不行。"

大媳妇见丈夫给降住了,脸上露出喜色,披着件上衣出了屋,屁股后甩下两句二人转——

  王二姐坐北楼涕泪涟涟(哪)
  想起了我的二哥(他)三年没回转
  ……

"唉,这老娘们,没个整!"贵臣叹口气坐到炕上。

太阳不知不觉爬了老高,明晃晃照下来,照得一脸乌云的贵臣痛苦地眯紧了眼睛。

老太太推门进屋:"贵臣,你爸喊你过去一趟。"

贵臣来到上屋。

老爷子精精神神地坐在炕沿上,嘴里的旱烟一口接一口。

"爸你吃过啦?"

"吃过了。"

"贵臣呐,"老爷子说,"我看这驴和车丢了也找不回了。才刚跟你妈合计了一回,是不是买几片挂子,到东泡子打两个月鱼,这阵儿渔市可旺呢。俩月,这钱也就回来了。

"爸,"贵臣说,"打鱼可要人手,您年纪大了,下不了水。我水里活也不大行。"

"不是有贵宝吗,他在家快闲出蛆了,跟你去,挣钱自己养活自己。"

"他?爸,贵宝哪能干这活儿,娇生惯了,打一个得吃俩。你看他都成什么样子了,整天跟那些小阿飞混在一块,偷东摸西的,派出所早盯上他了,没准昨晚丢驴车就是他领来家的那些狐朋狗友干的。"

"你瞎说呢。贵宝有点毛病不假,还是年纪小不懂事,你带他几个月,省得闲着没事干,不就扳过来啦!"

"也是,"老太太说,"贵臣你就领他打鱼吧,我也省心点儿。唉,这个家,操不过来的心。贵贤离婚这么长时间了,也不张罗着找,能不让人说闲话!"

贵贤来得早。打扫了教研室就坐下批改作业。觉着心里烦,改着改着就改不下去了。

门锁哗楞哗楞响,孙成打开门。

"您早,张老师。"孙成一脸热情。

"哦,你早,孙老师。"

贵贤欠起身，把椅子往后拉了拉，露出说话的意思。

"孙老师，"贵贤说，"下周到三道坝野游的事定了没有？"

孙成正在挂衣服，听见贵贤的话立刻回过身来。"好像是定了，数学组已经组织人安排节目了。"

"哟，那么早哇，又抢先了一步。"贵贤笑眼里透出吃惊，旋又莞尔一笑，"咱们怎么还不动呵，语文组就是比人家懒。"

孙成望着贵贤说话，觉着贵贤笑得很美。

贵贤今天穿了一身素格真丝裸袖套裙，两条暂白的胳膊露在外面，领口开得很低。细腻的脖子和锁骨之间配合成优雅的椭圆滑线，前胸的一小块皮肤沿着锁骨交汇处的走向形成逐渐隆起的脉势，左右伸向丰柔的峰区。月牙形的衣领恰到好处地拦起一道屏蔽，却留了一道幽深的令人浮想联翩的乳沟。

"怎么不说话呀，孙老师。"贵贤嘴一抿又笑了，"人家问你话呢，你倒傻呵呵地看我，我身上有花呵！"

"哦哦……没，没有，张老师，你说什么啦？"孙成脸腾地绯红，期期艾艾地吱唔不出个顺序。

"人家问你咱们语文组什么时候动起来，没见别的教研组都高兴起来了吗？"贵贤盯着孙成说，还是一脸笑。

"啊啊……该动起来……该动起来了。"孙成躲着贵贤的笑眼，稍稍平静了些。

"唉，整天批作业，累死了，也该轻松轻松了。"贵贤伸直腰身，两条胳臂向后扬起，拢了拢披在脑后的短发，上半身跌宕有致的曲线就优美地显示出来。

"是该动起来了，是该动起来了。"孙成不自觉地又举目望贵贤。贵贤的美好姿势造型般摄进眼里。饱满的胸乳撑得单薄的衣服突突欲裂，腋下一线浅浅的绒毛动魄惊魂。

孙成脸上灼热起来，一层细汗布满鼻尖。

"哟，吃什么好的了，出这么多汗，给，擦擦脸。"贵贤掏出手绢递过来。

"唔，不用不用。今天的太阳真……毒。"孙成忙推辞，见贵贤拿手绢的手举着不动，便接过来。

这时，孙成就感到那只柔软温馨的手有意无意地顺着自己的掌心平滑下去，最后轻轻用了用力。

走廊里脚步乱起来，老师们一个个到了。

孙成赶紧递还手绢，正襟危坐，拿笔在教学笔记上无目的地勾画起来。门开了，赵老师和周老师说着话就进了屋。

"早，早。"老师们都互相打招呼。

"哎呀，张老师，你这身套裙可真好看，做的还是买的？"周老师羡慕地问。

"自己买布裁的。"

"啧啧，又合身又素静。"周老师坐不住了，走过来拉起贵贤边端详边咂嘴。

"呵，周老师不说我还没注意，张老师今天打扮这么漂亮，赛过新娘子，要相朋友了是不是！"

赵老师爱开玩笑，他一出场，满教研室就活跃起来。

"瞎说，你这张嘴呀，看惹恼了我哪天不给你个嘴巴。"贵贤佯嗔地说，眼角瞟了瞟孙成。

孙成的自动铅笔在教学笔记上涂了两只振翅欲飞的鸽子，可翅膀画得却不歪不斜的，一本正经。

贵贤禁不住抿起嘴来笑了。

赵老师却来了兴致："张老师，我巴不得你能给我个嘴巴，打是亲骂是爱，实在不行用脚踹嘛！"

老师们都笑了。

"你呀，就是一副贱嘴，回到家还不成了猫嘴里的耗子！"周老师嘿嘿笑着揭了赵老师的短。

大家又哄地笑了。

外面铃声叮叮响了。上课了,各人都匆匆拿起教案去了自己的班级。

临走,孙成和贵贤落在最后。

"我去了,张老师。"孙成看了一眼贵贤。

"嗯,我也到班上去。"贵贤嫣然一笑,说。

傍晚,小儿子贵宝回来了。

贵宝油腻腻的手托着一个牛皮纸包,进门就喊:"妈,你看我拿回什么了,明天包饺子有肉啦!"

老太太出门接着,疑惑地看着贵宝手中的纸包:"你这是买的肉?啥肉?"

"啥肉?驴肉呗。我今个上街一遛,好家伙,满街筒子卖驴肉的。我猜,准都是偷的驴杀了卖肉的。八成也有咱家的驴,就去盘问。唉,白费,哪问得出,谁那么傻呀,说自己偷驴。不过他们也心虚,我问得紧,他们说爷们儿你拿块回去尝尝鲜吧,天上的龙肉地下的驴肉。"

贵宝眉飞色舞,唾沫横飞。老太太给说得云里雾里,懵懵懂懂。

贵臣走过来,抓起肉包,打开看看,闻了闻,说:"这肉里存血,宰驴的人不懂进刀,没切开动脉,肉发红,怕真是偷来的。"

"那还有假,我一眼就看出是偷的驴……"贵宝又乍呼起来。

"嗯?你一眼就看出来了,你看出是咱家的驴吗?"贵臣眉头一皱,盯着贵宝问。

"看出来啦!哦——不,我怀疑是咱家的驴,就盘问了半天,他打怵了,就给了我一块肉。"贵宝有点气短。

贵臣一脸疑云,站着沉思。

老太太搓搓手,叹了口气,走回屋里。

"唉,还吵吵个啥,管他谁丢的,又不是咱丢的,白给的肉不吃!贵宝就是出息了,不花钱弄回肉,来,嫂子先收拾收拾再说，嘻嘻嘻……"大媳妇提着一只盆跨出门槛，人没到声先到。

"真是的，白拿回肉还不高兴，上赶着不是买卖，不稀罕吃我拿出去喂狗。"贵宝有了台阶，把肉从贵臣手里夺过，丢到大嫂盆里，嘟嘟囔囔进了屋。

贵贤推着自行车进了院，立好，见眼前气氛就问："大嫂，怎么了这么热闹？"

大嫂指着盆里的肉说："贵宝从市场上称回几斤驴肉，还没花钱，你哥他们就问这问那的。"

"我不是问不问的，贵宝的话前言不搭后语，我怕……"贵臣没往下说。

"行啦，大哥，贵宝不着调也不是一天两天了，跟他哪能问清个里表，进屋吧。"贵贤温和地劝大家，自己也回了屋。

"是大姐回来了吧！"贵珍蹦蹦跳跳地奔出屋。

"哎，这儿哪，大姐在这儿哪！"贵贤边换衣服边探出头招呼贵珍。

贵珍和贵贤可亲着哪，贵珍整天就知道找大姐，贵贤也喜欢小妹喜欢得不得了，回到家一见贵珍，再烦再恼的事也烟消云散了。

"贵珍，复习得怎样了？"贵贤捧着贵珍的脸蛋爱怜地问。

"理化一点问题没有，数学几何部分弱一些，不过不影响大局。最怕的就是语文了。"贵珍咬紧了小嘴说。

"语文前几天测验不是挺好吗，怎么还怕？"贵贤有点吃惊。

"人家怕作文出偏题嘛！"贵珍娇顽地说。

贵贤一怔，又噗哧笑了。"哎呀，死丫头，吓死大姐。我还真以为你语文水平下去了，那大姐这两年的心血可算白费了。"

"大姐，"贵珍端详着贵贤的脸说，"你这几天漂亮多了，也胖了。"

"是吗，从哪看出的？"贵贤笑着问。

"从哪？你的眼睛里。"贵珍挣脱开贵贤，跑到门口，笑嘻嘻地说，"没错。"

"鬼丫头，你……"贵贤佯装生气地去抓贵珍，贵珍早鸟一样飞了。

贵贤转回身，靠在门上，两颊红云飞起。

老爷子说："你们吵吵什么，是不是贵宝回来了？"

"在外面晃了一大天，准是跟那帮不三不四的在一起，越来越不学好了。"老太太叨咕。

"你去把他给我叫来。"老爷子穿上鞋。

老太太出去喊贵宝。

贵宝正在大嫂屋里看收拾驴肉。大嫂容光焕发满面生辉两眼发亮，放开砧板，扎着围裙，咔哧咔哧剔着筋腱骨头，两手忙里忙外，菜刀闪着寒光上下翻飞。

"大嫂，弄点瘦肉炒一盘给我和大哥下酒吧，我都馋死了。"贵宝盯着鲜亮的驴肉，使劲咽着唾沫。

"哼，想得美，你们喝酒吃筋头巴脑就够了，瘦肉明个儿包饺子。"大嫂头也不抬地说。

"呵，大嫂，我没弄回肉，你上哪去吃驴肉馅饺子，现在肉在手里了，就拿派了！"贵宝半开玩笑半悻悻地说。

"这话让你说的，吃你的驴肉算帮你一把呢，谁知道你这驴肉是从哪儿来的，没见你妈你哥那个样吗！"大嫂反戈一击，有恃无恐。

"呵，好心不得好报，算了，这肉也别切了，我扔出去喂狗，省得好心当成了驴肝肺！"贵宝也紧逼一句。

大嫂噗哧一声笑了："你这好心哪，就缺驴肝肺了，咋，没弄回一块驴肝肺呢？"

贵宝噎住了，嘿嘿傻笑。

老太太挑开蝇帘："贵宝，你爸叫你过去一趟。"

"我还没吃饭呢,吃完再过去。"贵宝一脸不高兴。

"去吧,你爸等着你呢!"老太太坚持着。

"去吧,你别在这嚼舌头了,我做好了叫你。"大嫂说道,又补了一句,"这儿没酒了,你把咱爸那瓶老窖拿来吧!"

"别跟你爸提驴肉的事。"临进屋时老太太嘱咐说。

老爷子站在地心,说:"贵宝,你过几天跟你大哥下挂子打鱼吧。老这么跑进跑出也不是事儿,都二十三四的人了。我像你这么大的时候早成家立业坐堂办公了。"

"爸,我可不去打鱼,不会水还不淹死!"

"快别说难听的话!"老太太赶忙纠正。

"淹死?你看哪个淹死了!"老爷子不高兴了,"就你惜命,怕死考上大学进京享福呀!"

"反正我不去打。"贵宝嘟哝着。

"不打!反了你,白养活你不成。不打,明个儿给我滚出这个家,愿到哪到哪去,离老子远点。"老爷子勃然大怒,拍着炕沿吼道。

"得啦得啦,这是说哪儿去了,好好讲不行?"老太太忙劝老爷子。

"走就走,哪不能垒窝下蛋。"贵宝挤出一句。

"滚,你给我滚!"

"滚就滚。"贵宝一甩袖子滚了。

四

贵贤用粉笔在黑板上写下三个字"黔之驴"。

贵贤说:"同学们,我们今天讲第十六课,柳宗元的《黔之驴》。柳宗元是唐代最杰出的散文家,唐宋古文八大家之一,他的散文质朴苍劲,笔端犀利,针砭时弊,同情劳动人民,思想性和艺术性都达到了很高的境界。柳宗元的生平我们在预习时已经给同学们介绍过。下面请记题解。"

贵贤面向黑板在"黔之驴"左下侧板书题解。

"黔之驴的'黔'字,"贵贤又开始讲,"是贵州的古称,就是现在的贵州省。黔之驴,就是贵州地方的驴。我们看课文。'黔无驴,有好事者船载以入。'作者开宗明义:贵州没有驴。可我们这篇文章的标题却点明贵州的驴,这就为读者留下了悬念,为后文埋下了伏笔……"讲到这儿,贵贤突然想起了什么,喉咙不禁堵了一下,情绪骤然降下来。

贵贤眼盯着屋顶,轻轻叹了口气。同学们莫名其妙地望着张老师。

下课铃响了。贵贤沉郁地夹起教案走出课堂,正碰上孙成。

"怎么,不舒服?脸色这么不好,是不是哪个调皮鬼惹你生气了?"

"哦,没什么,就是有点头疼。"贵贤一见到孙成,心情立刻好了许多。

"到医院看看吧,弄点药吃,可别大发喽。"孙成心说没听讲她有头疼病啊,但还是显出一脸关切。

"嗯——也行,孙老师,你不是没课吗,就陪我去趟医院吧。"贵贤脸上露出些笑容。

"当然愿意为夫人伴驾。"孙成放着胆子开了句玩笑,脸上却热腾腾地烧起来。

"你说什么?"贵贤瞪大眼睛问,惊讶中透着欢喜。

"哦,开个玩笑,别……别介意。"孙成慌忙解释。

"唉,"贵贤叹口气,"你呀,就是没那份勇气!"

"勇气?"孙成一怔,"什么勇气?"

"行啦行啦,走吧,先生。"贵贤拉了一下孙成的胳膊笑着催促。

"先生……"孙成又咀嚼起"先生",手忙脚乱应接不暇。

两人向医院的方向慢慢走去。

新建的县医院也在城郊，离学校一千米远近。公路还没修起来，从学校到医院要走一条荒废了的小路，中间须穿过芦苇公司的一个草场，草场规模宏大，苇垛高矗，遮天盖地。

两人就从这条路上走。谁都清楚好像应该就从这条路上走。

"早上听天气预报，还不算太热。"孙成不着边际地冒出一句。

"那可说不准，到了晌午头就热起来。这天哪，跟人似的，到了时候就……"贵贤盯着孙成说，目光如火，"你说是吗，孙老师？"

"嗯，差不多吧。"孙成慌慌地躲过贵贤的眼睛，望着脚下的路。

太阳挂在九点钟的位置。天海一样蓝，偶尔的几朵白云像浪花一样镶在上面。空气里有哔哔剥剥的轻微爆破的声音，无风时便趋于静止。小径两边浓绿如染，叫不出名的各色草虫唧啾啼哧，闹成一片。

"还疼吗？"孙成觉着窘慌，走在两垛芦苇之间的一条瘦细窄道上时说。

"嗯……不太疼了，"贵贤驻了步，望着孙成，"有你陪着，好多了。"

"那……那么……"孙成眼睛迷乱起来，不知该说些什么好。

"那么什么呀。不过……头还是有点热。来，你摸摸。"贵贤凑近，抓起孙成的手，放到自己额上。

孙成顿觉一股热流袭遍全身，脑袋轰轰涨大，耳朵嗡嗡作响，掌下细润温热的额头滑如软缎。沁心的脂香氤氤氲氲弥漫在脸上。孙成咽喉发紧，泌腺增多，眼里充满了泪水，复杂的种种情感交集于心，简直难以支撑自己疲惫不堪的身体。

贵贤仰望着孙成的脸，将自己丰满的胸脯靠上去，同时伸出左手轻轻揽住孙成的腰。两人热烈地拥抱在一起。

太阳暖烘烘地照耀着，长天万里清白，洁如晶玉。几对粉蝴蝶翩翩起舞，相互追逐。一只红尾蜻蜓落在苇枝上闪闪地动着眼睛。

孙成抬起头来，抚平贵贤额前吻乱了的刘海，说："我们不能在这里多待，赶快回去吧，可能快下课了。"

贵贤面如桃花，胸脯起伏，痴痴地盯着孙成的眼睛，半晌说道："我多想多待一会儿，你是不是害怕啦。这里是不会有人的。"

"哦，不不，我们出来太长，怕人疑心，再说，也没个精神准备。"

"你呀，"贵贤用纤长的中指点着孙成的脑门，嗔笑道，"你真够坏了，准备，准备什么？"

"哦⋯⋯"孙成哑了，"准备⋯⋯准备⋯⋯"

"行啦，要准备下次好好准备。我们回去吧。"

"头不疼啦？"

"你坏。"

贵贤在孙成前胸使劲打了一下。

五

贵臣领着贵宝来到东泡子。他们藏好自行车，开始布置挂子，一共七片。

太阳已躺到地平线上，水面一片金光。上百只鸥鹭展翅乱飞，白光闪闪。岸侧齐肩高的芦苇幽深鼓荡，飒飒有声。晚风阵阵袭来，卷起层层低浪，哗哗作响。

贵臣抖开水衩，边往腿上套边说："贵宝你在岸上打眼儿，查夜的来了学蛤蟆叫告诉我。"说着就哗啦哗啦下了水。

贵臣在水里下着挂子，贵宝在岸上紧张地四下窥看。夜色降临了，水面金黄褪尽，月影涌出。黑暗压下来，白天的喧嚣渐趋平静。贵臣模糊的影子在水中若隐若现。贵宝站在岸边，浑身觳觫。蚊子嗡嗡营营围住手脸，不分轻重地叮咬着。他两手乱打，打不胜打，双手沾满了自己的鲜血。裸露出来的皮肤上鼓起了无数的疙瘩，心里万分烦乱和艰难。四下里又没有响动，更无须仔细地瞭望。想起素来无拘无束的生活和一班酒肉朋友，这下可好，天天熬夜打鱼虫咬蚊叮偷偷摸摸。干吗要偷偷摸摸？自己大白天进宅撬箱扒锁也没这样小心呵！想点高兴的吧，对了，想小蚂蚱。小蚂蚱是刚刚搭上的饭馆招待，没工作，学历小学毕业。长相漂亮疯疯癫癫，身材窈窕丰满，走路扭腰晃腚。皮肤雪白如玉，装束袒胸露乳。就这个露劲才勾人呢。可不是么，天热穿裙子，小蚂蚱穿超短裙。面对面坐着闲扯淡，小蚂蚱扯高兴了就分开两腿露出雪白的大腿和大腿根上一窄条红裤衩。后来情况有了变化，向好的方向发展。小蚂蚱谁也没看上就看上了自己，明里挤眉，暗里弄眼。小蚂蚱的眼睛真是不错，明晃晃水汪汪，高兴一条线，恼了两把刀。这才好呢。现在到什么火候了？还没到什么火候。前晚刚看了一个录像——《狐狸精智斗白脸狼》，有几个镜头，还不够味，不过小蚂蚱有点受不住了，抢先摸了自己的手，又让摸她的腿，可还没摸到关键地方录像就完了。别忙，看下回的，一定弄她个水落石出。

贵宝想得正美，贵臣已经哗哗啦啦地出了水。挂子下完了。

贵臣脱去水衩，从带来的帆布兜里翻出塑料布展开铺在地上，又垫上一条旧裤子，喊贵宝坐下，自己也坐下，又拽出两件军大衣，一人一件披在身上。

"怎么样，贵宝？"贵臣嘘口气问。

"蚊子快把我咬死了，下次再也不来了，让老头儿自己来得了。"贵宝嘟哝道。

"别急，天亮一起挂子，鱼就白哗哗地上来了。"贵臣鼓励着贵宝，"要困你就睡吧，我看着。"

贵宝就倒头睡了。

贵臣不敢睡，侧耳四处听听，除了风声水声，了无声息。他就仰头看天。天杂乱无章，星星、云片无序地排布着。自己的心绪也杂乱无章地纷扰着。唉，这日子过得，贵臣想。什么时候才能和和乐乐地让这个家兴旺起来呢？凭着自己的韧劲和勤劳应该是不成问题的，可偏偏就成了问题。归结起来还是自己无能，连老婆都怕的人算有能耐吗？想起老婆，贵臣就打怵。老婆是泼得可以，家里家外，东邻西舍没有不怕的。不过想回来，老婆还是为这个家，至少是小家好，毛病嘛，哪个妇道没有点，她忙三火四没享什么福，白天干活吵架，晚上做饭洗涮。幸亏儿子在学校寄宿，除了礼拜日不回来。人都说，居家过日子要么男强女弱，要么女弱男强。都强，一山不容二主，日子过不久长；都弱，一端两脚屎，八杠子压不出个屁，日子兴旺不了。自个儿这家是女强男弱，阴盛阳衰，报纸书上也说国家世界都阴盛阳衰，这是潮流，自己适应潮流，有什么不好。一想到这儿，贵臣就高兴了。高兴了，就抬头看天，不知不觉天已经放亮了。

贵臣站起身，伸了伸酸麻的腰，把贵宝捅醒："贵宝，醒醒，该起挂子了！"

贵宝哼哼叽叽睁开眼，不乐意地爬起来。

贵臣蹬上水袄，腰间系好网兜，蹚进水里，扯起挂子，几条银白的鲫鱼活泼泼地挣扎出水面。贵臣一阵高兴，双手捉住，摘下放进网兜。一夜的辛苦，收获就在此时。这种令人眼馋的情形好几年没曾体会了。贵臣高兴地摘着，越往安全检查处走鱼挂得越多，一片挂子起完时，贵臣腰间的网兜差不多装满了。鱼在腰间扑噜噜踊跃，贵臣心里喜滋滋的。

贵臣在水里起了一个多钟头的挂子。每起完一片，把挂子和鱼提到岸上，贵宝就把鱼装在编织袋里系好。贵宝只能做这一件事情。七片挂子起完时，编织袋里的鱼已有百十来斤。贵臣高兴坏了，做梦也没想到会捕这么多。贵宝也挺高兴，这有他的功劳，更重要的是回去能先美美地吃上一顿鱼了。

哥俩儿把鱼驮到鱼市，倒给鱼贩子，九毛一斤推出，净得八十五元。剩下四五斤杂鱼拿回来自己吃。

贵宝对最后的一步挺有看法，他想吃大一点好一点的鲫鱼，不想吃杂鱼。

老爷子这阵心烦，心烦了就愿意抢着扫帚扫院子。这习惯差不多几十年了。早年间当监督那会儿，衙门里听差的有懒惰邋遢的，衙门里外不知清扫。监督不打不骂，早晨起来，抡起丈把长的大扫帚一顿挥舞，偌大一座官署立时清净了。听差们见了，早吓得汗流浃背，屁滚尿流。从此衙门里清水泼街黄沙垫地，窗明几净纤尘不惊。监督为官廉洁的美名不翼而飞，他本人执帚扫除的习惯也保持下来。

老爷子扫到大门口时，只觉脚底绊了一下，扫帚把儿支在肋下，身子前倾，咯嘣一声，不知哪个部位出了动静，就仆在地上起不来了。正赶上贵珍泼洗脸水，见了慌忙扶到屋里。老太太也慌了，准是扭伤了哪儿，打发贵珍去请蒋高手。蒋高手是远近驰名的神医，诊病不出一问一望，治病不过一药一石，早年与监督有旧，过从甚笃。高手来到床前仔细看了，断定右肋折了一根，不重，老年人骨头脆，吃副草药，喝点鸡汤，养上两个月就好了。

老爷子就躺在床上不能起来了。

不能起来，老爷子就想了许多悠远的往事。三百年前一个春光明媚的上午，京师崇文阁名满天下的大学士张廷秀因文字狱牵连，被朝廷遣戍满洲龙兴重地，左迁黑龙江将军，抵达治署齐齐哈尔。张廷秀忍辱发奋，备武修文，三十年间齐齐哈尔经济繁荣、文化发达、政治昌明，一跃成为满洲旧地的一颗名珠。朝廷屡闻张廷秀处身鄙远，兢勤不辍，虽届垂暮，百病缠身，犹不忘忠孝，俭勉有加。康熙帝深感其诚，遂下诏调廷秀回京。时廷秀已染寒症，沉疴不愈，道路颠沛迢递，不幸中途而殁。廷秀临行前，嘱其子弟植根黑龙江，弘扬满汉文化。自此张氏家族在齐齐哈尔繁衍开来，直至民国中。民国二十九年的仲夏，南距齐齐哈尔百里远近的泰来县第三任知事监督官康熙朝黑龙江将军张廷秀第十三世孙张嗣宗走马上任。嗣宗为人忠厚淳朴，为官清廉谨慎。值多事之秋，泰来县却太太平平。几年后以俸金置办房产，赡养老小。监督虽书香门第，家学有自，奈何东北世风粗豪，几百年下来到监督这辈上早已随了边塞的乡俗，唯家大业大仍显示出东北大户人家些许贵族风貌。

想落到如今的境况，老爷子不由阵阵酸楚，两滴苦涩的浊泪滚落到枕边。

"行啦，好好躺着，想那么多干什么，唉！"老太太扯过手巾擦去老爷子脸上的泪。

老太太心里更是焦苦。这阵子怎么了？倒霉的事咋都让自家赶上了？唉，世道是变了，变了。刚丢了驴和胶皮轱辘，老头子又摔伤了骨头。老了老了想享点清福，却一天不及一天。年轻时日子过得多红火，虽不是山珍海味，轿抬车送，倒也是饭来张口，衣来伸手，吃穿不愁。想起年轻时，老太太就心里甜滋滋的。十九岁那年，爹妈把自己许了年轻有为的张公子张监督。两家门当户对，两口子品貌相配。那时的自己眉清目秀，娴静端庄，笑不露齿，行不拂裙，女红针线样样拿得起放得下，闲时又能翻翻书报，识文断字。家里的事有下人丫鬟，柴米油盐不管不问，外面的事有丈夫支撑应酬，不怕什么阴晴灾变。那时自己常常对着紫铜梳妆镜梳长到膝盖的缎子一样滑软的头发，丈夫就站在身后微笑着看，看久了，就说，你穿上那件旗袍吧。于是就从檀木箱子里拿出那件大红绣绒旗袍换上，自己流水般的身段便窈窕地显示出来。丈夫就更爱看了，看得情浓了，就抱住自己说，我真怕你飞了，便回身插了门。那时梳妆台上点着两根手腕粗细的绯艳香烛，烛光柔和辉煌，照在红木雕花床上。床对面白粉墙上挂着名人字画，画垂到细砖地面四尺高的地方，画上的古代仕女雍容丰盈，呼之欲出。墙角藤编几案上立着青花大瓷瓶，瓷瓶上的嫦娥奔月彩釉轻舒广袖，飘逸如飞。正墙上的法国飞马大挂钟叮咚敲响九点，钟声噌吰悦耳，余音绕梁。中堂夹壁火墙炉火烘烘，烤得屋里暖洋洋的，如同春天。那时自己就睁开眼睛，轻轻推开盘在身上的丈夫，坐起身懒懒地端详自己浑圆的大腿，绵软的腰身，白嫩的胳膊，端详久了，忽然不好意思起来，忙系上丹纱绣莲抹胸兜住饱满细润鼓鼓嘟嘟的双乳。那时自己富富态态，浑身泛着油光，瓷一样白，奶一样嫩，软得没了骨头，两个脸蛋匀匀地向下滑去，低下头来，娇好的双下颌就丰腴柔美地衬在脸上。丈夫说，你像古画上的美人儿。这时候，新糊的窗棂纸被小风吹得哗楞楞动听地响，院脚里的蛐蛐儿吱儿吱儿地叫个不住，大白月亮恬静地挂在当空，满天地和蔼亲切的清光。城南戏园子里的鼓词还没收场，阵阵低徊宛转的小曲一唱三叹地飘来……

  想郎想到了五月中
  姐姐出门戴花红
  手搭凉棚大路上看哪
  过往的君子你留个姓名

  想郎想到了七月七
  牛郎织女会夫妻
  黄瓜秧下听情话呀
  露水打湿了奴的衣

  想郎想到了八月半
  月亮高高挂九天
  人家夫妇双双好哇

姐姐我泪水沾衣衫

　　想郎想到了数九天
　　鹅毛大雪封了山
　　路上看看行人少哇
　　哥哥你啥时才回还
　　……

　　唉，都是过去的事了，还想它干什么。老太太眼里噙满了泪水，怕老爷子看见，忙转过头去用毛巾擦了擦。

　　"妈，俺爸的病咋样了？"大媳妇没进门声先到。

　　"肋巴崴折一根。他大嫂，看把那只芦花鸡杀了给你爸炖点汤吧，年头多了不下蛋了。"老太太迎出去说。

　　"啧啧，妈，那只芦花鸡你不是说给孙子过生日吗？我爸的病也不一定吃鸡呀，老胳膊老腿的，多吃点青菜少吃点肉好得更快，还长寿呢！"大媳妇撇着嘴说。

　　"这是啥话，老了老了就不能吃点好的？人都摔坏了，吃点鸡汤就吃着你们的了！儿子是我养的，鸡是我喂的，我说怎么着就怎么着，谁也没资格管！"老太太气不过，提高嗓门说。

　　"这老太太，咱说啥了，吃就吃呗，又不是吃我自己的。就是失了天火，又不是我自个儿挨烧。"平时老实巴交的老太太少有发火的时候，突然怒起来，蛮劲实足的大媳妇也蒙了。"我算白说了还不行，我这话当放屁了还不行！"

　　"你们吵吵啥呢，消停一会儿不行！"老爷子从里面嚷出一声。

七

　　三道坝是城西五里一条幽静的小河。河水舒缓萦回，像一条白练透透迤迤嵌在绿油油的大平原上。现在,三道坝可是热闹起来了,几百学生吵吵嚷嚷地占据了岸边高地。高地彩旗飘舞歌声嘹亮。

老师们聚在一块平展的草地上,就是野游的指挥部。指挥部堆放着小旗、汽球、信号枪、鸡蛋、面包、汽水一应物什。

贵贤忙里忙外准备着她负责的节目。她心里高兴,目光流盼生辉。贵贤今天打扮得简丽素雅,明快大方,月牙领半袖、天蓝衬衫配藕荷色百褶裙,脚上一双矮腰平跟牛筋鞋,脸上淡淡施了香粉,唇上轻轻涂了胭脂。

孙成忙完了自己的事,不知不觉地就凑到贵贤身边,笨手笨脚地做贵贤的助手。孙成一本正经不苟言笑煞有介事地跟着贵贤转。贵贤就笑,说:"干吗板着脸,像谁欠你两百吊似的。"孙成笑笑,笑得干干巴巴的。趁学生们抓奖去了,孙成瞅个空子咬着贵贤的耳朵说:"我真想单独跟你在一起。"

"嗯?这句话不是我说的吗?你呀,你就是不懂。哦,不不,我们出来太长,怕人疑心,再说,也没个精神准备呀。"

孙成左右看了看,抓住贵贤的手说:"你还生我的气!那天都是我的错,我这人就是这点不好。"

"哼,是不是该给你立个牌坊,是不是?"贵贤盯住孙成说。

"贵贤,别这么说,哪能这么说呢!我已经赔礼道歉啦。"孙成脸色窘红。

"行啦行啦……不过,现在人多眼杂的,我们往哪里去?"贵贤脸上泛红地说。

"前边榆树趟子挺绿的。"孙成一指。

"不行,"贵贤打断他,"我们俩一走开,谁没长眼睛!还是找个时间吧。"

"贵贤,你今天太美了,我实在想跟你在一起。"孙成有点低声下气地央求。

这时候指挥部哇哇吹起号来,午餐开始了。贵贤和孙成拉开一段距离往回走。

围坐一圈儿,贵贤打开自己的饭盒。几个学生送来了鸡蛋、水果什么的,贵贤分出一些给周老师和赵老师。

"嘿,张老师就是人缘好,学生们总是对你亲。你看我,嗓子都喊哑了,可他们,见了我就躲。"赵老师张开两手,做出个鬼脸。

"你呀,活该。谁叫你整天没正形了。"周老师是赵老师的克星,在一旁笑着揶揄他。

"我怎么没正形啦,说呀,我怎么没正形啦,是不是,张老师?张老师年轻漂亮,最能证明这点了,是不是张老师?你看,张老师今天穿得这么好看,可我看都不敢看一眼。咱才是坐怀不乱哪。"

"啧啧,你还坐怀不乱呢。坐谁的怀啦,坐你老婆的怀都得一个巴掌打得你满世界找牙哩。"周老师又吃吃笑着说。

老师们都笑起来。

有人喊孙成,孙成就出去了。一会儿又转回来,说:"看吃完饭了,准备准备,开始游泳。"

指挥部的副总指挥来说,本想男女同学分开游,但太分散照顾不过来,有危险,女老师会游泳的又不多,所以就在一个游泳场。

女老师们带着女同学到僻静的地方换衣服。孙成、赵老师几个水性好的先下水蹚了一回,划出范围。

一会儿,女老师们领着女同学们回到岸边。这时,太阳正跳上十二点钟的位置,温热的流光倾洒到河面上,微波氤氲。河水浅清可鉴,平沙河床一望到底。成群的鱼儿结队而进,蝌蚪水虫摇摇摆摆聚众嬉戏。男同学们大喊大叫着扑通扑通跳进水里,扬威耀武,在女同学面前显示本领。女同学涌到水边,用光裸的小脚试试水,哎哟妈呀地惊呼寒冷。阳光照在这些刚刚发育的女孩子娇嫩纯洁的身上,衬出微微起伏的优美线条。两三百名身着游泳衣的少女聚在岸边简直构成了一幅妙不可言的生动图画。水里边喧沸的嬉闹这时就忽然静下来，几百颗湿漉漉的小脑袋探出水面看着岸边。担任总指挥的教导主任大声喊，还站着什么，赶快下水！女老师们就带头踏进水里，于是水面哗啦啦翻起一层浪花。男孩子们兴奋地呼哨着，女孩子们畅快地尖叫着，河里嚷成一片。

孙成和几个安全小组的老师不敢懈怠，四处游巡。孙成眼睛在人影里搜寻着贵贤。现在就太难了。刚才在岸上他就没注意到贵贤，贵贤穿的什么颜色的游泳衣他没看见。现在，人太多了，他要费些眼力。他想着寻觅着，身上就有点发热，一股酸麻舒适鼓胀的脉动从大脑胸腔向下腹漫延开来，一直浸淫到两腿。

贵贤站在水里，天蓝色的游泳衣反衬出大部分裸露在外的身体的丰满洁白。贵贤的水性是很好的，只是今天没有游泳的兴头。看着身边女生们钻上钻下地嬉闹，自己反倒显得滞板和呆笨。唉，毕竟年轻过了，青春的血液已离自己远去。但看到自己洁白的身体和还算窈窕的腰胸，贵贤便又升起些自慰。贵贤撩水在胳膊上轻轻搓揉了几下，胳膊便泛起粉红。贵贤盯住粉红看了一会儿，想起了什么，脸上也粉红起来，就向攒动的人头中望去，正碰上孙成扫描过来的目光。贵贤一阵心跳，满腹热流轰然冲腾上来，两颊灿若早霞，迷乱的眼睛燃烧起两团灼烫的火苗。这时孙成已踩水来到近前。孙成笑望着贵贤，满眼温情。贵贤向周围看看，学生们闹成一团，人声鼎沸，老师们也都远远地活跃着。

孙成跨前一步，水顺着前胸和胳膊往下滴淌。这时的河水正到达贵贤的胸部，游泳衣包裹的两乳鼓突地向前耸起，洁白的肩臂反射着灼亮的阳光。贵贤见孙成痴痴地盯着自己，笑着说："呵，你的眼睛可真厉害，我身上有金子呵，你盯着看。"孙成左右看了看，说："你这么美，我咋能不看。"说着跨近半步，从水里把手伸过去，在贵贤胸上轻轻捏了一把。贵贤身子一抖，说："小心点，别被人看见。"孙成又向左右看了看，控制不住自己，潜下两手抱住贵贤的下身。贵贤向后退了一步,露在水面的身体离孙成尺把远,腰腹和两腿仍被孙成紧紧地钳住。孙成不顾一切地在贵贤丰圆的臀股上抚摸着。贵贤几乎呻吟起来。贵贤用力挣开孙成的手,不行,这样太危险。孙成说,那,我们到后边的小湾汊去吧。贵贤向孙成说的方向望去,河边蜿蜒到五十步远的地方突兀地奔斜刺里转去,岸上浓密的芦苇挡住了河面。那儿已被指挥部定为禁区,但孙成作为安全小组的人却可以自由自在地往复涉游。"那儿跟这一样深,我们蹚过去就不容易叫人看见了。"孙成说。贵贤犹疑了片刻,说:"折两根芦管潜过去吧。"孙成点点头,一个猛子扎出去,一会儿,贵贤觉得有手搂住了自己的大腿,便慢慢低下身将头没进水里。水已有些浑黄,但还看得见自己的身体,贵贤把孙成递过来的芦管放到口里,一拧身随孙成向前游去。

几分钟后,两人站起身,水及肩胛。喧喧闹闹的人声被挡住了,周围相对的静寂。孙成急不可待地抱住贵贤,贵贤也张开胳膊迎过去,两人紧紧地搂在一起。贵贤在孙成水淋淋的脸上急切地吻着,充满渴望的舌头伸进孙成微喘的嘴里。孙成的手在贵贤暄软绵柔的身上热烈地抚摸着。

"贵贤,我太想你了,太想你了,你呢,你也是吧?"孙成说。

"你真坏。"贵贤笑着把头伏在孙成的肩上。

"我们就在水里吧,这可能更有情味。"孙成低声说。

"不行不行,你想得出,要坐病的。你真是坏透了,哪儿学的馊主意!"贵贤在孙成胸上气狠狠地掐了一把。

"哎哟——那,我们到岸上去吧。"孙成拉起贵贤向岸边蹚去。

暖风飒飒吹动茂密葳蕤的苇叶,一小块金黄的沙地铺在眼前,四周是一人高的青纱屏蔽。

"你是不是常到这来,怎么这么熟悉就找到个好地方?"贵贤眯着好看的眼睛半讥半笑地说。

"这是老天爷赐给我们的一块乐土。来,躺下吧。"孙成一仰身躺在舒适温热的软沙上,伸手拉贵贤。

贵贤屈下两条腿作长跪状,扬起两臂将天蓝色的游泳衣从光泽的肩上轻轻褪下,一直褪出脚面,丢在身边,目光迷离缭乱地望着看呆了的孙成。孙成支起肩肘,两团橘黄色的眼光在贵贤洁白如玉的胴体上浓烈地燃烧着。贵贤就这么高举双臂向后抱住白皙的脖子,湿发披散在肩上,胸部高高地挺起,两只饱硕的乳房微微垂动,暗红色的乳头宛如熟透的杨梅鲜嫩欲滴,平滑的小腹连向跌坐着的润如凝脂的大腿,简直是一尊无与伦比的自然谐美的人体雕塑。

孙成再也控制不住自己,张开胳臂扑到贵贤身上。

八

贵臣和贵宝打鱼打出了成果,全家人的情绪都有了起色。老爷子的病调养了个半月也八成见好,脸上有了红润,早晨起来咳嗽一阵,就绕着院子走几遭,想着该把车备上了,过了立秋拉脚运货挣几个。

"贵臣,这阵子鱼是不是见少了。歇下吧,听收音机报水越涨越大,太旷,鱼不聚了。"

"多换几个地方,说不准能碰上窝子呢。"

"得了得了,碰上个屁吧,我再也不去了,"贵宝蹦过来说,"熬一个晚上能打几斤鱼,有什么劲,还不够我换一次包呢。"

"住嘴,你又不想学好。跟你哥打鱼,钱也挣了,体格也练结实了,还不满足!"

"结实什么呀结实,你看这脸吹得赶什么了,紫茄子似的,我可不想得半身不遂。"

"行了爸,就别让贵宝去了,我自己再下几次也该收了。"

贵宝听了大哥的话,露出了笑模样,打着口哨溜出门去。

老爷子气坏了。杂种，养了这么个杂种，哪辈子做的孽。老太太和贵臣连忙劝慰。"行啦行啦，他就这么没出息，你还气死不成。""爸你别跟他一般见识，他也不小了说也不听。"

可也是，老爷子想。老疙瘩出息的有几个？还是人说得好，大儿子老闺女。贵臣憨厚老实吃苦能干，小女儿贵珍机灵乖巧聪明爽利。想到了小女儿，老爷子就喊："贵珍，贵珍呢？"

"哎！"贵珍应声跑了进来。"爸喊我啥事？爸，你咋啦，不舒服？是不是又闪着啦，妈，我爸咋啦？"甜甜脆脆的几声喊得老爷子差点掉下泪来。

"贵珍哪，"老爷子抓起女儿白嫩的小手，"快考试了是不是？"

"还有一个星期。学校抓得紧，今年高考竞争得厉害。"

"让你妈多做点好吃的。赶明儿你大哥打鱼把最好的给我老姑娘留着。"

"没事，爸，你自己多吃点好的吧。我现在复习紧也没时间照顾您，考完试就好了。"

"哎哎……"老爷子说不下去了，两滴老泪盈出眼眶淌了出来。

"爸——"贵珍也哭了，扭头跑了出去。

贵宝在"独一份"饭店约出了小蚂蚱。小蚂蚱换了衣服擦了粉，穿着超短裙扬眉挺胸挎上贵宝的胳膊就溜了出来。

"到哪儿去，哥们儿？"小蚂蚱问。

"今晚有活儿，到扑克那儿去。"贵宝掐着小蚂蚱的手腕子说。

拐了两个弯，两人到了一间黑乎乎的屋子前。"扑克开门，我和蚂蚱来了。"贵宝拍门喊。

门吱地开了，探出个毛茸茸的脑袋。"这俩货，咋才来？""老板不叫走！"小蚂蚱说。"进屋进屋。"

屋子里东西一条炕，炕上被子枕头乱哄哄堆着。地下沙发、彩电、洗衣机、音响、酒瓶子、碗筷盘碟、桌子椅子、破鞋烂袜子狼藉一片。炕上椅子里横竖歪着几个怪模怪样的小男女。"哥几个到齐了,"扑克抽了抽鼻子,"这几天手头紧了,该活动活动了。刚探出风,晚上九点有趟货车往苏联开的,扒一次,够半年用了。小蚂蚱和树枝、小妖你们仨在家弄点吃的等着,咱们几个现在就动身。"

"把握不?别扒响喽!"贵宝问。

"你这副熊样,还没动就吓拉了。没把握能往出报吗?走!"

贵宝缩缩脖,看看小蚂蚱,小蚂蚱正看他。"走!"贵宝说,就随着出了门。

一列货车从南面轰轰隆隆开过来。巨大的光柱扫向几百米外,正照在横卧于铁轨上的一块大石头上,司机骤然急刹车,车轮火星四溅地停下来。这时候,几个人影从路基一侧嗖嗖扒了上去。少顷,大包大包的东西推了下来。

小蚂蚱、树枝、小妖她们在屋里弄好了酒食,等着人回来。院子里有脚步声,树枝打开门,进来扑克、贵宝几个人。"得手啦?""那还用说!""什么货?""问那么多干吗,转手啦。"扑克用湿毛巾擦手脸。"来,哥几个喝点吃点,一会儿看录像。"

一听有录像看,大家都兴奋起来,就咕咚咕咚地喝酒,咔嚓咔嚓地啃猪蹄。贵宝脸有点白,两腿瑟瑟打战。小蚂蚱凑到跟前,醉眼迷离笑嘻嘻地冲贵宝递媚眼,贵宝就镇静多了。

"看录像吧。"大家都催扑克。

"看吧!"扑克站起身走到柜子前,掏钥匙打开柜盖拿出录像带。其他人迫不及待地把桌椅杯盘推到地角,捉对地抢好位置。小蚂蚱挨着贵宝坐在沙发上。扑克哧哧唰唰倒完带,一按播放键。

荧光屏上一群男女疯疯癫癫地在马路上东摇西晃,一会儿晃进了一间宽敞昏黄的卧室。先是叽哩哇啦嘻嘻哈哈一通外语,接着错综繁杂地滚在一处撕衣捋带逢场做爱。

几双瞪得溜圆的眼睛烧向荧屏,扑克啪地关了灯。

小蚂蚱七窍生液骨软筋酥地躺在贵宝怀里，任凭贵宝虫子似的手指在身上乱爬乱走。

　　小屋翻云覆雨，兴风作浪。

九

　　贵珍咬着钢笔坐在考场上。沙沙的笔迹声此起彼伏。市县两级监考神色冷峻面无表情地巡回监视。考场气氛严肃紧张。

　　贵珍清瘦的鸭蛋脸伏在桌前，纤嫩灵透的脉管在太阳穴上轻轻跳动。贵珍手心出汗，肌肉紧绷。这是最后一科了。前几科考得感觉良好，演算精确，发挥自如。就差这一科了，胜败在此一举。

　　贵珍多想考上啊，不仅仅是为了考上大学，更重要的是她想离开这个家到外面闯闯。不是家不好，是家让她感到纷杂喧扰，活得太累太怕。她也舍不得这个家，舍不得爸爸妈妈，舍不得大姐。但感情归感情，事理归事理。好就好在她学习成绩一直拔尖，这决定了她考场的成绩和希望。半个月了，妈天天给她煮鸡蛋吃小灶，大姐天天给她辅导语文。前天，大姐说，放松一下有好处，来，大姐领你到甸子上转转。她就跟着大姐到甸子上。出了家向北走出城郊，两边的草地渐渐浓起来，绿毯一样几十里几百里向前伸展开去望不到边际。几条银练般的小河镶嵌在上面，分外耀眼明亮。大片大片的鲜花争奇斗妍随风摇曳，清馨的香浪扑面而来。她随手摘下一朵粉红色刚刚开苞怒放的小花，问大姐叫什么名。大姐凝视了一会儿又闻了闻说："这花叫'长相思'，你考上大学了，交了男朋友就知道这花的含义了。"她娇嗔地捶打大姐："你真坏，大姐大姐你真坏，才不呢，我什么时候也不交男朋友，就跟大姐好。""傻丫头，"大姐说，"哪个妙龄少女不怀春哪，大姐快四十了心也年轻呢。""哎呀大姐你……"她抱住大姐嘻嘻笑起来。前边扑噜噜惊起几只墨绿色小鸟，蘑菇鸟，她认出来了，拉着大姐跑过去。两间屋子大的一块蘑菇圈闪在她们眼前,金黄饱满的小伞样的蘑菇密密麻麻地排列着。姐俩高兴得眼里放光。她弯下腰就采,大姐一把拽住她,惊喜地说:"贵珍你看,你细看看这蘑菇圈是一个字。"贵珍迷惑地盯着蘑菇圈看,看着看着一个字就鲜明地出现在瞳孔里。"是'中'字,对吧大姐?""对,是中字,你说为什么是中字?""嗯……是中间的意思或是中华的意思。""不对不对,傻丫头,不能读成平声要读成去声。""去声,读成'中'?""对了,中,懂了吗!范进中举的中。""哎呀懂了懂了,太吉利了太吉利了。"她高兴得蹦起来,一把拉倒大姐,两个人滚在草地上,笑着闹着,后来,大姐就忽然沉默下来,眼里盈满泪水。她见大姐哭了,把脸埋在大姐怀里,眼泪也流了出来。"大姐,我知道你心里不好受,要哭你就哭吧。"大姐呜呜咽咽地哭出了声,她也尖声哭了起来,姐俩又哭作一团。草影越摇越长了,大姐擦擦眼睛,说:"你看我,应该高兴,高兴高兴就……唉,贵珍,咱们把蘑菇采回去让妈也高兴高兴。""大姐,一采中字不就破坏了吗?""不是呀,采回去就叫'采中',倒过读就是'中采',我们不采叫别人采呀。""太对了,大姐你真行。"两人就蹲下来采蘑菇。采下的蘑菇堆在一块有半麻袋。两人脱下外衣系在一起,把蘑菇兜住抬了回来。进大门时她早忍不住了连喊了几声爸妈,反倒把大嫂喊了出来。"哎呀呀,哪采的蘑菇?真是好蘑菇,一夏没吃蘑菇了。"贵珍不由皱了皱眉。她烦透大嫂了,要不是她是大嫂,她一辈子也不会睬她。妈和爸出来了,爸拄着棍子了。妈抓出几颗相了相:"是华盖蘑,看不到了,早先有,咱这看不到了,在哪采的?""我和大姐在北甸子采的,先飞出几只蘑菇鸟,就看见了。""再往下说,还有什么?"大姐提醒道。"嗯——对了,爸妈您们猜猜,这蘑菇圈拼成一个字,是什么字?"妈嗔怪地说:"我和你爸又不像你们那么有学问,怎么猜得出。""告诉你,妈,是中字,考中的中字。还有呢,采的时候,正着读是采中,倒过来读是中采。"爸妈对看了一眼,笑了。大嫂不知什么时候从屋里拿出个大笸箩放在她自己门口。"来,先把蘑菇晾上,过几天做小鸡扣蘑菇。"说着就从大姐手里抱过蘑菇摊在笸箩里……

做完最后一道题,又检查了一遍,贵珍松了口气,最后一科考得比前几科都好。贵珍绷得太久太紧的神经终于放松了。她仿佛看见一丝彩虹般的亮光正从遥远的天际渐渐向她飞来。

终考的铃声威严地响起来,贵珍双手捧着试卷递上前去。

十

贵贤面带倦容翻着教学笔记。孙成坐在对面。浓烈的阳光从通亮的窗子照进来,吞噬了最后一丝阴凉。呵呵,赵老师扇着衣襟端起茶杯逃出火炉一样的办公室。就剩两个人了。贵贤的思路静下来,她在等孙成说话。

"贵贤,我们出去走走吧。"孙成小声说。

"去哪儿?"贵贤抬起头问。

"就是,就是上次到医院路过的苇场。"孙成略带窘相。

"你先去,一会儿我再到。"贵贤又低头翻笔记。

孙成站起身,走出门。

贵贤心绪复杂,百结纠心。她清楚地预料到与孙成的这种关系不会有结果。孙成是那种敢作敢当的人吗?不是。他看上自己能完全排除拈花惹草的成分吗?不能。他看中的是自己的相貌和身体,并不是灵魂,这恐怕不会错吧。跟孙成在一起的时候,贵贤明晰地感觉自己的灵魂脱离躯壳冷静地旁观着。当彼此的全部融为一体既成事实,她听到她的灵魂发出凄厉的悲鸣。这不是说她不爱孙成,重要的是她的灵魂窥测到她与孙成肉体的交合并未抵及精神的企盼而臻如愿。这本身就决定了这幕悲喜剧中她所饰演的角色。他们彼此间的交往进乎肌肤之亲虽属骤短,但几度春秋的两桌相望使双方的了解细于忽微。他的每一块肌肉和筋腱,每一个斑痣和印记,她都了如指掌,不谬毫厘。他们爱情的享受是光天化日之下的悖理,而非居处久长相亲相爱的暖室静夜的合理顺章。这在另一层意义上又昭示了他们感情的走向是曲回短暂而非地久天长。这是一个方面。还有更可怕的。她清楚无风不起浪,有风浪三丈的道理。与孙成的关系做到神鬼不知只能是暂时的,迟早有一天会事机不密,成为全校乃至全城的谈资。说不定天机现在就已经有所泄露,只不过风声微渐罢了。这真令她不敢继续想下去。怎么办?孙成正在等待自己。贵贤心乱如麻。应该下决心斩断这情丝吧。不去不去,可神差鬼使之牵力却无法抗拒地催动了她的双脚。

孙成在焦灼的心跳中等待着贵贤。周围的芦苇经他简单的布置成了一个圆形巢穴。就这个巢穴吗?这个巢穴盛得下他和她交往的全部内容吗?看来,应当盛载的差不多全在这里了,孙成想。他可不希望自己的另一半释放得太大。

贵贤冷静地钻进这个巢穴里,站在他身边一动不动。

"你不舒服?"孙成问。

贵贤摇摇头。

"那是为什么?"孙成抱住了她,把嘴唇贴上去。

她本想推开他,正色跟他摊牌,可一见到他,心里刚刚筑起的堤坝就坍塌了。她听从他的摆布,全无反抗的力量。她用力咬自己的嘴唇,嘴唇在牙齿的啮咬下渗出血丝。

孙成解开了她的衬衣,打开了她筒裙的拉链。她雪白的身体顷刻间展示在他面前。

不管孙成怎样一如往日激情似火,她今天怎么也提不起兴致。她再也含不住嘴边的一句话,终于把它吐了出来。

"你没想过我们的结局吗?"她问。

"什么,结局?"孙成一怔,旋即反应过来,"我们这样不是很好吗!"

"很好?你是想把这种关系维持下去?"她心一沉。

"当然,我爱你呀贵贤。"孙成吻了吻她的下颏。

"你有勇气跟我结婚吗?"她仰望着孙成涨红汗津的脸,又问。

"结婚?哦,贵贤,别说这话,我爱你呀,我们这样不是很好吗?"

"唉,我明白了,我不该问这话,我太愚蠢了。"她悲凄地闭上眼睛,两滴苦涩的泪水顺着眼角淌下来,滚进苇草中。她终于得到了验证,她料想的和事实真竟一般无二。

现在,她感到与她肌肤相亲的孙成正逐渐飘摇而去,不可抓寻。

十一

水涨得漫过了堤岸,天地白茫茫连成了一片。原来下挂子的窝子已成遥远的中央,芦苇被大块大块地淹没,孤零零的电线杆支撑着电线歪歪斜斜地站在水里。下挂子的人越来越少,水太旷,没了蓄势,鱼虾躲得无影无踪。

贵臣实在不想收网。家里的开支一天紧似一天,不拼命忙怎么能行。这阵是差多了,折腾一夜打不上几斤,不划算哩,唉,收吧,贵臣想。今天是最后一晚,挂几斤算几斤,少了就拿回去吃。爸身子骨不好,妈操心,瘦得不行,贵珍考大学累得小脸蜡黄,都该补补。贵臣就摆开了挂子。贵臣挺感激这些挂子,它们为自己为这个艰难的家可立了大功。现在,它们大大小小剐了很多口子,遍体鳞伤。但没办法,等这次用完了,就好好晾一晾,然后一针针细细地补好,贵臣想。

水衩的襻带系好了,他用力蹬了蹬靴底。靴底磨得太薄了,小小的土块都硌得慌。该补了,漏了可要命了。怎么都要这次完了一总去弄吧。水渐渐没了膝盖。贵臣一边往前探步一边撒下网面。天灰黑灰黑的，星星月亮早被浓云遮住，水面不时兴起一阵冷哗哗的夜波。岸上齐肩高的蒿苇起伏跌宕，幽深莫测。贵臣对这些毫无知觉，他已经麻木了，生活的重荷压得他喘不过气来，他哪有闲心去理会周围的环境。他真是不在乎。昨晚睡觉时，媳妇一个惊觉翻身吓了他一跳，媳妇是从不知害怕的，却抱住他呜呜哭了起来。他忙问怎么回事。媳妇做恶梦，青面小鬼用钩子死命钩他，她拽也拽不住，最后他还是给钩进了无底深渊。临出门时，妈说，她做了个梦，好像房子檩条断了一根。别去了吧，妈说。他笑了，不以为然地说，做梦魇着是常事，就出来了。

挂子下到最后一片，再有几步就是对岸，然后就蹚水返回去，眯上一觉，醒了一起就行了。水从腰部渐渐变浅，终于，挂子到头。他松了口气，缓了缓酸麻的胳膊，直身望望周围。周围一片苍茫，夜色正深。他掉回头向来岸蹚去。

水又深深地没过膝盖，没过腰胸。他面无表情反应迟缓地向前移动着。突然，右脚板猛地刺痛了一下，他顿时一惊，不好！他骤然意识到了什么，脑子瞬间一片空白，但立刻又被清醒的判断和对结局的预料所充满。他受困的位置是中间，两岸距离相等，进退皆难。右脚下冰冷的水柱迅速地涌上脚面裤管，他拼命往下踩压，毫无作用，水流顷刻间塞满整个裤管，这条右腿便不可抗拒地向上浮起。他慌了，手足无措，唯一的感觉是水汊的空间一秒秒地在缩小，最后完全消失了。他的身体失去了平衡。他挣扎着去解肩上的襻带，但襻带今天却恰恰系了死扣。不多时，他的两腿都漂浮起来，身子倾斜水里。他猛地被呛了一口，凉冷的刺激给他带来更大的慌乱，他两手无目标地扑打着，溅起的水花加速了他的险象。他大口大口地灌着水，身体由漂浮变为缓缓地向下沉去。他肚腹鼓胀，脑子迷恍不清。贵臣这孩子，忒老实。这是小时邻居对他的评价，那时候，得到这样的评语父母是很高兴的，老实厚道是良善的标准，奸懒馋滑是没出息的先验。十二岁那年，一个远房瞎子舅爷给他掐算，说老大这孩子成不了大事，也犯不下大忌，平平常常一辈子，不过四十岁上下有个关坎，要小心点。他听了当耳旁风，父母听了虽觉不吉，但毕竟太遥远，也没认真放在心上。他就这么活到四十岁。累吗？确实累，不过习惯了也就成了自然。童幼年时他的生活是快活的，那时家里富有，境况也没大的更变，他像宝贝似的受到宠爱。然而从那时候起，他已经形成了温良恭俭的性情，这是天生的。后来家道中落，身下弟妹增多，他的无忧无虑的生活宣告结束，开始了维持生计的成年人的生涯。娶妻生子扶助老幼，他早把自己当成这个家的家长了，肩负重责，含辛茹苦。如果不是碰到眼前突如其来的灭顶灾难，他会循着旧有的履迹无止境地跋涉下去。

他悲凉地合上了眼睛。

十二

早饭的桌子刚撤下，大门就被敲开了。六七个男女公安押着贵宝来搜查赃物。贵宝衣冠不整，头发蓬乱，腕上戴着铐子。老爷子老太太被这一幕吓坏了，跌跌撞撞地迎出来。大媳妇瞪圆了眼睛立在自己门口。

"是怎么回事，怎么回事呵？"老爷子嘶声问。

"怎么回事！问问他自己。扒窃国际列车，聚众淫乱。对了，连亲爹老子的驴都偷了卖肉。"一个男公安鼻子嗤着气说。

"哦，哦……驴……车……是你偷的？贵宝，是你偷的，啊？"老爷子惊得说不出话，抓住贵宝的衣领大张着嘴问。

"嗯……爸，是我偷的。"贵宝垂下头。

"嘿哟……呵呵……"老爷子仰天悲鸣，一屁股坐在地上。

门外围满了人。公安们翻箱倒柜搜查了半晌没搜出什么，押着贵宝上了停在门前的警车。

临走,那刚才说话的男公安冲着送出来的老太太说:"劝劝老监督,我们会争取从宽处理的。"

这时太阳已跃上中天,如火的热浪蒸腾在灰蒙蒙的大房子周围。

贵贤心情沉重地从学校出来。今天的事态她似乎有所预感,当校长喊她到自己的办公室的时候,她就明白了他要说的主要内容是什么。

"哈,瞧这天快热死人了。"校长用一句废话掩饰自己的不自然。

"您有什么话就直说吧,我还有都德的《最后一课》要上。"她冷冷地一语双关。

"哦,没什么大不了的事。既然你还有课,我们就简短地直说。我们根据实际的教学情况和最近的一些反映,决定调整一下师资结构,初步考虑要你到教导处去搞一段教学安排,过一个学期后再……"

"行了,我什么时候动?"她平静地打断校长的话。

"如果没什么意见,明天就过去吧。"

她一言不发地回到语文组,无声息地整理自己的东西。大家都没作声,心照不宣的默知压迫着每个人。

孙成低着头在笔记上画着无规则的琐碎复杂的线条。

下班的时间一到,她就如逃出牢笼一般疾步跨出门。

不仅仅是一端的烦扰,越逼近家门,她就越感到一种不祥的气氛。先是一阵哭声由小而大地传来,接着便看见家门前后人头涌动,充塞了街巷。她的心顿时提到了嗓子眼。

贵珍在人群里发现了她,舞着双臂奔了过来,一把抱住她:"大姐,大哥他……"

十三

又一个早上。太阳斜斜地照着监督家的门楣。

灰蒙蒙的大房子有了声响。贵珍提着沉重的行李推开大门,放在门口的自行车上。老爷子拄着拐杖送出来,凉飕的清风吹动头上稀疏的白发。老太太披着夹袄站在身旁。

"到学校就来信。"

"嗯。"贵珍鼻子一酸,扭过头去,"大姐,走吧。"

贵贤推起自行车,向车站的方向走去。

灵约

那是一种怎样的目光。

年轻人,感谢你的传记!老夫人脸上布满斑纹,紧盯着他说。送一件礼物给你,请千万收下。她说着从手袋里拿出个软缎包,递到他手里。

他惊愕地望着老夫人,又低头看了看软缎包,轻轻抚摸了一下。

回去后再打开。老夫人一双苍老的手将他嫩白的手握住。再见啦,年轻人……文瑞。说完扭过头缓步向楼梯走去。

她知道自己的名字,她怎么知道?

他看得很清楚,老夫人灼灼的眸子潜然落下两滴清泪。朋友们都围过来。这老夫人是谁?好像是哭了。是你什么人,文瑞?把包打开看看!

他的心遽然揪缩。晚会上,他自始至终有一种奇怪的感觉。是怎么回事?老夫人刚刚出现在大厅里,他的思维立刻就被拽到殊异的时空中。他感觉到她是为他而来的。老夫人步履优美,举止娴雅,装束高贵,目光如水般流过来,把他紧紧抓住。

那是一种怎样的目光?

您把如此翔实的资料给了我,我万分感激,教授。她是她那个时代色艺双绝的一代名优,无与伦比,教授。后来那些白痴剧作家们把她搬上了舞台、银幕,还有这几年的电视,但都无一例外地失败了,从演技到形象都令人作呕,这些白痴,教授。我自小学起就被她牢牢地吸引了,在一切方面,我千方百计地搞到她流传下来的所有唱片,要知道那是极困难和罕见的,经年累月地研听,我满耳朵都是她动人的声音,教授。她流传下来的所有玉照我都保存着,但最贵重的要数穿着戏装的我床头的这幅了,这是我花三千元钱从一个骗子手里买来的,后来才发觉上了当,他一天能伪造十几幅这种赝品,但我不后悔,教授,因为这是他摹下的第一幅,绝对逼真。您看,教授,她就这么万分柔情地看着我和我的一切。我这部《民初名优传》主要就是为她而著的,教授。

教授说,您的执着真令我感动,您说得很对,她是她那个时代的倾国倾城的名演员。她的真实姓名恐怕她自己都忘了,她用"弄玉"这个秦穆公女儿的名字作艺名,几乎给后来的史学界造成混乱,可见她当时的名气有多大。我真希望您能把她写好。您怎么了,这样看着她,呵呵,这是来灵感了吧,我告辞了。

刚把门关上,他就急不可待地打开软缎包。一方细丝苏绣绢帕裹在里面。冲着灯光展开一看,绢帕上刺着一幅秀美的仕女像。

弄玉!!

没错,是弄玉。怎么回事?

这是怎么回事?老夫人灼灼的目光立刻出现在眼前,和那两滴潸然落下的泪水。晚会上那种奇怪的感觉骤然凝重。那种奇怪的感觉长久地把他带入橘黄色的历史般的甘甜回忆中。天哪,用不着判断,这才是那幅柔情似水的一代名优的珍品。他不由又看了看床头。天哪!

对,就是那天参加晚会的那个老夫人,她叫什么来着?对,她给了我一件礼物,可我对她一无所知。你一定知道。谢谢!噢,罗小姐,一个老姑娘,老小姐。她住什么地方?秦淮路十三号——怎么……啊,谢谢!

打扰您了,我打听个人,罗小姐,是个老姑娘。就在这儿,十三号。

街坊说,你打听罗小姐?她死了。前天,星期六的晚上。不知什么病。早晨保姆喊她吃早点时,见她安安静静地老了,穿着早年戏台上的戏服,打扮得利利索索的。挺怪的,她这个人一直挺怪。几十年啦,一直住在这儿,不跟人来往。讲究着哪,说话,走路都讲究,是见过大世面的人。这幢小楼是她自己的,先是没收了后来又还了。听说年轻时唱过戏,名声大着呢。后来不行啦,就这么待着。后事昨个儿就都办完了。

弄玉!!

文瑞,你这是怎么了?这阵子神经兮兮的,是不是什么地方出了毛病?我觉着你是反常呵,你不觉得你反常吗?

文瑞呵,你是在怀旧吗?你是在怀念那些你曾发疯似的爱过的好姑娘么?那你是怀念什么呢?

不相信不相信,我绝不相信,没有什么永恒的一切都能做到,只要你铁了心。这个世界上游走的除了我实在的肉体,还有我纯净的灵魂。我美好的经历和时光在遥远的过去,而不是现在和未来。

大师,借助您独到的艺术,我必能回到我的命里归程。这是毫无疑问的,大师。不管怎样艰苦复杂!我都能做到,大师。万望您不吝赐教,指点阳关。

大师说,在进入思寐的时候,要牢记你们相识的时间是一九二〇年四月七日。素心澄境,了除存想,是晦暝洞开,因缘彻悟的根本。式法繁复,课旨清明。口不辍念,咏诵恒一,心声无二,功成之矣。

你的低吟浅唱里蕴含着千种风情,你的一颦一笑间包容了万般欢怨。你的生活里本来缺少难言的渴求,而我的世界却是一天天走向痛苦的永远。

一九二〇年四月七日,一九二〇年四月七日,一九二〇年四月七日。一九二〇年四月七日，一九二〇年四月七日。一九二〇年四月七日。一九二〇年……四月七日。一九……二〇……年……四月……七日……一……九……二……〇……年……四月……七……日……

耳边呼呼的罡风凉利地吹过，脑子里的一切被渐渐抽空。眼前一片昏白泊淡。噪声愈来愈小，前景益发澄明……轰——哗啦。

大师，万分感激您。若不是被突然惊醒，我必已进入那绝美的境界。我当时的感觉是……您说对吗？

大师说，我写个谶你带在身上，就不会受到惊搅。迨至醍醐灌顶，神形皈依之时，适彼往昔之境，结与隔世人物，体会去岁风情，翕翕然畅美不可言尽。有一处却是要紧的，此谶将伴你遨游始终，断不可显露，慎记，慎记。

就是现在啦，就是现在啦。我心气平和，我心气平和。我努力走向你，我努力走向你。我正在走向你，我正在走向你。走向你，走向你。

一九二〇年四月七日，一九二〇年四月七日。一九二〇年四月七日。一九二〇年，四月七日。一九……二〇……年……四月……七日……一……九……二……〇……年……四……月……七……日……

里里外外水晶般空明净洁，一如大海蔚蓝翠碧。喧嚣响腾趋于静绝，万象朦胧而至真晰。

如烟的往事在提示着我们，中华民族两千余年的戏剧史是辉煌的，尤其到了宋元以降，随着一大批杰出剧作家及剧作的出现，这支古老的艺术遂至第一个灿烂的高峰。然而，明显的空白亦告诉我们，她的发展是不和谐的，不相称的。她产生过极为优秀的剧作家，极为优秀的戏剧作品，极为优秀的戏剧理论家（这是不可抹煞的事实），却从未产生过极为优秀的表演艺术家。这是中国舞台艺术落后于西方舞台艺术的一个重要原因（至于民族心理、传统、文化走向及社会构成、国家机制的差异和影响等诸多因素导致中华戏剧艺术落后于西方则属另外一些大问题，非本书撰述范畴），不能不引起有识之士的思考。这一点直到清末封建大统的崩坏，西方先进的民主和科学的思想传播，中国资产阶级启蒙运动的兴起，亦即新世纪曙光的出现，才发生了新的情况。这已是民国初年的事了……

《民初名优传》（序）

  阳光呈40度角射下来，七彩晚霞淡淡喷洒到整个玄武湖面。微风吹动岸边垂柳，柔条低摆，与水中倒影交相掩映。梧桐树上沙沙不绝的蝉鸣刚刚降下调子，宽大的芭蕉叶子浓郁深幽，花丛草坪香气氤氲。天低水碧，景色旖旎。

  这时候，湖心处的一艘画舫缓缓荡到岸边。从船上轻轻盈盈地走下三个女士。

  女士们素艳相间，色调分明，体态丰柔。

  那个头戴遮阳帽的，款款走在中间，乳胸高耸，玉臂半露，双眸平视，不苟言笑。周身透着不凡的气象。

  碎石路被女士们的小步踏得嚓嚓响，晚风这时开始吹动起来，女人软腰上的绦带向后翩然飘舞。

  在走近几株成荫的柳树的时候，一个扎着藏青色领带的人平步迎了过来。

  女士们好，恕我冒昧，如果没认错的话，您就是罗小姐吧！

  嗯，是我。您是——

  能单独跟您说句话吗？来人向路边跨了两步。青色的领带与白色的衬衣对比鲜明。

  哦——好吧，你们先走一步，我与这位先生说句话就来。女士向两边说道。

您是？她略带疑惑，好像没见过先生。

是的，您确实没见过我。我是个传记作家，从北京来。我叫文瑞。

文瑞……她咀嚼了片刻，我没听说过您，可是，您找我有事吗？

哦，当然，我是慕名而来，更确切地说我从遥远而来。如您能赏光，罗小姐。

我没什么名气。您是传记作家，我是个演员，这中间似乎没什么必然的联系，难道您要为我写传不成！

这并不影响我们之间的交往，弄玉小姐，我想，您的传记已经写完了，因此，见到您非常高兴。他目光灼灼，两颊泛红。

交往？你怎么知道我的名字，那是我的艺名，不熟悉的人我是不高兴他叫的！你说什么，我的传记已经写完了？哈，我这么幸运吗，我什么时候能看到？

哦，对不起。我想我是相当熟悉你的，并且这次千辛万苦来就是想与你成为朋友！传记嘛，总有一天你会读到的。

"你"？你这样称呼我！跟我成为朋友？先生，你不觉得这太唐突了吗？

你不也这样称呼我"你"了吗，我觉得这很平常，并不唐突哇！我想，从缘分上讲，我们应该彼此这样称呼呀！

啊……你，我……我现在很累了，我得走了，有事以后再谈吧。她脸涨得绯红如霞，仓皇地点头辞行。

不，你别在意！

应该在意了，先生。这时候在他们身边已经站着一位拄着文明棍，身着礼服的男士。

先生，弄玉小姐已经很累了，请您不要再打扰她了。

男士转过身，拉起弄玉的衣袖回到碎石路上。

文瑞木然呆立，看着弄玉静静而去。

走出百步远，弄玉回过头来，见文瑞还痴痴站着一动未动。

走吧，不要睬他！男士拉了拉弄玉。

  当时，西方的话剧、歌剧、舞剧随着各种文艺思潮传入中国，在中国衰竭的戏剧界引起巨大波澜。新颖的表演形式和手段吸引了绝大多数戏剧界同仁和成千上万的观众。在文化知识界，以北京大学为首倡，许多高等学府把戏剧列为专门的学科来研究讲授。一批刚刚踏入戏剧界的青年演员很快地接受了新思想新思维的启迪，有意识地将舞台表演上升到舞台艺术的档次。摒弃了束缚演员自身发展的宗法、名教、善恶、忠孝等的载道说教及优伶俳偶的低级表演形式的传统桎梏，大胆地尝试现代表演技巧，并翻陈出新地将优秀的传统剧目改编成话剧、歌剧、舞剧，成功地完成了中国戏剧由古典向现当代嬗变的重大过渡。新生代艺术家们的出现，奠定了我国现代戏剧表演艺术的基石。

  本书在获取大量翔实可靠丰富生动的历史材料的基础上，以民国初年十几位著名戏剧演员的舞台生涯为背景，运用传记文学的笔法，力求完整公正地反映这一时期的舞台艺术的面貌和心理……

《民初名优传》（序）

  晚会的气氛亢扬热烈。伦巴和谐的节奏明快可人。舞人们步态矫捷地伴着迷人的旋律旋转。粉红色的灯光水一样从四壁喷洒下来，打着领结的无须侍者游鱼般往返穿梭。浓酽的红酒注进透明的玻璃杯中，发出汩汩如玉液回壶的响声。

  一曲终了，一曲又起。男士们蜂拥到礼宾席前，围成个扇面，十几只手殷勤恭敬地伸向金丝绒软椅上端坐着的俏楚女郎。女郎身着古罗马夜礼服,领口开得很低,长裙覆住脚面,高雅典丽,冷艳绝人。

女郎刚刚离开舞池,已是娇喘吁吁,细汗点点。现在,整个舞厅被委婉萦回、幽怨悲切的乐曲所笼罩。她侧耳听了听,《泪洒佛罗伦萨》,是这支曲子,妙极了。

您请,弄玉小姐……

不,谢谢,我累了,想歇歇。

我陪您跳一曲,您就不觉得累了。一只白细的手伸了过来,还有一双灼灼的眼睛。

弄玉抬起头来,是你?弯眉跳了一下。

请您跳舞,怎么,您不高兴?

不,我……

那太好了,谢谢您!白细的手已将凝脂般的臂腕带了起来。

我不是这个意思,谢谢你,我太累了,跳不动了。

看看,都踩上拍了,你还这么说!

你?可是,我不认识你啊!

你当然认识我了,传记作家文瑞。

喔,文瑞,你……太无礼了!

弄玉小姐,你听,这首《泪洒佛罗伦萨》美极了。

嗯,是美极了,我最喜欢的曲子。哎呀,我怎么跟你谈上了?

这不挺好吗,我从遥远的北京来到金陵,就是为了见你。

我有这么大的吸引力?

这是超越时空的缘分。

什么什么,超越时空?真是天方夜谭,你太无礼了,怎么能说是缘分!

现在,曲子停了下来。两人也停在舞池中。

弄玉,请到这边来一下。一个穿黑色夜礼服的男士挽住弄玉的手臂,将她带到一旁。弄玉,这就是那天见到的讨厌的家伙,你怎么还理他!

我……我没……不过,我们是讲礼貌的,他并没对我无礼。

总之,这种不明身份的人还是不睬的好,我们回公寓吧。

于是,男士携弄玉出了舞厅,钻进停在门外的一辆流线型汽车里。

那时候,罗子文已注意到女儿的表演才华。在女儿就学的姑苏女中,每次文艺演出中,女儿都作为主角出现在舞台上。而在京剧、昆曲和评弹的天赋素质方面,连罗子文自己也不得不承认女儿的绝顶聪慧。凭经验和直觉,罗子文预感到女儿将来可能走上舞台表演的道路,也就是歌舞戏艺的道路,这无论如何也不能使他振奋起来,因为当时人们的观念还视演唱为末流,绝无今日歌星、影星之令誉。但饱尝人间炎凉冷暖和对艺术酷爱不休的罗子文一念之下忽萌生了某种倔强的想法,那就是尊重女儿的意志,把自己全部的经验和技艺传授给女儿。

女儿,你学业也快完成了,将来前途上是怎么打算的?他郑重问道。

我要演戏,当演员,当中国最好的演员。女儿郑重地回答。

于是,罗子文毫不犹疑地向女儿传授起技艺来,从基本功法开始,成为女儿艺术生涯的第一个老师。

不久,女儿在参加南国昆曲汇演时一试成功,资质超拔,成为令人瞩目的舞台新秀。旋即,一个不大不小的问题摆在父女面前,那就是,女儿应该有个艺名了。

罗子文引经据典,考古访今,名字列出无数,竟无一个令女儿彻底满意。正计无所出,大费踌躇间,忽远处有洞箫声绵荡而至,女儿不禁抚掌大笑,父亲,昔萧史以箫声为媒,引弄玉扶摇琼宇而成仙的故事您还记得吗,何不就叫"弄玉"。

是时,弄玉刚届15岁。

……

《民初名优传》(第一章)

细雨缥缥缈缈汇成烟浪弥漫开来,朦朦胧胧地将莫愁湖染成深蓝色。雨花石铺成的花间小径辗转盘桓通向幽处。空气里充盈着甜湿爽人的味道。几双粉红色的蝴蝶在烟雨中欢快地飞舞,与嘁啾啼哧叫个不住的草虫合成了协奏。

小姐,衣服是不是淋湿了?

没事的,打着伞还怕这点雨吗,要的就是这份情致。

三把素花伞在通幽小径上慢慢地移动。

小姐,您瞧前边就是莫愁女的塑像了,她挎着篮子,绾着头发,无遮无掩的倒不怕被这风吹雨淋。

莫愁女是贫家女儿,就是风里生雨里长起来的,你们记得那首写莫愁女的诗吗?

什么样的诗,请小姐念出来我们听听!

嗯,诗是这样写的:

黄河之水向东流
洛阳女儿名莫愁
莫愁十三能织绮
十四……

哎呀,十四……什么来着?看我这脑子,哎哎!

小姐别急,慢慢想想。

十四……十四……可真是的,怎么就记不起了。

十四采桑南陌头

十五嫁为庐家妇

十六生子字阿仇

……

　　小姐，我替你接上，不知对不对！一个纯正浑厚的男中音插了进来，抑扬顿挫，铿锵悦耳。

　　文瑞，是你？你怎么……

　　弄玉小姐，你有这么高尚的雅趣，敝人也该有所附庸呵。应该说这是缘分。

　　不不，你胡说，你是有意的。

　　弄玉小姐，若执意说敝人是有意的，那就算是有意的，但我猜小姐也必是善解人意的，定能理会我的意思。

　　哼，你这张嘴呀，真拿你没办法！

　　小姐，您和这位先生先谈着，我们到前边看看。

　　你们去吧。

　　这两个姑娘倒是有眼色。

　　贫嘴，文瑞，我问你，你三番五次缠着我到底是为了什么？

　　弄玉，哪能这么说，我以为该说成有缘千里来相会呵！

　　我才不信我们之间有什么缘分。

　　其实，你现在就应相信缘分了。这不，天公作美，我们才说了几句话，雨就不下了。

　　嘿，你想得真美，天是为你设的？

　　但愿好时光能永远属于我们。

　　你不觉得这是一厢情愿吗！哦，听听，接我的车子来了，我得回去了。

　　遗憾，我多希望能和你多谈上一会儿！

　　这就不是缘分？

可是，如果我希望有一个我们单独见面的机会，弄玉小姐肯赏光吗？

我可是从不单独与男士在一起的。

所以，我才恳切地请你赏光呵。

我最近真是太忙了！

后天是农历十五，月色最好，我们到江边走走！

我恐怕让你失望。

即使失望，我也不后悔。后天晚七点，我在望江亭等你！

小姐，接您的车来了。是陈先生亲自来接的。

弄玉，这样的天气你跑出来怎么不跟我打个招呼？

我又不是三岁小孩子，干吗什么事都让你操心！

我不是这个意思，实在是天气太坏了，找不见你我才有些着急了。又是你，你怎么到这来啦？

难道此园唯你独行吗，先生？

哼，我警告你，今后不许再纠缠弄玉小姐了，否则惹出麻烦你吃不了兜着走！

陈先生，你怎么能这样讲话，我们是在这儿碰上的，文瑞先生，不要介意。

当然，我不会介意的，再见！

弄玉，你怎么又碰上他了，我说过多少次了，这家伙是打你的主意来的。

他是个非常热情、非常有修养的人，不见得如你所说的那么坏。

我是为你好，为你的艺术生命着想！

那我可要感谢你了。

　　显然，进入金陵大剧院是弄玉舞台生涯的一个转折，用后来许多权威人士的话说，那完全是"她艺术生命的一个里程碑"。

1913年的春天,南京金陵大剧院成功地上演了莎士比亚著名悲剧《罗密欧与朱丽叶》,作为主演的弄玉以其形神兼备的气质和天才的禀赋相当完美地实现了莎翁笔下著名悲剧艺术形象在东方舞台的塑造。这是西方古典名剧在中国舞台最早演出的一次,戏剧界为之轰动,舆论界为之轰动,古老的石头城为之轰动。

"美极了,这剧演得真好,我都看了三遍啦!"多少人都在这样说。

当时,为了弄到一张剧票,很多人废寝忘食地昼夜排队和等待。剧院附近巷口街道连月为之阻塞。

大幅的剧照贴满街头巷尾,报纸连篇累牍地登载介绍弄玉的文章。

她一举成名了吗?似乎有点这样的味道,瞧,"艺苑新秀""江南艺英""金陵艺星""南国名伶"等,人们一时给她多少荣耀的头衔!

然而,18岁的弄玉非常清醒地意识到,自己仅仅迈出了艺术上的第一步。

《民初名优传》(第一章)

七月半的圆月宛如一轮玉璧高悬在扬子江上。空气新鲜清凉,江风习习吹岸。望江亭翘脊飞檐,雕梁画栋。

真把你盼到了,我太高兴了!

其实,我并不想来,那天陈毓寅对你太无礼了,冲他我也要来。

弄玉,这个陈先生像保护神一样跟着你,把我当歹人对待,是怎么回事?

哎,说来话长了。他是家父过去的同事,在金融界谋职,我刚介入文娱圈子的时候,多亏了他的帮助。那时家父已去世,他待我确实如女儿一样。后来,我演红了,有了小名气,收入也多了,他就成了我的经纪人。但最近几年,我感觉到我已讨厌他了,原因很简单,他的卑鄙和自私到了令人无法忍受的地步……

喔,是这样。

你出现后,他本能地感受到了威胁和挑战,所以对你才那样。

哦,难怪——

不过,他这样做完全是徒劳的,你并不使我讨厌,讨厌的是他。

是真的?

当然是真的。

我太幸福啦,弄玉,这是我昼思夜想企望听到的。

文瑞——我这样称呼你好吗?

我很高兴你这样称呼我啊。

文瑞,你总是说我们有缘分,其实,我也感觉到了这点。你的出现,好像命里约定了似的。

这才是心有灵犀。

只是,我担心,天上这轮明月,能为我们圆几回?

我也想,不知这天上宫阙,今夕是何年?

文瑞,你这是什么意思?

唉,我是想,但愿人长久,千里共婵娟。

是啊,我也这样想……

弄玉,靠近我,让我吻吻好吗?

嗯。

她知道,上演西方剧目固然有洗新自己挣脱羁绊的作用,但从世界范围舞台艺术的高度来看,还仅限于学习的阶段,而学习的结果会不会导致燕人学步,不得而知。自己主演的莎翁著名悲剧在西方人看来,是极难做到形肖神似的,法乎上而取乎中,这是艺术的规律,更不待说中西方文化的差别了。因此，拿出自己的东西，拿出本民族的东西，这是一个艺术家成功的法宝。

即使尚未从理论上明晰地思辨认识这个问题，但弄玉已隐约地感到了某种危机。于是，她积极与一些有见地的戏剧界同仁探讨磋商，把中国古典优秀剧目以话剧、歌剧、舞剧等形式搬上舞台。

……

《民初名优传》（第一章）

京都大剧场座无虚席，掌声如潮。演员频频出台谢幕，台上台下连成一片。

弄玉，弄玉，弄玉——

弄玉小姐，请赏光签个名。

弄玉小姐，请允许同您合个影。

文瑞，你在哪里，你看见我了吗？

弄玉，我在这里，我在这里！

该卸妆了，弄玉小姐。

摄影师，我想着这身装拍个照。

太好了，愿为您效劳，请到后台。

就这样，侧点身，好好。笑笑，弄玉小姐，笑笑。怎么了，弄玉小姐，您今天怎么了，不舒服吗？

我也不知怎么了，你稍等一会儿。再等一会儿……

这已经等半天了，可以拍了，弄玉小姐，您在等什么呀？

弄玉，我来了，我来了。

啊，文瑞，你可来了！好了，照吧，摄影师先生。

别动，这样最好。笑一笑，太好了。

轰。

好了，漂亮极了！

弄玉，你这张像照得风姿秀逸，娴雅绝伦。

照片洗出来时，我要绣块绢帕赠给你，文瑞。

那太好了，一言为定。

一言为定。

有空闲吗？我们到鹭园一游。

今天不行，明天下午怎样？

最好，四点我在燕子榭等你，不见不散。

不见不散。

弄玉，你与这位文先生又要在哪里幽会？

陈毓寅，你说话要检点点儿，就是幽会，又与你何干！明天下午四点，我们在鹭园幽会，算告诉你一声！

弄玉，作为一个艺术家，你的喜新厌旧是极有害的，人不可忘了根本。

陈毓寅，作为一个艺术家，我认为吐故纳新是极有益的，我不想忘本，但更不想身边总守着个保护神。

你？

哼！

这是1917年的夏秋之际。

欧洲的战火还没有熄灭，一股温馨的暖风却从世界的东方和煦地吹来。来自古老中国的一支剧团在法国、英国、德国、意大利、奥地利、丹麦、卢森堡等国做巡回演出。当世界艺术的一大中心正被战火威胁和吞噬的时候，新鲜的东方文明无疑减轻了人们心头的阴翳。这支巡回剧团以话剧、歌剧、舞剧等舞台形式演出了中国著名的古典剧目《窦娥冤》《西厢记》《汉宫秋》《琵琶记》《牡丹亭》和《长生殿》。

古老的中华文明震惊了西方世界，数十万人领略了东方艺术的瑰宝。在巴黎、在罗马、在维也纳、在威尼斯……人们似乎忘记了西方在全球艺术中的位置,而在津津乐道地谈论东方文明。

　　此时的弄玉,不仅像珠玉一样被赞美着,像皇后一样被簇拥着,更令她心醉的是艺术的海洋和宝藏就在眼前,她如鱼得水般地畅游着,如饥似渴地吸食着无穷无尽的营养……我成功了!

　　这是她发自心底的声音。

　　她说得没有错,弄玉成功了,作为一个表演艺术家,她真正实现了自己的价值。

　　……

《民初名优传》(第一章)

　　浓云从天际卷压过来,电光闪闪,雷声隆隆。

　　弄玉啊,这天要下雨,你可千万别冒雨去鹭园哟!不行,我得先行一步。

　　文瑞抓起雨伞向鹭园赶去。

　　天被乌云遮得严密无缝,不到日落光景已如黑夜。

　　文瑞一路疾行。前边是窄仄的畜马巷,过了巷子就是鹭园了。

　　文瑞刚拐进巷口,蓦地从暗处闪出几个人影,文瑞只觉得头上被猛地一击,便倒在潮湿的地上。

　　大雨滂沱如注。

　　弄玉在燕子榭里望着雨幕,心里焦灼万分。文瑞,快五点了,你怎么还不来。是怕雨了吗,不,你不会因为雨延误的。是遇到什么事了?啊?你现在在哪儿?是被雨隔住了吗?是不是因为我?文瑞啊,我的文瑞!

　　一个霹雷响过,文瑞昏昏沉沉地醒来。咸腥的雨水倒灌进嘴里,他恶心得连连作呕。他抬眼望了望天,雨线成帘。我这是在哪里,哪里呀……哦,想起来了,我是向鹭园奔跑,那里万花争妍,姹紫嫣红;我是向鹭园穿行,那里香气馥郁,竹兰如茵;我是向鹭园飞驰,那里有我摄魂夺魄的弄玉,有我爱入骨髓的心上人,啊,弄玉……

文瑞挣扎着站起,跌跌撞撞地冲向鹭园。

弄玉无力地坐在石凳上,素白的衣裙被雨星点点沾湿。她不再徘徊了,她已无力徘徊。她不再凭栏眺望,她已不堪望不见的哀愁。她不再侧耳谛听,她已听怕了不断的雷声。

可就在这时候,一个蹒跚的身影爬进了她的视野。一个熟悉的身影。文瑞!她惊喜交集,欢叫一声,张开双臂迎了过去。

两年后,即1918年,弄玉回到南京。

深厚的艺术修养和广博的见识令这位年轻的艺术家风姿秀映,神采冠时;青春的朝华和天赋的丽质更使这位南国佳人如月在天,美艳绝世。

然而,冷静下来的弄玉已经认真地考虑过一些问题了。在自己豪华的公寓里,她开始提笔为上海的《申报》写《我的艺术生涯》。半个多世纪后,笔者在图书馆珍藏的这部断断续续连载了十年之久的自传里,窥测到一些这位艺术家70年前的心理印记。

《民初名优传》(第一章)

弄玉典雅清丽的房间里温暖如春。文瑞躺在柔软舒适的雕花床上,无限幸福地望着守护身边的弄玉。弄玉梳洗刚毕,眉如弯柳,口映桃红。薄如蝶翼的睡衣随清风舞动。

弄玉,我太幸福了,这是我一生中最辉煌的时刻。

我也是,文瑞。现在好些了吗?

好多了,弄玉。有你陪伴,我如在仙境。

哼,又贫嘴了,我还没陪你呢。

弄玉轻轻拽拢了帷帐，拧身上床，啪地熄灭了乳白罩灯。粉红色的流苏悠然摆动起来。

"总之孤独像魔鬼一样缠住我，使我不得脱身。在从前饱受屈辱，奋力搏击的时候，一种巨大的信心支撑着我，我勇气倍增，无所惧忌，恒自以困苦为甘甜，寂寞为快慰。而今，追求已实现，财充物阜，荣崇有加，可我却觉得心里缺少了一种新的什么，一种此时此刻我所企慕的东西。这种企慕得不到满足，或许尚未到满足的时候。"

这就是说，70年前我们饮誉艺坛的主人公已经被某种孤独深深地困扰了，但她还不能明确说出这种孤独是什么，直到两年后的一场巨大的人生变故才实现了她的铭刻于心的那种企慕。然而遗憾的是这段历史性的经历却神秘地消失了，在所有的记忆中都没有它的线索和踪迹，包括现存的一切材料。显然，根据时间的纵向推断那应该是1920年梅雨季刚过的三个月。三个月在弄玉漫长的艺术生涯中不过是弹指一瞬，但从前后弄玉的心路历程上看无疑发生了相当大的事件，这简直影响了她的后半生。本书在为之作传的这一章的洋洋数万言里对此也只能保持沉默。

……

《民初名优传》（第一章）

晨光弥漫进来，一室嫣红。弄玉从文瑞怀里挣起身，拉过衣服掩住晶莹的乳胸，又爱怜地看看文瑞，俯身在那张恬谧的脸上吻了一下，不料被文瑞赤裸的双臂紧紧地拥住了。

你醒了？真坏，怎么不睁眼睛！

我不睁眼睛也看得见你。他说着把手伸进弄玉怀里。

不早了，起来吧，大丈夫不该留恋床笫哟。

一句话忽地勾起了什么，文瑞叹了口气。你记得李后主的一首词吗？

什么词？念出来听听。

唉，是一阕《浪淘沙》：

> 帘外雨潺潺，春意阑珊。罗衾不耐五更寒。梦里不知身是客，一晌贪欢。独自莫凭栏，无限江山。别时容易见时难。流水落花春去也，天上人间。

文瑞，怎么你想起了这首词？

我是怕高处不胜寒哪！

哼，越说越扫人兴，不理你了。

哎哎，别生气，我是说着玩呢，这不，红烛椒映朱纱帐，羞看才子伴佳人。哈哈哈！

哎呀，你坏你坏你坏，你真坏透了。弄玉攥起小拳头在文瑞胸前敲打起来。

哟哟，我赔不是赔不是还不行吗，对了，你答应我的事办了没有？

什么事？

什么事，看你这记性，就是你的那张玉照不是要给我绣下来吗？哦，你记性倒不错，才几天哪就忘了。

还没哪，照片这两天就送过来，我马上给你绣。哼，我人不是在你身边吗。你们男人呀，就喜欢来虚的。好啦，不早了，我伺候你穿衣服。呵，你这件衣服倒挺时髦的，这款式，我还没见过呢，是超时代的吧。这儿还一个兜，装什么值钱东西啦。嗯，纸条？

弄玉在文瑞衣服袋里掏出一个纸条，正待展开。

文瑞猛然想起了什么。弄玉，不要打开！

嗯，不让我看，这个纸头有什么秘密？

当然，千万不能看！给我，弄玉，我求求你！不能看，不能看哪！文瑞吓得魂飞天外，冷汗一身，伸手便夺。

哟哟，是情书吗，吓成这样！弄玉忽觉委屈起来，我偏要看看！躲身到床脚，负气地展开纸条。

两个凝重的真书大字跃入眼中。

灵约

几乎同时，哧拉拉裂帛般一声巨响，一团耀眼的白光轰然炸开，万千条束带骤然将两人向无穷的极端不可抗拒地拉去。弄玉大瞪着惊愕的眼睛向遥远的天际倏然飞逝。

弄玉——

文瑞绝望的悲鸣渐渐消失在压拢下来的黑暗中。

谁都知道"筚路蓝缕，以启山林"的意义，他们以自己不容抹煞的存在和活动为民族现代文明做出了宝贵的贡献。他们是拓荒者，他们是滥觞人，他们开了本世纪中国表演艺术的先河，他们的名字和事迹应该随着时间的流逝释放出日益璀璨的光华，而不应令人痛心地逐渐湮灭。

本书的目的恐怕即在于此。

读者诸君可能会发现，在每人只占一章的十几名杰出戏剧演员的简略生平（以民国初年为主体）里，笔者尤为偏爱弄玉。这其中固然有多种因素，而另一个重要的原因也不容忽视——相当长一段时期内，弄玉如邓肯之在欧美在国内受到无人比肩的崇拜。正如弘一大师所评介的那样："其声也如音乐之合于律吕婉转动听，其容也如西子再世倾国倾城，其形也如嫦娥奔月之飘逸，其神也如瑶池王母宇韵轩韶。"

大画家徐悲鸿赞叹道:"她的每一寸身体都令人难以置信地符合人体美的黄金比例。"

可见弄玉多大程度地接近了完美。

……

《民初名优传》(后记)

醒醒,醒醒,文瑞啊,快醒醒,啊!

文瑞,文瑞——

医生,他就这么大喊了一声,便没了动静,这是三天来的第一次呀,他整整昏睡了三天!医生,救救他吧,求您了!

医生说,很难说结果会怎样。他的心力已经衰竭,现有医学手段全部用上,我们也只能尽力而为了。

紫太阳

一

妈一把掀开我身上的被子,断喝:"起来,还上学不?没出息的货!"

我受惊狗一样激灵坐起,抬眼一看,日头正睁圆眼瞪我,妈也睁圆眼瞪我。妈手里拎着一个绿帆布书包。

我忽拉恍过神:今天我上学。

今天是我第一天上学。

今天是我上学的第一天。

我抓过棉裤急急穿上,裤带还没系牢,邻居换铁、马驹子,还有小燕、小英、小丽他们就嘻嘻笑着挤进了门。

我乱蹭一把脸,爬上炕沿,端起一碗妈给我盛好的苞米糊糊粥吸溜喝一口。我的牙"咯"的一声碰到一个硬东西上,用筷子一搅,见是个红皮鸡蛋。一家人都在喝粥,都在吸溜吸溜响。爸、妈、哥、姐、弟弟都把筷子伸到蓝边瓷碗里夹咸萝卜条,然后送到嘴里,嚼得嘎吃嘎吃响。他们的碗里都没有鸡蛋。弟弟也那么吃,也把咸萝卜嚼得嘎吱嘎吱响。弟弟小我四岁,那年我八岁。弟弟看了一眼我的碗,又装作没看见,低下头使劲嚼他的咸菜。妈说:"吃吧,你第一天上学,好好念,多认几个字。"妈的意思是让我坦然地吃这个鸡蛋,因为我头天上学,就该犒赏,就该吃鸡蛋,别人没理由跟我争。其实谁能跟我争,就是四岁的弟弟呗,而弟弟并没跟我争,他正低着小脸喝粥吃他的咸菜呢。

我张大嘴猛地把粥喝干,拿起那个红皮鸡蛋啪地磕在弟弟的碗旁,一抹嘴,站起来就走。

妈养了两只鸡,两只瘦鸡。人都吃不上,哪有粮食喂鸡,所以鸡就瘦。鸡瘦就没蛋可下。两只瘦鸡一夏天最多能下五十个蛋。妈把这五十个蛋腌上,逢年过节来人去客抻乎着吃。所以一吃到鸡蛋,我就知道过节了,过节能吃上一个咸鸡蛋,那真是一件让人高兴的事。

弟弟长到四岁,没吃过苹果,也没吃过糖。打断奶以后,他吃到的最香的东西就是咸鸡蛋。弟弟今天平静地喝粥嚼咸菜,一定是妈先做了他的思想工作,让他知道上学的伟大。

我们来到了学校。

学校是一片平砖房。房墙上大写着"好好学习,天天向上""团结紧张,严肃活泼""无产阶级文化大革命万岁!"等字样。不过那时我并不认识。

新入学的学生多半有家长带着,我们几个却是自己来的。

我们被一个人领进了教室,从别人对他的称呼中得知,他是老师。

后来才知道,我们这四十来人都是同岁——八岁——就分到了一个班。

领着我们的老师说:"你们都先找个座坐那儿。一会儿你们的班主任就来了。"说完他就抬腿走了。

不一会儿,一个人夹着个大本快步进了屋,扫视了一遍教室,说:"我是你们的班主任,我叫王淑兰。我下面点一下名,点到谁谁就站起来喊声'到'。注意听着,我点啦——李换铁。"

"到——"换铁嗷的一嗓子扯着脖子喊。

大家哄的一声笑了。

老师"啪"一拍桌子:"放肆!谁叫你这样叫唤?"

"你不叫我喊'到'吗?"换铁嗫嚅申辩。

"你是不是不懂人语?我叫你们答应一声就行,叫你喊啦?"老师发怒了。我们都怕了,便不作声。老师又念第二个"吕月凤",吕月凤答"到";念"马小驹",马驹子也答"到"……念谁,谁就答"到"。

我估摸快念到我了,心就怦怦跳,猛清嗓子。

正慌张间就念到了。

"周率贞。"

我弹簧似的从凳子上蹦起,嘎巴半天嘴却没嘎巴出声。

老师又重复了一遍,我就又嘎巴一次嘴又没出声。

老师大怒:"你哑巴啦?"

"我……我……到!"我这才喊出了声。

我发觉老师很厉害。

这是个女老师,三十四五的年纪,比妈小几岁。她个子很矮,很瘦,后来我们就给她起外号,背地叫她"小个王"。

点完了名,老师叫我们查数。这是考我们的智力。从一数到一百。考完了查数考简单的加减法。就这么考。

我知道我脑袋好使,一百个数能倒着背出来。所以我不怕,我就高兴。刚才的狼狈样早无影无踪了。

马驹子最笨。他小时候得过脑膜炎,落下点后遗症。我知道他准答不上来,非出丑不可,就诅咒地等着他出丑,然后好咧开大嘴傻笑。

果然就问到他了,他果然就卡壳了。

他数数数到二十,老师便叫停,以为他全能数完,这就把他救了。其实他最多也数不过二十五,我知道。

又考加减法。

老师问:"一加一等于几?"

"等于二呗。"他轻松地答。

"一减一呢？"

"等于一呗。"他又轻松地答。

大家哄笑。老师也笑。我咧嘴大笑。

老师又问："四加三等于几？"

"等于七。"他闷了一会儿说。

"四减三呢？"

"等于六。"他又闷了一会儿说。

大家又笑。老师又笑。我手舞足蹈地笑。

老师说："坐吧坐吧，花岗岩脑袋不开窍。"

她最后那句话是小声说的，但我听着了。我坐在前排。

什么都考完了。老师说："放学，明儿早七点上学，迟到罚站！"

嘻嘻，哈哈，迟到罚站。啥叫迟——到——罚——站。

我们稀里呼噜奔出校门。

这就是上学呀。

上学真好。上学真好玩儿。

明天还让我们背数，还考一加一等于几，还考马驹子这个笨蛋。真好玩儿。

我以为这就是上学。我以为上学就是这样。天天这样。

二

路有要饭的，道有要饭的。甸子上的歪脖榆树女人似的裸着雪白的身子，皮、叶、树钱儿统统被掳了去。通地遍野是大大小小深深浅浅的坑洞。小而浅的是抠草根留下的痕迹，大而深的是挖大眼贼（即田鼠——作者注）洞掘出来的比大眼贼洞更大的洞。天地间怕数大眼贼最富有了，洞里有储备粮，身上一嘟噜肉。它们被撵得满世界窜，眼睛惊恐地瞪着，似流星似闪电似灯泡。

没有飞鸟。鸟饿得飞不动就落下来,就被比它们还饿的什么或什么吃掉了。兔子往远离人烟的荒泽上猛跑,打猎的饿得走不动也就不追了。兔子们就剩下来。其实也算不得剩,谁也吃不着就等于没有。于是天上地下没有可吃的了。

我在妈肚子里痛苦地挣扎着。

我要出去!我要出去!我要出去!我拼命地喊,拼命地叫,拼命地踢蹬。妈说,消停消停吧,出去喂你什么,大人都吃不上,等着饿死么?小要账的,搅灾的。我不听。我要出去!我要出去!我要出去!

我使劲睁开眼睛,眼前通红一片。我感到窒息般憋闷。我蜷曲着,如蝌蚪如青蛙如大虾。周围世界混沌未开,四壁无极如鸡子。我在卵状世界中一日日长大。忽然有一天,混沌的世界哗哗剥剥阴阳裂变,我在裂变中倒海翻江,渐渐地清浊分离,清的袅袅上升碧蓝澄澈,浊的沉沉积淀黄赤腥污。时间过了五千年零十个月,一只血红的大手拽着我向生命之津疾奔。啊,生命之路,生命之津,生命之门。

一束亮色哧拉拉烂银般射入,剥杂杂轰隆隆万籁有声。我急不可待地探出头去,还没来得及睁眼,一双斑驳枯糙的鹰利手爪便猛地钳住我的土豆样的脑袋,死命地把我扯出。我负痛地大叫一声:呱——

妈长嘘了一口气。

接生婆陈婆子操起铰鞋样的"王麻子"剪刀,咯哧一下铰断脐带。从这咯哧的一声起,我就彻底地赤裸裸地来到了这个世界上。

"是小子。"陈婆子说。

"又多了一张能陷晌的嘴。"妈说。

"儿多得济。"

"娶媳妇忘娘。"

我听着她们关于我的说话。

突然,哐当一声门被撞开。陈婆子急喊快关上门。我还没分清是怎么回事,一股恶风夹着一团黑气隆隆直扑过来。我刚要张嘴哭叫,脑袋便被猛击一掌,轰的一下便什么都不知道了。

不知过了多长时间,仿佛是几个世纪。我醒了过来。

"死就死了吧,左溜也没喂的!"一个男人的声音,那是爸。

妈正低声啜泣。

我睁开了眼。

"哎呀——你看看,他活过来了。"

"是吗?"妈嚷了起来。妈高兴。妈高兴了一阵,又唉地长叹了一声。

就这么我惊险地闯过了生命途中的第一个关口。

我就这么痛苦地跨入了人生的旅程。

我好悬没死。邻居家的大跑卵子(即公猪——作者注)猛地拱开我家的门,一股恶风扑来,差点要了我的小命。可我偏偏就没死。我在炕上躺了整整三天。这孩子命真大,这孩子是大命人。后来,我常听人们这样说。他们说的是我。

我一天天长大。我使劲嚼着妈的奶头。妈的乳房空空如也,入不敷出。妈的乳房瘪瘪塌塌。在我狼崽一样狠吮的时候,妈感到了疼痛。女人坐月子的时候最贪吃,馋得发狂。妈也极贪吃,妈也馋得发狂。可妈什么也吃不着,妈没那份福气。那是个饥饿的年代,连饿三年。什么也没有,凡是吃的都凭票供应。一大把钞票能买回几块古巴糖?城里人纷纷往乡下跑,下放成了时髦的好事。爸从城里调到公社,这是个镇。爸天天下乡,步行到四五里远近的屯子里做工作。妈生我的时候,爸在身边。爸在家待了三天,就又下乡了,妈就自己伺候自己。妈生我们几个都是这样。其实爷爷奶奶离我们并不远,但他们谁也不来。

妈就这么怀抱着我这个饕餮似的小饿狼。妈苦极了。妈那年三十岁。

我上面还有八岁的哥哥和四岁的姐姐。他们整天围着妈喊饿。妈就安慰他们,待会儿爸给你们带好吃的回来。这边还没安慰好,怀里我就吱吱哇哇号起来。妈于是眼里噙着泪水,使劲地揉奶,然后把奶头塞到我的嘴里,我就凶狠地嚼妈的奶头。

我在喝妈的血。

妈没有下奶的东西可吃。妈每天早上馇一锅底小米粥。这小米粥看着真美,清汤清水的,沉在锅底的饭粒儿金子般赫然可数。妈先给哥和姐盛一小碗,再给爸盛一大碗。自己先不吃,哄我睡觉。

"你吃两碗吧!"爸劝妈吃,其实爸心明镜似的,这应该叫"喝"。

"你快吃吧,吃了上班。我不饿,饿了再吃。"妈也说"吃"。

"不行!你这么下去受不了……"

"看看,你这人真是。快吃吧,别说了,看把孩子吵醒。"

爸便不说了。

"妈——我还饿,我要捞干的。"哥喝完了他的一小碗,捧着碗跟妈要。爸说:"行啦,吃点行啦,你妈还没吃呢!"

妈把睡着的我放到炕上,走到灶前,哥在后面跟着。妈把捞出的饭粒磕到碗里,又捞了几下,一粒也没有了。"给妹妹拨一半。"妈说。哥捧着碗回到屋,拿小勺往四岁的妹妹,也就是我的姐姐的碗里一下一下地拨。

爸在旁看着,使劲地咬嘴唇,一扭头,走了。

妈挨到中午,实在挺不住了,就喊哥:"亮儿,去,把锅里的饭米汤给妈盛来。""哎——"哥拿起瓷碗颠颠儿跑到厨房,一会儿双手捧碗回来,碗没满。哥说:"妈,就这些。锅里没有了。"妈接过碗,她盯着饭米汤看。瓷碗底一条小鱼摇头摆尾展翅张目活灵活现。妈胃里一阵痉挛。妈清瘦的脸明晰地映在碗里。妈端详着自己,嘴里发苦。妈急迫地把嘴送上去,大口大口地喝起来。

妈浑身无力。妈干不动活了。

院子里响起了沙沙的脚步声。门被推开,进来邻居潘大婶。潘大婶胳膊上挎着个小篮子。潘大婶坐在妈身边,说:"唉,月子里就没吃的,苦熬了你。八柱他爸才从韭菜沟回来,背回点土豆,我烀了几个,你垫巴垫巴,这样下去得坐下病。"

妈连连推辞:"这这……这哪行,你跟前儿也一帮呢!"

"看你外道的,我多少不都大了吗。不多说了,我得赶紧回去,要不又打烂桃了。"潘大婶说罢站起身走了。

晚上,爸回来了。

爸一进屋,便迫不及待地从怀里掏出两个金光灿烂的苞米面大饼子,兴冲冲地对妈说:"今天帮大队核算,他们供了顿好饭,又让揣回俩饽饽。"妈眼里射出振奋而又敬佩的光芒:"还是你们老爷们儿行!"妈毫不掩饰地夸爸。妈接过饼子,掰开一个,给哥姐一人一半,另一个起身放到棚顶挂着的饽饽篮子里。

爸急了,举手把饼子拿出来,硬塞到妈的手里,嗔怪地说:"你不替自己想想也得替孩子们考虑考虑,你没奶,他吃什么?"——"他"指的是我——"你今儿个非吃了不可,吃!"

"我吃,我吃,这人!"妈被爸逼着吃了一个大饼子。

又香又甜又软又暄金黄耀眼光彩照人的大饼子真好吃,真馋人。妈极香甜地嚼着,品味着,一点一点地往下咽。爸幸福地看着妈。妈小心翼翼地吃完饼子,又把掉在炕上的饽饽渣捡起来,冲爸笑了笑,放到嘴里。

我在摇车里躺着。

我静静地看着妈和爸,听着他们说话。我心里一阵难过,鼻子发酸,两颗透明的泪珠顺着眼角滚了下来。

"哎呀,这孩子咋哭了?"

妈和爸对望了一下,惊讶得闭不上嘴。

这时我刚满一周岁。

三

　　当当——当当……下课钟声响了。
　　我们嗷的一声冲开门,冲出教室,冲到大墙下的沙堆上。
　　我们这儿风大。风大,沙子就大。障在哪儿就堆在哪儿,一大堆一大堆的,酥酥软软嚓嚓沙沙澄然一色金碧辉煌。校院墙下的沙堆有半个篮球场大,三四尺深。它成了我们玩耍的场所。
　　我们在沙堆上架马架。
　　我们这些男生分成两伙。一个人驮着一个人,这就是一骑马架,跟骑兵似的。上边的人相互厮杀,谁把对方推搡撕扯倒了,谁就算赢,谁倒了谁就算输了。反正下面是沙子,也摔不坏。
　　我的"坐骑"是马驹子。马驹子傻乎乎的,人高马大,又有劲。我跑到沙堆上,四处找他找不见。原来马驹子让别人抢去了。没办法,我只得让瘦狗子驮我。
　　瘦狗子真瘦。肩胛骨削利如刀,硌得我腿根生疼。马是大将的腿,马不好使怎么能胜。以前我总胜,马驹子是匹好"马"。今儿个不行了,今天没准要败。
　　我骑着瘦狗子打外围。先不冲,看他们厮杀,然后拣个剩。打到最后,我们这伙竟全军覆没,就剩我一人一"马"了。没办法,我只好硬着头皮冲。"敌人"是谁啊,"敌人"的"坐骑"就是马驹子。马驹子呀马驹子,你叛变了!我嚷叫着冲上去。对方攻势凌厉,我左突右冲却难动摇其阵脚,最后只有招架之功,全无还手之力了。我的"马"不好。
　　十来个回合后,我已是大汗淋漓气喘吁吁惊慌失措狼狈不堪了。正待缓口气的功夫,马驹子驮着那员"猛将"紧追不舍地扑了上来,虎地一冲。我把持不住,往后便倒。倒就倒了,倒不要紧,恰巧地上有块拳头大小的砖头,砖头有个不显著的脊角,我的脑袋不偏不倚恰好砸到这块拳头大小的砖头上,并且恰恰好好砸在那个不显著的脊角上,那个脊角便准确无误公平合理毫不留情地把我触犯它的那块脑皮亲切地划开了。我只觉得脑袋轰的一声,接着感到了凉瓦瓦小溪般的凉意并且那凉意小溪般汩汩而流。我用手一摸,红糊糊黏了一片血。大家都吓坏了,腿快的飞也似的跑去告诉老师。

我被送到公社医院。

大夫把我伤口的头发剪去,上了把石灰面似的消炎粉,又刷拉刷拉缠上绷带。末了,拍着我的肩膀说:"去,接着淘去吧,磕破了我再给你包!"

爸妈都吓坏了。这是我头一次脑袋流血,妈让我炕上躺几天。妈把大饼子切成片片放到锅里煎,又滴了几滴油,算是对我的补养。我香甜地吃着,直吧嗒嘴。心想,受伤真是好事,还能吃着好的,以后还受伤!

第三天,我再也躺不住了,挣命要上学。于是就上学去了。我发觉同学们都对我的脑袋好奇,争着问这问那。我也觉得好奇,头上缠绷带,白花花的挺好玩,像《英雄儿女》里的王成。于是骄傲显摆的念头蠢然而生,便四处乱走,张张皇皇。

"小个王"不像别人,她用白眼珠看我,说:"看看,你多英雄,挂彩啦!下堂课罚站!"

我一点没料到,不服气地噘起嘴,手里摆弄着格尺。"小个王"走过来,劈手夺过,嘎巴撅成两截,梆梆扔到撮子里……

四

我在长大,我在一天天长大。

舅舅来了。舅舅一派凶相,通红的脸,连毛胡子都像针一样。

舅舅走到摇车前,问妈:"这东西多大了?"——果然,他不把我也就是他的外甥当人看,而是看成"东西"。"一生日多点儿。"妈说。"要这些东西有什么用?长大了也是酒囊饭袋!""看你说的,敢情不是你的儿,搁你还掐死不成?"舅舅看妈不愿意了,便换了话题:"来,我看看,像咱老郑家人还是像他周家人。"舅舅把一张恶脸凑了过来,臭烘烘的味儿像过堂风一样袭到我脸上。我很害怕,一动不敢动,更不敢睁眼。"呵呵——嗯?像谁呢……"舅舅大概看不出个眉目,沉吟着犯起难来。妈说:"像你姐夫。""哦——像他?像那么个窝囊废?长大了也是个小窝囊废!加上他爷老少三辈窝囊废……"他这么侮辱我爷我爸和我,把我肺都气炸了。其实我爸比我这个可恨的舅强百倍。在舅眼里,天下除了他全是窝囊废。我把刚长出的四颗奶牙咬得咯嘣嘣直响。妈妈也不高兴了:"咋一来就这么多废话!"妈不爱发火,轻易不发火。见妈妈发火,舅舅不做声了。

舅舅来我家是求爸给他找对象,就是求他刚刚骂完的"窝囊废"给他找媳妇。舅舅那年二十六岁,在满洲里采木头。当地找不着媳妇也没媳妇可找,就回来了。舅舅还没说找媳妇的事,就先把爸埋汰了一通,妈一急眼,他就不吱声了。搁往常,他要跟妈喊或拔腿就走来吓唬妈。这次他不敢,他一走,他媳妇就找不成了。看来舅舅也是个纸老虎。我躲在摇车里偷偷地笑。

爸下班回来了。爸那年三十岁,那时已是三个孩子的父亲了。舅舅见到爸的第一句话就说:"打斤酒去,馋酒了。"爸就怕这个没心没肺的混蛋小舅子来。他倒不怕吃几口饭,而是他每来一次,吃喝掉的酒菜钱就够他一个星期的工资了,够他买八九十斤苞米面或苞米碴子了。爸没办法,碍在妈的面子上,只得招待舅舅。哥挺高兴,抱着酒瓶子去打酒,他知道一来人就要吃好饭,吃好饭自个儿就能沾光,于是兴高采烈地领着妹妹也就是我的姐姐去打酒。

酒打回来了,舅舅谁也不让就盘腿上炕吃饭。爸陪着他喝酒。

爸不会喝酒，也舍不得喝酒。他只是一点儿一点儿用嘴抿。舅舅仰脖灌下两盅后说，我这次来的意思就是让你给我找个老婆，你看我这岁数也不小了。爸问，你想找啥样的，什么条件？舅舅回答说有鼻有眼差不多就行，不挑！爸说那你为啥不在林业局找一个？舅舅说林业局女的早跑光了，找不着一个！舅舅说你给我找吧，我不会亏了你一定重重报答。爸说不用，你不骂我我就烧高香了。

舅舅走后，爸就开始给他物色对象。

没出两个月，就真找着了一份儿。爸领着妈去看了一回，说长得不错。爸给舅舅发电报，于是舅舅就以比电报还快的速度回来了。

端盅（即定亲——作者注）那天，舅舅看姑娘长得一表人才，高兴得险些上演一出范进中举。姑娘一家见舅舅虎背熊腰也点头同意。

于是就拍板定亲，张罗嫁妆彩礼，择良辰吉日吹吹打打结了婚。相亲到结婚前前后后三个月。

从此我有了一个舅妈。但我渐渐发觉这个舅妈比我想象中的舅妈要坏得多。

舅舅两口子把我们一家人挤到下屋住，他俩在堂屋也就是正屋度蜜月。下屋就一铺小炕，爸妈哥姐四口人挤在一起已经够难过了，根本搁不下我的摇车。没办法，妈就把我从摇车里抱出来，搂在她怀里。从此我就离开了那个令我无比怀念的幼年的小摇车。我在这个摇车里躺了整整一年半。这个摇车后来又摇了我的弟弟和我叔叔的儿子。这摇车历史悠久意义深远业绩辉煌，满载着我们的婴幼年。

舅舅舅妈在我家扑扑通通度完了蜜月。

又过了几天，他们终于走了，他们的走令包括我在内的我们家的每个人都长出了口气。

这年,我正满两周岁。

五

讲完了算术,快下课的时候,"小个王"说:"今天下午劳动,给菜园子拔草,都别忘了带小锄头。"

我又高兴了,劳动也挺好玩,比上课强,上课不能动一动。

我回家吃了一个大饼子。吃大饼子时,发现不如往常好吃,就问妈。妈说掺了糠,不多,就一点。我问为啥掺糠,妈说青黄不接,粮店不进粮了,省着点儿吃。

我刚让妈找出小锄头,换铁、马驹子他们就来找我了,我又忘了一切地走了。

我们排队集合,站成两排队伍走。苹果跟我并排走。苹果家生活好,爸妈都是老师,双职工,穿的就好,脚上小凉鞋走起路来啪啦啪啦响。苹果仰着小苹果脸瞅都不瞅我一眼,昂首挺胸。这使我非常生气非常羡慕又非常嫉妒。我咬着牙想,你先别美,找时间我非狠揍你一顿不可。

到了菜园子,我们分垄除草。我和苹果一根垄。苹果像小鸡雏一样蹲下来,睁大毛茸茸的眼睛努力找着草——她一点儿也分不清苗和草。我就笑话她,她瞪了我一眼,说,滚一边儿去,远点儿搧着,真烦人!然后理都不理我,兀自往前锄。于是我就更恨得牙根直疼。

"小个王"坐在菜园子窝棚前的小凳子上,跟打更的老韩头闲唠嗑。老韩头是个了不起的人物,在我童年少年的记忆中,他简直是个传奇英雄。老头是山东兖州人,自幼练就一身好武艺。老家生活艰难,武艺再高也当不了饭吃,他就领着老伴带着个小孙子来到黑龙江。学校听说老头会武,就让他看菜园子。菜园子最让学校头疼,每年丢的菜简直跟种的菜差不多。打更老头一个接一个换，挡不住菜越丢越厉害。老韩头看菜后，头几天也照样丢，因为偷菜的人们从来不注意换没换更官，即便换了他们也照偷不误。第四天上，老韩头却似从天而降，当场把菜偷儿们堵在园子里。当头一个惧也不惧，捋胳膊挽袖子直扑老韩头。老韩头并不理会，慢悠悠抽出烟袋，叼在嘴上。拍拍兜没火，左瞅右瞅见身边一块海碗大小的鹅卵石躺在地上，便伸手抓了起来，扑扑土，两只手一掰，"嘎嘣"一声爆响，顽石顿作两半。老头将两半石头咔咔相擦，立时火星四射，低头凑上烟袋，顷刻间青烟袅袅。老头闭目吸烟，扬手将石头扔出，恰巧奔来的偷儿正扑到近眼，两块石头相伴着插耳飞过，嗖嗖钻到一棵枝叶繁茂的老榆树里，接着噗噜啪嚓竟随着石头掉下来两只家雀。窜到跟前的菜偷儿大惊失色，园子里看热闹的菜偷儿们目瞪口呆。打那以后，菜园子风平浪静风和日丽；菜们茁壮成长绿肥红瘦，再没发生丢菜的事。老韩头的武名也不胫而走。公社高中和社会上的一些精力充沛的小青年纷纷提酒拎肉进门拜师，老韩头推辞不过，就教了几套拳脚。谁知武斗时正是这几路拳脚大显神威，叮当五二出了人命。从此老韩头闭门谢客，再没教过外人。一次夜半时分窝棚突然起火，老头被浓烟呛醒，大惊，忙携妻拖孙破门而出。刚喘口气，恍然想起毛驴还在屋里，便又抢了进去。这时火已着得呼呼风响，屋里似蒸笼一般。老韩头摸到直打磨磨的毛驴刚想从门牵出，门却哗啦落了架。情急万分，四壁火舌突突乱窜，屋顶嘎嘎巴巴柁梁摇动。老韩头陡然变色，马步蹲身，气沉丹田，猛的一声暴吼，缩肩扛起毛驴一个虎步跃出窗外。脚刚沾地，棚顶便轰的一声坍了下来。这事更是不胫而走，遐迩咸知，老韩头从此威名大震。

"小个王"和老韩头唠嗑，我们在嚓嚓锄草。我想着怎么治一治苹果。我抢在苹果前用力下锄，把土刨得乱飞。苹果干净，落身上一点儿土就用手扑噜掉。我愈发放肆，猛地将一块土坷垃掀起，使劲一撅，土坷垃便朝苹果飞去，不偏不倚正砸在她胖胖乎乎的小脸儿上。我看见苹果的眼睛惊恐地瞪大了又急忙闭上，接着小嘴一撇就呜呜地哭起来。我这才感到事情严重了，心里突然害怕，便赶忙低头装作锄草。"小个王"噔噔跑过来，苹果向她哭诉。"小个王"转身奔向我，我立刻呼吸紧张。我不知"小个王"是怎么到我跟前的，我只觉着耳朵撕裂了一样疼，耳边差了声似的一声断喝："站好，有娘养没娘教的东西……"接着我的脑袋又重重地挨了两拳头。我一动不动地站着。

晚上我刚要吃饭，"小个王"领着苹果找上门来，冲爸妈啊啊嗯嗯一顿发火，爸妈满脸赔笑赶忙道歉。炕梢坐着前院老槐叔，老槐叔武高武大的说话冲："什么品质恶劣优劣，小三我看怪老实的，谁也没跟打过架，咋就单欺负你孩子？我看打得轻！我那小子连老师都敢打，我说你打吧，打一次我给你一毛钱！现在有些臭老九不给他点儿厉害还行？""小个王"气得翻翻眼，嘟囔一声卑鄙无耻愚昧下流领着苹果气急败坏地走了。

爸妈埋怨老槐叔乱说。老槐叔说："乱说？我这是轻的！这个小矬子最势力眼，你要是公社社长书记你看她还敢这样？咱这户儿她瞧不上眼儿！你不瞧不上吗？我非让你瞧瞧不可……"

我趁老槐叔说话的当口逃了出去。

我碰上了换铁、马驹子、小燕、小丽他们，我们就玩藏猫猫。

我和小燕一伙，我们先藏。我俩钻进一个大柴垛，等藏好了，我就喊一声找吧，他们几个便吵吵着找过来。我俩屏住呼吸，一动不动一声不吱，大气不出小气不进。他们咋咋呼呼吵吵嚷嚷找了半天也没找着，就喊出来吧，我们找不着啦！我站起来想出去，小燕一把拽住我，说先别出去，他们是糊弄咱们呢，出去就输了。我就又蹲下来。

我感到憋得慌，就把头上的柴禾扒个洞。一个大白月亮噌地蹦了出来，月亮里的小树林子真真楚楚。

月亮可真神秘，我一点儿也猜不透。它离我有多远？能上去吗？那上边的树是不是也落家雀？那上边的大白兔儿跟我家大花狗在甸子上撵的兔子一不一样？听换铁奶奶讲，月亮上有个美女叫嫦娥，嫦娥长得啥样？嫦娥跟妈一样也做饭吗？也贴大饼子吗？也煮苞米碴子粥吗？……想来想去总想不明白。换铁的奶奶还说，有时天上的日头冷不丁就少了一块，我这辈子看得没遍数。你猜咋的，那是叫杨二郎的哮天犬给吃了。有时哮天犬吃不着日头就去吃月亮……我想象着天狗吃月亮的情景，琢磨月亮要是叫天狗吃了，嫦娥到哪儿去住呢？总不会她也叫天狗吃了吧……

我瞪眼呆瞅着月亮。小燕突然捅了我一下说："我憋不住尿了，我想撒尿！"我说："你再憋一会儿，等出去了再尿。"小燕说："那不行！我有肾炎，总憋不住尿，我爸就弄一个猪尿脬让我带着，不信你摸摸！"我好奇，说是吗？就把手伸进小燕的衣服里。我先摸着了她的小肚子，她的小肚子滑溜溜热乎乎的。又往下摸，最后摸着了她带着的那东西。

我们在柴垛里躲了半天，看他们真找不着了，就爬出来。小燕跑到一旁撒尿。我觉着口渴得慌，便噔噔跑到马驹子家。马驹子的爸在厨房洗刷碗筷。我问："马叔，水舀子呢？""锅台上呢，喝吧！"马叔说。我拿起水舀子，掀开缸盖就舀了一瓢，咕咚咕咚喝起来，大葫芦瓢水舀子顷刻见了底。喝到最后，我觉着不是味，酸臭酸臭的。厨房没灯，看不准。我问马叔："马叔这水咋有味呢？""有味？有啥味？"马叔走过来，看了看，突然哈哈大笑起来。笑得上气不接下气，笑得我蒙头转向——我头一回见他这么笑。我问："你笑啥马叔？""笑……啥，呵……哈哈……你看你喝的是啥？"马叔说着呱嗒拽着了电灯。灯光一下扑了过来，直照进缸里。我看清了，原来是泔水缸——唔，我喝了整整一水舀子泔水，我的天……马叔能不笑？我又羞又气恼羞成怒一跺脚跑了，后边追来马叔上气不接下气的笑声。

晚上我回来，爸妈谁也没打我，只是叮嘱我今后学好点儿，别再惹祸。我一个劲儿点头，说嗯哪嗯哪嗯哪嗯哪——这总比挨打强。

六

不知不觉我家又多了一口人，就是弟弟。

什么时候有的弟弟我实在记不太清了。我对弟弟的第一个印象是他跟我——或者说我跟他——抢一块饼干留下的。那时妈给黄大夫家看孩子，每月挣十五元钱。有一次黄大夫给她的孩子带来一袋饼干，拿出两块给了我和弟弟。我舍不得吃，就用鼻子闻，用眼睛看。弟弟很快吃完了自己那块，见我不吃，馋得受不了了就来抢。我当然不给，就撕扯起来。妈抓过笤帚疙瘩照我后背屁股狠狠打了几下子……那时我已六七岁，弟弟三四岁。我跟三四岁的弟弟抢一块饼干，挨打的注定是我。于是我的记忆中有了弟弟。

有了弟弟，就凑足了一家人。以后再也没多，再也没少。有了弟弟后，我就不是最小的了，当然不再吃香。其实没有弟弟时我也说不上吃香。能吃什么"香"？多吃一块大饼子，再吧嗒吧嗒嘴，觉得香，这就是那时候老疙瘩的高待遇了。

后来姐姐就哄弟弟玩。姐姐还不到十岁，但很懂事，整天背着弟弟领着我。

姐姐八岁那年上学了。姐姐聪明伶俐，懂事善良，很惹老师喜欢，就让她当了班长。姐姐拿回课本教我们。姐姐翻开书，我见书页上画着一幅插图，图上一个小猫拿着竹竿在钓鱼。小猫圆睁猫眼，认认真真，看出馋得不得了，样子挺好玩。我傻呵呵地问姐姐："猫都会钓鱼吗？咱家的猫咋不会钓鱼呢？"姐姐说："咱家的猫太笨！"姐姐又翻到一页，又是一幅画，画上一口大缸，一个梳着两个小抓髻的小孩儿奋力扔出一块大石头,把缸砸出一个大窟窿,水正哗哗往出淌。缸里也有一个小孩儿,砸缸的小孩儿前边还有几个小孩儿正在拼命跑。姐姐讲:"砸缸的小孩儿叫司马光,他见有人掉缸里了,就搬过一个大石头咚地把缸砸漏了,水流出来,缸里的小孩儿就得救了。那几个小孩儿就没想到这个法儿,光知道跑去喊人,等人来了,小孩儿不就淹死了!"我问司马光是谁,姐姐说司马光就是司马光。

我自己在外面玩。妈养了一头可爱的小荷包猪。这可真怪,妈养的猪都是荷包猪。荷包猪长得不大,腿短身子胖,惹人喜欢。其实它的分量并不重,只是看着胖。妈养的荷包猪就这样。它吃得也并不好,泔水、野菜,连糠都吃不上,但妈伺候得好,一周一起圈。它的圈像人的床那么舒服,它也舒服,它一舒服,就没命地长膘。荷包猪整天优哉游哉哼哼唧唧地溜达,比人都自在。我稀罕我家的小荷包猪稀罕得要命。小荷包猪肥硕得不行,四条短脚支撑着沉重的身子,快要走不动了,眼睛眯成一条缝,嘴巴短短的,下颌挂着一嘟噜肉,整个儿活脱一个大荷包。我一见它在那儿趴着,便凑过去,用手挠它的肚子,摸它下颌那一嘟噜肉。小荷包猪身上炉子一般热,它晒太阳,我就让它"晒"我。小荷包猪身上雪白,一根杂毛没有,干干净净的。我三四岁,在荷包猪眼里怕也是个小孩儿。它瞅着我,眯眯地笑,嘴里哼哼唧唧。我乐得不行,就把脸凑过去,跟它的脸贴在一起。不知过了多长时间,我忽然感到肚子饿,就爬了起来。这时小荷包猪已经四脚朝天呼呼地睡着了。

老井处传来卖豆腐的吆喝声。我竖起耳朵细听,真是卖豆腐的。豆腐最好吃,豆腐是高级东西。我听着那吆喝声,眼前立刻就出现了水豆腐颤颤巍巍白白胖胖香香喷喷热热乎乎的模样。嘴里就充满了涎水,我就使劲咽。我撒腿跑回家。妈正嘭嘭地剁猪菜。我说:"妈,街上来卖豆腐的了。"妈没吱声,我寻思妈没听见,就又说了一遍:"妈,街上来卖豆腐的了。"这声比第一声更真诚。"卖就卖吧!"妈说,仍嘭嘭嘭地剁菜。我眼巴巴看妈的反应,妈一点儿要买的意思都没有。我在妈跟前磨蹭了半天。一会儿,卖豆腐的吆喝声更近了。我又看妈,说:"妈,你听!""我听着了!没钱买,饭都呼噜不上,还吃豆腐!你快长吧,妈也跟你借光。"我眼里盈满了泪水,心想,快长吧,快长吧,我啥时能长大呢?长大了买豆腐吃,也给妈买,让妈也吃。到我长大挣钱的时候,要是街上再来卖豆腐的,妈跟我说:街上来卖豆腐的了。我就说:妈,我去买,买十块!妈不定多高兴呢。

那时我就这么想,那时我四岁,也就是三周岁。

七

我九岁那年,上小学二年级。

我还和苹果同桌。苹果仗着她妈是班主任,就傲气冲天,以为没人敢惹她。书桌中间她用石笔画了个线,定为界线。我胳膊只要稍一过"界",她就瞪我一眼,重了就举手告状。我那次被"小个王"撅格尺撅怕了,就不敢吱声也不敢过界,可我又不服气,心想:你多个屁?别美,看我咋治你!我就琢磨坏主意。我那时身上老生虱子,喀喀蝇蝇满身爬。我伸手在裤裆里没费劲就拿住一个咔哧咔哧吃我肉咕咚咕咚喝我血的大白虱子。我在手掌里细看,见那虱子肥硕胖大皙白如玉如脂如膏,这准是个虱子王。心说你这么好这么高贵的虱子哪能在我这受罪呢,去,上苹果那儿去。她身上细发血甜肉香味美可口。于是我捏着虱子轻轻把它放在苹果的肩膀上,我紧盯着虱子:虱子脱离险境后精神倍增昂然奋进,向苹果的衣领处大踏步急行。我暗暗替虱子加油鼓劲,虱子不负我望,不多会儿就爬到苹果的领口上,它左顾右盼,奋尾扬鬃,踌躇满志。它站在衣领上翘首眺望,苹果粉白细发的脖子立刻拽住了它的目光。苹果香喷喷的脖子谁见了不稀罕,哪个虮子见了不像见了亲妈?大白虮子兴奋得跟跟跄跄站立不稳,一个跟头翻了进去。我好悬没乐出声,等着吧,苹果!咬吧,大白虮子!果然果然,果不其然。苹果突然耸了一下肩膀,又转了一下可爱的脖子。没过半分钟,又把身子靠在后面的桌子上轻轻地蹭了两下,接着伸出胖胖的小手在脖领里窸窸窣窣探索了一阵。显然,大白虮子已经在苹果身上大动干戈大显神威了。叫你美吧,叫你嘚瑟吧……一堂课下来,苹果折腾得筋疲力尽大汗淋漓凄凄惨惨惨惨凄凄凄凄惨惨凄凄。我眼见下课后,她委委屈屈热泪盈眶地奔教导处去了。再上课时,她就不见了;再再上课时,她又回来了。她换了一身衣服。

天说冷就冷。妈在夏天就给我们做好了棉袄棉裤,现在忙着做棉鞋棉手闷子。那天早晨起来天下起了清雪。我换了一身棉衣,跟换铁、马驹子他们一道上学。

中午都不回去,带饭。

我带的是大饼子,多数人带的都是大饼子,也有带烙饼的。李红生带的就是烙饼,他爸是公社书记。他说:"俺家白面有的是,好几面袋,妈叫我可够吃。说,晚上炖鱼,大米饭鲫鱼汤——下边又给送鱼了。"我每次听他讲、看他吃都馋得不行。他要是说他家吃白面馒头,我就幻想我妈也蒸一锅白面馒头,而且我一次就能吃半盆;他要是说他家炖猪肉,我就幻想我妈也炖猪肉,我足足呛下两大瓷碗。我就这么听着看着幻想着,我的馋涎便涨潮般一次次涌到嘴里,溢出嘴角,我便一次次使劲地往下咽。

大饼子烤得金黄喷香,外面薄薄地结了一层嘎儿,里边则热气腾腾,芳馨四溢,妙不可言。吃完了大饼子,没事可干,外面又冷,拿不出手脚。换铁说:"到树林里捡杨拉罐儿,烧吃,可香啦!"我们都说,太好了,就去。

树林子不大,都是矮趴趴的杨树。我们袖着手,瞪着小眼球蹚摸。杨拉罐结在树杈上,像雀蛋一样白晃晃挂着。杨拉子的蛹蜷在罐里也就是茧里面,待春天暖阳便破茧而出,成了吓人的大杨拉子。杨拉子又叫贴树皮。

杨拉罐有的是。我们不一会儿就捡了百八十个,回到教室,都围在炉子旁,大家把杨拉罐放到炉盖上,用树枝来回翻弄。不一会儿,杨拉罐哔哔啪啪都炸开了,金黄色的肥胖的蚜蛹激烈地滚动着身子拼命地往出爬,遇到炽热的炉盖哧啦一声响亮,便油汪汪地焦熟了。顿时,教室里充满了肉香。我们把极香的蚜蛹扔到嘴里吧唧吧唧嚼,满嘴流油。女生们捂着脸不敢看,说妈呀吃虫子吓死人啦,一边使劲地抽动小鼻子品味香味。没去的男生眼巴巴瞅着,用力咽唾沫,说明天咱们也去捡。

我们吃得正香,苹果突然"吱儿"一声喊了起来,喊声比猫叫还细,比猫的喵喵声还好听。她说:"快来呀,你们看,二班把墙捅了个窟窿。"我们跑去一看,果然,黑板脚下出了个拳头大的洞,里边传来哇哇呀呀咿咿哈哈的嬉笑声。那是二班男生干的。马驹子立刻蹿过去从样子里拣出个树条子,顺着洞口捅进去,那边又是一阵嬉笑,接着树条被猛地拽了过去。马驹子哎呀叫了一声,手心被树条刮破了,出了血。马驹子扯嗓子骂:"谁拽的?是不是找挨揍啦!"我脑袋一动,忽然想出个主意,便来到炉子旁,拿起炉钩子,把柄插到炉膛里。三两分钟后拿出来,蹑手蹑脚走到洞口,轻轻把炉钩柄伸了进去。须臾,炉钩子又猛地被拽了过去,与此同时,一声惨叫传了过来,接着就是痛哭……

我又惹祸了。

我被罚站,站了整整一下午。

"小个王"点着我的脑门子说:"你今年几岁了?""九岁。"我回答。"行,行啊!出息得不错,就这么出息下去吧,准有大出息!"

我涨红了脖子脸。心想,我都九岁了,周岁都八岁了,我真该出息出息了。

八

这年,全国红彤彤一片。

我爸参加的革命组织叫"八一阵线",在当时是个挺保守的组织。和"八一阵线"对立的革命组织叫"横扫一切牛鬼蛇神乘风破浪勇往直前高歌猛进视死如归闪电旋风碧血丹心红色江山保卫团",简称"横扫团",是个激进的组织。两派斗了一阵,"横扫团"得到县革委会的支持,大获全胜。

爸回到家,脸色沉郁。妈问咋回事,爸就讲了起来。"八一阵线"一败下阵来,阵线的成员便一个个地倒开了霉。爸那时已经是信用社的主任了,不可避免地成了"横扫团"报复的对象。先从账目入手,对信用社的账目进行大清查。不知怎么,真就查出一个叫柳福宽的账目有问题,那人死活不承认。不承认也得承认,晚上轮番审问,第二天就承认了,贪污七十元钱。调查组的人找到爸,问:"柳福宽贪污了七十,你贪污了多少?"爸说:"这是混账话!""你别耍赖,我们有你的账。""有账你拿来我看看!"调查组的人转移了话题:"你是主任,他贪污了你就一点儿不知道?他贪污就不分给你点儿?"

"你老婆养汉也告诉你一声?她卖身挣的钱也分给你一半儿……"不过这不是爸的话,是妈听了爸的讲述后替爸说的。

那天晚上爸没吃饭。爸心小,承不了事,些许小事便忧虑得不行。

傍晚,红透了的日头坠在西天边上,打翻了血盆似的把世界染得鲜红。妈领着我们几个到隔壁许大奶家听讲古。许大奶的婆婆许太奶最能讲古。她讲孟姜女、杨门女将、白蛇传、西厢记,让我哭了好几回。老太太七十多岁了,可精神得要命,扁扁的嘴往起一合,念道:"纸儿包纸儿裹,南朝到北国,皇上比我大,也得拜拜我……"每念到这儿,我就说:"太奶奶,这是'香',你都说多少遍啦,讲新的吧!"大人们都笑。于是许太奶就讲新的,她说:"那老死鬼(她指的是许大奶的公公,也就是她自己的丈夫)走了恁多年,一到清明节就见着他。还不是做梦,是通亮的晌午看见的,年年来。我盘腿在炕上打线蝇,冷不丁往窗外一看,恍恍惚惚的院地儿里站着个人,黑帽子,白衣白裤,黑鞋,脸白纸一样。仔细一瞅,哟,这不是那死鬼吗!再一看,死鬼身后还停着一挂毛驴车,毛驴白额白蹄,细脖伶丁,纸儿糊似的。我就有点儿害怕。屋里一个人也没有,就我自己,我眼见着院里卷起一个个小旋风……"

许太奶一讲到这儿,我就怕得不行,直往妈怀里钻,但还愿意听。

有时,许太奶不讲了,就由许太奶的二儿子许二爷讲。许二爷专讲绿林好汉的事,有时也讲鬼。我最爱听他讲的《水浒》,他长得人高马大,肥头大耳,说话洪钟一样,跟他讲的鲁智深似的。他还讲《鬼浒传》。他大着嗓子说:"花脖李四一把单刀耍得风雨不透,就是沾不着那耷拉着血舌头的吊死鬼一点儿边——也是,那是鬼,你上哪沾去……"

许二爷一讲到这儿,我又怕得不行,但还愿意听。

那时,就这么天天听讲古,天天吓得不行。

爸的信用社主任被撤了。爸那时刚过而立之年,工作上的挫折给他造成了极大的打击。

天忽地阴下来,接着忽地下起了雨,瓢泼大雨。我们小孩子无忧无虑。我把脸紧贴在窗户上,看着院子里的水积成了河,雨点在积成的小河上砸出密密麻麻的成千上万个浪花。我高声唱着;

大雨哗哗下

北京来电话
叫我去当兵
我把洋刀挎
打死美国佬
要他嘎拉哈
……

小时候最羡慕当兵的，最羡慕解放军。有一阵，公社里住了一个营的解放军。我从自家园子里摘了几个刚泛红的柿子，马驹子、换铁他们也摘了不少，我们就跑到解放军驻地，把柿子给解放军吃。那天，是个大胡子兵，他一口吃一个大柿子，边吃边说："真好吃，真好吃！小尕儿们，来，坐，听本叔叔给你们讲故事。"他就讲故事。他说他枪法好，一枪能把毛驴的两个耳朵贴根各打一个眼。我怎么也想象不出一枪怎么能同时贴根打着俩耳朵，就问。他说："要不咋叫神枪手呢？神枪手打出的枪子儿就是神了。"我一想也是。讲完了，他问我们，长大了愿不愿意当兵？我们答愿意。他又指着小丽说："小姑娘，你愿意吗？"小丽说："不愿意，怕鬼子打死！"大胡子就哈哈大笑，我们一齐训斥小丽。大胡子问完了，就又讲他自己，讲他抓特务……正讲着，过来一个矮胖子，三十来岁，冲着大胡子的屁股使劲踢了一脚："喂，又吹牛逼啦？你狗日的啥时候能不吹牛逼……"

雨越下越大，我家陈年老房子经不住雨水的浸泡打击，开始哗哗剥剥地漏起来，而且越漏越大。家里所有器皿都被拿了出来，四处接，却是盆碗有尽而雨漏无穷。妈看着方兴未艾的雨天，说："天漏了，都是秃尾巴老李在作妖！"言罢转身到厨房，操起菜刀，打开屋门，嗖地扔了出去。菜刀耀眼地躺在当院里，雨点打在刀身上咣咣当当响。又过了一顿饭的工夫，雨竟戛然停住了。妈兴奋地说："咋样？扔菜刀顶事！秃尾巴老李最怕菜刀，他的秃尾巴就是菜刀剁的！"秃尾巴老李是传说中黑龙江里的黑龙，兴风作浪，为害百姓，人们都恨它。一下大雨，家家都往雨幕里扔菜刀，因为传说中它的尾巴是让菜刀砍掉的，所以它一见菜刀就害怕，一害怕就收起云头跑了，雨也就停了。

天上的雨虽然停了，可我家屋里的雨却越下越大，毫无见停的意思。

九

小学三年级的课程对我来说一点也不犯难。精力用不完就淘气，时不常还跟苹果打一架；而结果打架时我总是胜，打完架后我又总是败。败者王侯胜者贼，因为苹果妈是老师。爸在头几年的派别争斗中当了牺牲品，当了替罪羊，干得好好的一个信用社主任，被撤了职。新主任是县革委会副主任杨懋芝的干儿子——干妈干儿之间相差三岁。新主任处处刁难爸，爸天天叹气。爸就那么悲伤地度过了几年，我就在爸的悲伤中长到了十岁。

我这学期表现得不错，"小个王"表扬好几次，我也学乖了点儿。

那次到大田里劳动。苹果说，我妈要我到甸子上拔点儿蒿条子回家扎扫帚。我说我跟你去拔。我就和苹果到甸子上拔蒿条子。这时同学们都在休息，躺在树荫下乘凉。我拔得起劲，手心都磨出了血泡，我就让苹果看，苹果激灵打了个冷战："呀，出血了，别拔了！"我说："没事儿，你别跟你妈说！"心里却巴不得她说。我把蒿条子捆成个大捆，龇牙咧嘴地背了回来——足够扎十把扫帚了。同学们见我帮老师拔蒿条子去了，就都后悔。

第二天，总结劳动时，老师表扬了我，说我劳动积极思想进步。

我们班已发展两批红领巾了。这时少先队已经改称红小兵，但还没戴红小兵标牌，仍扎红领巾，也还可以叫红领巾。苹果说，你写申请书吧，加入红领巾，你看我的红领巾多好看！我看着苹果牛奶般的脖子上鲜艳的红领巾，羡慕得满口生津。

第二天，我歪歪扭扭地写了份申请书，恭恭敬敬地交给了老师。老师鼓励我好好学习，好好劳动。

我就好好学习、好好劳动起来。我学习一直在班级名列前茅，这没问题。关键在劳动上。学校让学生从家里带破水桶破盆什么的到学校，把院墙下的积沙抬出去。我家有一副水桶，但那是挑水用的。水桶怎么能拿去抬沙子呢？妈就不让拿。我偏要拿，拎着一只就跑了出来。妈气得直跺脚，骂雷劈的看回来不剁了你的手。抬沙时，我不知死活地干，别人装半下，我装一桶；别人慢悠悠走，我撒脚如飞；别人三桶一换人，我一气干到底。最后汗流如柱，腿脚发麻，脸如死灰，晃晃摇摇，摇摇晃晃，终于站立不稳，扑通摔倒。

这下立了大功。老师表扬，学校表扬。红领巾大队、红领巾中队、红领巾小队轮番帮助我，要发展我加入红领巾。没一个月，我就光荣地加入了红领巾。回家后，我拿着红领巾对着镜子演习了二十遍，直到熟练了扎法才作罢。那天我高兴得不行，扎着红领巾四处走，很怕别人看不见。见着熟人就想笑，就想说话，说：我入红领巾了。爸妈哥姐也都高兴地说好。弟弟也说好，并且要我给他，他要拿着红领巾到灰堆里去滚。我自然不能给，红领巾是烈士的鲜血染成的，我对它无比敬重，视如珍宝，爱如生命。我问妈："真是烈士的鲜血染红的吗？"妈说："八成是吧，老师咋说的？""老师说是烈士的鲜血染成的！"我说。"那就是，没看见血红血红的吗？"妈肯定地说。于是我就相信是烈士的血染成的了。

一天，前院顾婶儿跟妈叨咕，说爸和公社李书记吵了一架，把李书记骂了。妈说，他胆小如鼠，针鼻儿大的心眼儿敢骂李书记？

晚上爸回来了。爸神色沮丧，不吃不喝。妈说："我听他崔叔说了，你跟李书记吵架了？""我把他骂了！"爸说。"为啥？"妈问。爸说："他把我调去当他的秘书，要我给县革委主任写汇报，我没按他的意思写，也不想按他的意思写，他就急眼了，要把我弄到食堂当会计，我说我哪儿也不去，你别以为我是个面团，你们怎么捏咕怎么是。老子就不去……"妈说："你也是，他要咋写就咋写呗！胳膊还能拧过大腿儿？""哼，他恨不得管县革委主任叫亲爹。惹翻儿我就给中央写信告他！"爸恨恨地说。

门外咳痰声起，老槐叔来了。老槐叔一进屋就说："咋听说你跟李书记那狗日的干起来了？"爸说："吵吵几句。""吵吵几句？机关都哄哄遍了。那小子轻放不过你！"爸说："愿咋的咋的吧！"老槐叔说："李书记就怕一桩事，我指给你。"爸问："啥事？"老槐叔说："这狗日的最能搞破鞋——你也知道，现在老包正夺他的权，老包是地委朱亦群的担挑（即连襟——作者注）。老包没文化，整不了他的材料。你要帮老包写个检举信，准毁了他！不摘了他乌纱帽才怪呢……"

老槐叔的话真提醒了爸。不过爸并没帮老包写检举信。

第二天上班，李书记马上就要开会讨论爸的问题。爸先到他的办公室，壮着胆子当头给了他一个警告。李书记听罢脸骤然变白，连连劝慰爸千万别感情用事别造次别乱来别不注意影响别坏了领导名声别大人记小人过别君子度小人之腹。会议取消，爸接着干秘书工作。事不了了之，爸一了百了，心终于放回肚子里，脸终于有了点笑模样。

妈见没了事，挺高兴，特意擀了顿面条。我放学回来，见妈在擀面条，顿时喜形于色忘乎所以，过了年一般，咋咋呼呼跑出去，尥蹶子玩。

我和马驹子、换铁、春生凑到一起，换铁说，走，到大道上硌汽车去。

纵贯东三省的国防公路正从我们小镇边上过,整天都有汽车、拖拉机呼呼隆隆往复奔驰。车上有时满载瓜果蔬菜,晃晃荡荡,荡荡晃晃。一天,我灵机一动,想了个馊主意,便叫换铁从家里取来一把铁锹,在公路的两条辙印上挖一个浅坑,坑里放块大石头,再用沙土把石头掩埋上,然后跑远了看着。汽车呼哧呼哧开过来了,轧上石头,猛一颠簸,车上满载的瓜果就颠下来几个。我们就可以打打牙祭。

今儿个我们又拿了铁锹重演故技。刚弄好,远处就响起了嗡嗡的马达声。我们呼啦作鸟兽散。一会儿,汽车开过来了。车厢上拉着一架柴油机,柴油机上坐着一个瘦老头,老头叼着烟袋正抽烟。没有瓜果,我们败兴地咂起嘴来。我也扫兴,但忽然想起晚上吃面条,立刻精神头又来了。这时汽车已开进"雷区",我们都挺害怕,觉着挺对不住汽车地盯着。汽车吭咚轧到石头上,咣当一声被颠起老高,车上抽烟老头嘴里叼着的烟袋倏地离了口,长长地画了个弧线,在阳光下金光耀眼地坠到地下。老头惊慌地站起,冲驾驶室连连大喊。这时司机正把脑袋探出车窗咧得瓢似的漫无目标地破口大骂,根本没听到老头的喊叫。我们鸡奔米一样冲了出来,我腿快,先把烟袋抢到手里。烟袋锅是铜的,烟袋杆是翡翠的,沉甸甸的挺好玩。

玩够了,回家。

一进屋,全家人都盘腿在炕,秃噜秃噜吃面条呢。

我急忙脱鞋上炕。姐说去洗洗手,看都是灰!爸瞅了我一眼,妈瞪了我一眼,弟弟——弟弟六岁——靠在妈怀里,一副幸灾乐祸样,洋洋得意地吃着面条。我跳下炕跑到外屋,在脸盆里胡乱地洗了两把,又急不可待地奔回饭桌。我吃第一碗不知其味,吃第二碗又不知其味。我吃相凶恶,嘴眼两不误,吃着碗里看着盆里的。一家人都瞅着我来气。妈说:"得馋痨啦?现眼的货!"弟弟学着妈的口气说:"现眼的货,得馋痨啦?嘻嘻嘻……"就爸没吱声。过了一会儿,爸说,吃吧,饱饱地吃……

十

  卖菜

  卖菜

  卖的什么菜

  韭菜

  韭菜老

  有辣椒

  辣椒辣

  有黄瓜

  黄瓜一头苦

  买点马铃薯

  昨天买的没吃完

  那就来点西红柿

  西红柿,真不赖

  又做汤,又做菜

  今天吃了明天还要买

  ……

  姐姐放学后教我和弟弟念儿歌。

  这儿歌是姐姐从同学家借来的"文革"前的课本,满是生活气息。我和弟弟都愿意听,姐姐也愿意读。

  我六岁了,能帮妈干点活。

  春分将到,甸子上的积雪开始融化,裸露出黑黄色的地皮。马婶、顾婶、许大奶一齐来找妈去捡苞米,说去年大地(指公田——

作者注）里的苞米给雪捂住了，没收成，雪一化又露出来了。人们都去捡，成了人海了！女人们说的时候脸上泛出光芒，妈听了，清癯的脸上现出异彩。妈忙不迭地找出条麻袋，夹着就走。我说，我也去。妈想了想说，去吧。

到了地里，我们就分散开。都叫人翻捡过了，没那么乐观。捡了一顿饭的工夫，只捡了两穗苞米。妈还是挺满足，兴致勃勃的。我只知道奔前面跑，东颠西颠一穗也捡不着。我和妈越走越远，渐渐地跟许大奶她们拉开了距离。我越过一片甸子，跑到另一块地里。我使劲踢一棵倒伏的苞米杆，这一踢不要紧，一穗大苞米变戏法一样突地亮在我的眼前。我简直不相信自己的眼睛，生怕它跑了赶忙跪下去把它抱在怀里。我又用脚踢另一棵苞米杆，噗楞又一穗苞米露了出来。我高兴得心都哆嗦起来，扯脖子大喊："妈——快来吧，这有一大片苞米！"妈闻声赶过来，一看更高兴得不行，使劲把我搂在怀里，唖地亲了一口："行，儿子！"我更来劲了，撒欢尥蹶子捡起来。这是一块单垦出来的地，一点都没收，不知是忘了还是叫大雪盖住了的缘故。不管是什么缘故，倒正好成全了我们。妈兴奋得面生红晕，简直不知掰哪个好。我们娘俩欢欢喜喜快快乐乐地就像收自己家苞米一样。最后妈的麻袋快装满了，苞米也捡完了。妈直起腰，长长地出了口气，热汗顺着两颊淌下来，汇积在下颔上，又哗哗啪啪砸在地上。妈满面生辉，说："能有五六十斤，能搓四五十斤米。这下可好了，能接上下月领粮了，你爸看着不咋高兴呢！"妈说着，拿出一穗大个儿的，用手擦净。这时太阳早扎到山下了，余晖撒了一天，赤橙浑红如血染，一团团的巧云变化莫测妙不可言，似天马行空独来独往八仙过海各显神通，百种玄机万般战阵五脏六腑七窍生烟。大苞米穗在晚霞的映照下金碧辉煌炫神耀目。妈搓下几粒苞米，小心地送到嘴里，香甜地咀嚼。我看着眼馋，也搓下几粒扔到嘴里，嚼了几下，又涩又硬又腥。真怪！妈吃得咋那么香，不好吃呀？我不明白，我怎么能明白呢！

天快黑严了，妈系好了麻袋，说走吧，帮我把麻袋捆到肩上！我费了吃奶的劲，帮妈把麻袋扛到肩上。麻袋太沉了，妈很瘦，但妈的力气竟大得惊人。我跟在妈身后跟头把式笨笨喝喝地走。

地里一个人也没有了，万籁俱寂又万籁有声，就是没有人声。我们出来有四五里远了，妈开始走半里路歇口气儿，后来走一会儿就得歇一阵。

前面是道口，过了道口就到家了。天已黑严，家的方向灯光闪烁。

妈脸上满是汗水，上气不接下气。我劝妈多歇一会儿，妈说，赶紧着回去，晚饭还没做呢，就又扛起来走，最后跟跟跄跄上了道口。两条铁轨蛇一样横卧在路基上，锃亮锃亮的，夜色里特别显眼。南面嗷嗷叫着正开来一列火车，车灯猛烈地扫射过来，让人睁不开眼。我说妈快点过，来火车了！妈便努力紧赶。紧赶慢赶到了铁轨跟前，眼见妈突然晃了一下，扑通摔倒了，正倒在两条铁轨之间。我叫着跑过去，喊妈妈你咋啦？妈头磕到了铁轨上，血顺着鬓角淌下来。我使劲摇醒了妈。这时火车轰轰隆隆已到跟前了，我举头一看，车头像山一样平压过来。妈缓过神，激灵打个冷战，冲我嘶声喊快走，回身用力拽麻袋。麻袋死沉死沉如长到了铁轨上，妈使出浑身的劲才挪动了一点。妈一点点挪着麻袋，妈奋力拽着麻袋，妈吃力拉着麻袋，妈刚才磕得好重啊，妈好像一点也没有了力气。

火车排山倒海雷霆万钧风驰电掣一尺一分地滚过来，火车高速行驶卷起的气浪已有力地扑到我们身上。

妈的脸上已经没了血色，样子很可怕。妈突然拼命推了我一巴掌，我站立不稳像根木头咕噜噜滚下路基。我在仰倒的刹那间，见妈又回身拖那沉重的麻袋。

火车扑上道口。巨大的红色的车轮似血盆大口，如炬的车灯怪眼圆睁，走石飞沙随着暴烈的气浪横扫路旁一切。

我从地上爬起，没命地奔向路基。山一样的车头刚刚碾压过去，我突然看见一团东西顺着路基滚下来，我跑上前一看正是妈妈。妈紧搂着麻袋。我哭喊着抱住妈。妈坐起来，用手扑噜扑噜身上，按住麻袋一挺身站了起来。妈晃了两晃勉强站住，然后又弯下腰去扛麻袋，麻袋纹丝不动。正在这时一道手电光照了过来，爸和哥来接妈了。爸见妈手脸有血迹，吃惊不小，忙问咋回事。妈谎说绊了一下摔的。爸心疼地对哥说，快扶你妈回去！自己一哈腰背起麻袋⋯⋯

五月份的时候，大地一片暖一片草色，野菜就下来了。我随姐姐到甸子上挖了不少小根蒜、婆婆丁和苦麻菜，妈拔了一把羊角葱，盛了一碟大酱，菜就很丰盛了。爸妈把大把的葱和野菜蘸满酱塞到嘴里，咔哧咔哧地嚼起来，声音跟老牛倒嚼一样好听。从那时起，我也学会葱蘸酱了，也咔哧咔哧地嚼，但不好听，狗啃骨头似的，吃相也不好看，跟猪抢食差不多。

十一

天转凉，绿变黄。地上的一切仿佛一夜之间都干巴了。

学校决定用半个月的时间搞秋收。老师们的心思也不在教学上了，巴望着园田地能多分点。

"小个王"组织我们收黄豆，人人要带镰刀。校长告诉我们低年级学生两人割一垄。黄豆是我们家乡的主要作物，一片一片地种。豆角毒辣尖刻，扎人不眨眼。那时生活困难，谁有手套？就任凭豆角扎，割一把扎一回，但谁也不敢落后，谁也不敢喊疼，忍疼割豆，血迹斑斑血泪斑斑。

休息的时候，我们都感到手肿痛得不行。春生说："听我奶说，马粪包能治伤，咱们捡马粪包包上吧！"我们就都去捡马粪包。

马粪包属菌科，呈花苞状，褐色，学名现在我也叫不上。这东西多生长在道旁牛马粪土中，在马粪上生长的东西能否疗伤容易让人产生怀疑，不过小时候不怀疑，反倒坚信不疑。捡着了马粪包掰开，把土黑色的"药粉"撒在手上使劲搓几下，就等着不疼等着痊愈了。我治完了伤，无事可做，便左顾右盼东张西望。忽见前面不远的土包上一个大眼贼正瞪着水汪汪毛茸茸的大眼睛望着我。我大喊道："喂——都来呀，这有个大眼贼！"同学们一听都跑过来。大眼贼见了不慌不忙掉转屁股，优哉游哉慢吞吞懒洋洋恋恋不舍一步三回头地走下土包。马驹子气坏了："呵，这大眼贼忒牛逼了，抓住它！"我们呼哨一声冲上去。大眼贼脚下有个洞，它一矬身钻进洞去。大家围在洞口吵吵嚷嚷无计可施，换铁说，我去找把铁锹，去了一会儿真拎回一把。马驹子抢过铁锹嚯嚯一阵乱挖，约摸两锹深时，却不见了洞口。我们知道大眼贼打洞了：大眼贼很狡猾，它能边盗洞边逃，而且盗一段洞后就用后爪刨土把洞口封住，再继续盗洞继续逃。我蹲下身，用手四壁一捅，噗就捅出个洞来，马驹子就接着挖。这样又挖了一米多深后，再不好下锹了。我眼睛一翻，说："咱们往里撒尿灌！"对，撒尿灌！大家都说好。这时女生们也都围着看，都怕耗子又都想看，就都做惊恐好奇状。马驹子突然大喊一声："我们要撒尿啦！"女生们同时夸张地一捂脸，齐声惊呼"妈呀"，立刻作鸟兽散。我们围成一圈，掏出小物件，冲着大眼贼洞劈头盖脸地浇起尿来。十几只"水枪"交织成网，白黄清浊五彩缤纷。正浇得不亦乐乎，广积尿水的洞口忽然波浪涌动倒海翻江，如蛟龙出水般腾地窜出那只大眼贼。我们发声喊，一齐追了上去。

十二

我拾掇好夹子和弹弓，准备出去打雀儿。妈说："就知道玩儿，啥时能借上力？"

老槐叔说——老槐叔在我家坐半天了，今天是礼拜天，他扒开眼睛就来了，这是妈的话——"玩儿就让他玩儿，淘小子有大出息，要是一锥子扎不出血八杠子压不出屁来，长大了也是个孬货！"

妈说："你寻思还能淘出个什么样？玩儿玩儿，多大了？过年就八岁了。过了年就让他上学，看能出息个什么样儿！"

"什么样？让他考大学！这年头，没权没势还行？草头百姓不如臭虫。人穷志短，马瘦毛长。考吧，考中个状元，祖坟都冒青烟了。咱这穷邻居兴许也借上光哩！"

"哼，等着借他光吧，不叫老人操心就烧高香了。"

"你这就鼠目寸光了。"

"鼠目寸光！啥叫鼠目寸光？"

"嘿嘿，鼠目寸光你都不知道——耗子的眼睛看多远？就看一寸，所以叫鼠目寸光。说句大白话，就是妇道人家头发长见识短！"

妈被逗乐了："净瞎扯，谁说耗子的眼睛就看一寸？俺们仓房的耗子见人去了瞪眼瞅你，离八丈远就眼珠跟你转，你要抬手吓唬它它才跑，眼睛比你都好使！妇道怎么了？就老爷们儿行？你们老爷们儿吃屎的货也多着呢！"

"哎，所以说，你要叫你儿子别成那吃屎的货，让他长点能耐。到时候爹妈得济亲戚里道朋友街坊沾光。没听说吗？宁交天兵天将吃俸禄，不交鱼鳖虾蟹遭水淹。儿无能，爹妈都不愿理，还能有朋友？这年头谁不交有用的？"老槐叔说得唾沫横飞，兴致大发。他转脸对我说："坐下小三。古时候，有个叫苏秦的，心高，满腹经纶，满口文化。溜达出两三趟，周游列国，没人用他，盘缠也光了，就垂头丧气地回家了。爹妈寻思他就是这块料了，就都不跟他说话；哥嫂嫌他是个累赘，就不给他做饭吃。他凄惶得不得了，一发狠，死命啃起书来。困劲大了，就把头发系在房梁上，旁边再预备锥子，打瞌睡头发就被拽住了，眼睛睁不开就用锥子扎大腿。就这么学了三年，把一箱子书都翻烂了，背得滚瓜烂熟。再一出去，妥！都抢着要，争着用，做了十五国的宰相，挂了十五国的相印。再一回家可不一样了，呼呼啦啦大队人马铺了好几里地。爹妈老早跑出三十里迎接儿子荣归故里，黄土垫道，清水泼街。哥嫂恭恭敬敬在道旁站着，腰哈得像个大虾，头磕得像鸡鹐碎米。苏秦说，我啥啥不是的时候，爹妈不理我，哥嫂不给我做饭；我富贵了就都这样，看来人活着不求功名哪行呢！"

正在这时，换铁、春生、马驹子在门外大声喊我，我就借由子一蹦跑出来，顺手在锅台上拿了一个大饼子。

我的弹弓最好使，打得也准，见什么打什么。一到小满，妈说小满雀来全，我就拎着弹弓去打鸟。打回鸟烧上，鸟肉鲜香无比。

燕子是不敢打的，燕子在我们眼里很神圣。老太太们说，谁要是打了燕子眼睛就得瞎，我们就更不敢打了。小时候有小时候的迷信，而且信得笃诚。比如有一次，我们正玩"打盒子"，突然一个男人慌慌张张地跑来喊道，小孩子，道上有条大长虫，我车给挡住了，求你们去把长虫打跑！我们都好奇好胜逞强显摆，就一声呼哨，嗷嗷叫着随那男人来到大道上。果然道上停着一辆牛车，牛车前三丈远盘着一条棒槌粗的大长虫。老牛正恐惧地大瞪着牛眼瞅着那长虫，瑟瑟发抖。我们也有点害怕，但都硬壮着胆子。换铁说："你给我扑拉头发，我打。"就操着一根葵花杆儿往前凑。我心惊肉跳鬼鬼祟祟地跟在后边，一只手在他头上使劲扑拉。换铁举起葵花杆儿照着长虫用力打了一下，那条长虫呼地竖起头，"嗞嗞"吐出两三寸长的红芯子，冲换铁直扑过来，换铁"妈呀"一声扔下葵花杆儿撒腿就跑，我们也跑……为什么要扑拉头发呢？因为听说长虫会查人头发数，查出来了人就死，所以害怕，就扑拉头发。

我们举着弹弓满树林子找雀儿打。石子在树上嗖嗖穿行，百鸟惊叫着噗噗乱飞。我们不知道我们在亵渎绿色，在戕害生命。十几只红鸟白鸟蓝鸟黄鸟青鸟赤橙黄绿青蓝紫五彩缤纷的鸟被我们击中落地。我们用铁丝死死缠住它们美丽的脖子，拴成一串拎着，就等着回家烧了。

我们来到碱泡子。碱泡子挺大，水又脏又绿又臭，鸟渴了就来这喝水。我们挖坑把夹子埋上，便躲到远处看着，等着它们飞蛾扑火自投罗网。过了一会儿，一群"黄肚囊"落了下来。它们又奸又傻又呆又灵，东瞅瞅西看看，耐心研究分析眼前的苞米虫子——苞米虫子是我们下的诱饵。苞米虫子肥胖丰满娇憨可爱，雀儿们垂涎欲滴鸟眼发直。终于其中一个忍耐不住伸喙啄翻了一盘夹子，脖子被死死夹住，扑扑楞楞做无用的挣扎。群鸟见此险象毫不为戒，又一个一个地去啄，一个一个地被捉……末了，我们齐喊一声冲出，抢夺战利品，收起夹子坐下歇着。我们都饿了，掏出大饼子吃。大饼子被弄得极脏，吃了两口又掉在地上，捡起来擦掉沙子接着吃。换铁建议到河里洗澡，我们都说好，谁也不兴告诉家里。谁也不敢告诉家里，妈几次警告我，敢去洗澡就扒了你的皮！手脸挂个口还疼得要死，要是扒了皮，还不疼死？但一到了外边疯玩儿，就不顾一切了。

我们来到小河边。

小河浅清明澈温暖可人，河边沙滩金辉耀目坦荡如砥。我们三下两下脱光屁股，跑着跳进河里，鱼样戏耍。正玩着，忽然叽叽喳喳嘻嘻哈哈地过来几个妇女。三十多岁四十多岁什么岁数的都有。妇女们摇摇摆摆扭扭搭搭来到河边，放下手里端着的盆子——女人们到河边第一样就是洗衣服。突然一个倭瓜脸妇女指着我们说："哎，这儿有几个小爪子在洗呢！"另一个大屁股妇女立刻接上说："洗就洗呗，又不是大人，怕啥？怕给你盖了锅盖儿？""咦——又瞎掰了，再胡嘞嘞看我不撕了你的嘴！"另几个妇女就大笑。

我们仍旧玩我们的。

妇女们卷起了裤腿，站在浅水里洗衣服。倭瓜脸冲我们喊："喂——小孩儿，水凉不？"换铁立刻应道："水不凉，可热乎啦，你们快下来吧！"大屁股妇女说："嘿，这小鳖犊子还会逗壳子呢！"

倭瓜脸说："咱们也下吧。"说着解开花格布衫就脱，另几个妇女也搁下手里的活，纷纷宽衣解带。我们挺好奇，马驹子说："这几个老娘们儿要跟咱们一起洗澡。"换铁说："更好，咱们撩水呛她！"正说着，妇女们一个个脱光了衣服，只穿着花红大裤衩，抖着颤巍巍的奶子走下河来。她们一下水就像鸭子上架一样呱呱乱叫，好像她们从来没下过水也没见过水似的。这几个妇女都有点水性，到了水里游起来如漂子鱼，我们在她们之间钻上钻下玩得不亦乐乎。

倭瓜脸游到我身边，站起身，水正到她腰部。她一把拉过我，冲我笑笑说："小孩儿，几岁了？"我说："七岁。""上学没？""没。""去，到岸上把胰子给我取来。"我赶忙光着屁股跑上岸，循着她的指向把一块乌黑的肥皂递给她。她两手没进水里，一会儿提上一条花裤衩，噗噗打上肥皂嚓咕嚓咕搓起来。

我一个猛子扎下去，在水里四处潜游。我东一头西一头，一会儿撞到这个腿上，一会儿又碰上那个肚皮。我刚刚站起身喘口气，倭瓜脸又冲我喊："哎，小孩儿过来，我胰子掉水里啦，快给我捞上来！"我最愿扎猛子捞东西，心说你别再拽住我让我难受就行。我一个猛子冲她潜去。水底清清亮亮的，水草、鹅卵石、蛤蜊在我肚皮下颤巍巍滑过。我四周巡视，轻而易举地就发现了那块乌黑的肥皂。我猛地钻出水。倭瓜脸嘿嘿一笑："跑到我脚底下了，挺神道啊！"我把肥皂递给她，扭身游了回去。

妇女们洗完了澡，稀里呼噜爬上岸，放白身子四脚朝天躺在沙滩上晒太阳，沙滩上黄白相间，分外妖娆。

我们也跳出水,在女人们的嬉笑声中蹬上裤子回家了。

十三

天变得像猴脸。头晚地皮上还水光潋滟,第二天一觉醒来,就都冻成了冰,冰上一片玉色——又下了一层清雪。

放寒假了。同学们个个高兴,我也高兴。大家都盼着放假,都盼着玩。

回家翻出冰车,到井沿儿上滑冰车。

我家门前五十步是口老井。老井多少年了没人知道,都知道吃它的水。老井深三丈。井壁上生满青苔——苔痕上井绿,草色入壁青。夏天天大热时,井壁上爬满了青蛙蛤蟆马蛇子老鳖孑孓虫豸螟蛉野蜂蝇虻……还有长虫。打水时经常就打上一只癞蛤蟆什么的,却没人嫌水脏,是吃惯了吃熟了的缘故,而且正是这些东西的寄生,才更显出历经沧桑的老井井水的甘甜。到冬天天大寒时,井沿冰坚,打水者手指不可屈伸。井壁上挂满了冰溜子,久而久之,井就冻严了,井一冻严,就有勤快的拿着大冰镩子来镩井,镩好了大家接着用。打出的水溢流在井沿周围,边淌边冻,积少成多,日新月异,一个月下来,周遭百十米便都冻成了冰,成了孩子们的天地。我们整个冬天几乎有一小半时间消耗在冰上了。

我们在冰上一阵猛滑。小英、小丽她们跟着小心翼翼地打哧溜。女生们在跟前我们就特别逞能,冰车滑得风驰电掣虎虎生风。我的冰车双轨明亮,摩擦系数小,车身轻,工艺先进,物理机械各项技术指标均名列前茅,所以我在战阵里尤显神威,往复驰突如入无人之境。男生们眼红嫉妒嘎巴嘴,女生们羡慕赞叹呐喊助威。换铁被我一下撞翻,再没起来;春生被我追得仓皇逃窜,一蹶不振;马驹子在我急风骤雨锐不可当的攻击下疲于奔命,日薄西山气息奄奄。我大获全胜所向披靡,运筹帷幄之中决胜千里之外。我调好冰车,向四处逃遁的换铁、春生、马驹子他们发起最后攻势,迅雷不及掩耳掩耳不及逃命。我的冰车眼看就要追上马驹子了,马驹子慌不择路竟向井沿上逃去。井沿上结满白冰,白冰在阳光下熠熠生辉夺人双目,如圭似玉剔透可人。马驹子嗖地跃上井沿,又嗖地向下坡滑去。我岂能落他后边,便运足气力狠扎两镩,冰车挂动风声如一道闪电直射井口。这时女生们正鸭子一样伸脖瞪眼地瞅着我,我更不能放过这一千载难逢的露脸机会,我必须做一个惊险表演一鸣惊人,所以冰车都到了井口、上了井台,我也没煞住也不想煞住,我只想在掉下去的刹那间猛然煞住,再掉头穷追。然而就在即将掉下去的刹那间,黑洞洞的井口陡涧深渊般骤然突现于我眼前,我悚然心慌,一股巨大的恐惧袭上心头。这种急遽的突如其来的令人猝不及防的恐惧在我十岁以前只遇到过一次,那是七岁那年夏天偷瓜时。我们三个小尕趁着夜黑溜到瓜圃。瓜好月圆,月朦胧鸟朦胧。我们猫着腰,贼头贼脑鬼鬼祟祟往前摸。那夜星光灿烂,瓜田静悄悄的。你道没事吗?有事!树欲静而风不止山雨未来风满楼。看瓜老鳖头根本没睡,也根本没在瓜棚里,而是像个大鸟骑在瓜地中央的一根电线杆上,目光炯炯如火如灯,我们三个的行动尽在他的视野中。老鳖头发现了我们,但并不作声,准备诱敌深入,关起门来打狗,最后瓮中捉鳖。他自己年轻时搞破鞋就被瓮中捉了鳖,所以叫老鳖头。我们不知死活,摸到瓜田中央。白糖罐大而圆圆而大,玲珑剔透娇嫩无比香气四溢秀色可餐,引诱我们作奸犯科挨骂挨揍。我们不顾一切地扑上去,如恶狼扑羊饿狗抢食。我刚把一个白糖罐送到嘴边,牙还没沾上瓜毛,头上猛然传来驴叫般一声怪吼:"小杂种,都给我撂下!"我的心立刻蹦到了嗓子眼,巨大的恐惧袭上心头,眼睛发花耳朵鸣叫嘴巴发涩鼻子发酸骨酥筋麻两腿筛糠。我们三个立正站好,老鳖头凶神恶煞般站在面前:"小杂种,鳖羔子揍的鳖羔子，作呀？反了你们！今儿个非治一治你们不行，卵子儿给你们挤出来……"不过老鳖头并没像他骂的那样惩治我们，只是罚我们把地里的几堆熟瓜攒到了一块，就打发我们走了。临走时让我们每人各揣三个瓜，说："再别来了！馋了白天跟爷爷我要，要是晚上再来偷让我抓住，非劁了你们不可！"他又来了凶劲……

老井轰隆一声巨响，如掉进一块大石头。同学们惊恐万状，狂呼救人。于是平时打捞水桶的家什就被拎来了。老井专门备有一套捞水桶用的绳索，绳索系着一把锋利的铁钩。凡掉下水桶必用它捞，百捞百中，锐利无比。不过从未捞过人，也没掉下过人，我是第一个。捞过一次猪，扯着肚皮吱哇乱叫给拽上来。今天拿铁钩来捞我，倒没谁想到铁钩会把我的肚皮钩漏，而是事情太大太急，把人们闹懵了，救人心切就没想到那么许多。绳索甩下去三钩两钩噗哧钩住了我，呼啦啦就拽了上来。结果是我哪儿也没被钩坏，原来钩子恰好钩到了冰车底下，而我恰好伏在冰车上面并紧紧抱着冰车，就捡了条命。

冰车事件后，我再不被允许滑冰车。踢毽子弹溜溜儿没人管，一玩儿就玩儿到了年跟前儿。

盼过年盼得心疼，天天看日历天天数日子。除了吃顿好的，更盼的是放炮仗。爸给了三包炮仗，弟弟两包我一包。我舍不得放，里三层外三层包得溜严压在炕席底下，一天数三遍，天天数。这包炮仗一直留到了第二年过年。

初三扭秧歌。姑娘媳妇穿红挂绿花枝招展，仨一群俩一伙去看秧歌。

我们不穿不戴脏猴似的蜂拥着去捡炮仗。

卢二忙子高举一挂十响一咕咚站在公社门楼上，居高临下趾高气扬左顾右盼牛逼哄哄，我们围在地下屏气凝神仰首竖耳低三下四。不一会儿，秧歌扭到近前，秧歌队里高唱《沙家浜》："刁德——有什么鬼心肠——"卢二牤子突地点燃炮仗稔子,冲人群使劲乱抡。鞭炮硝烟弥漫纸屑乱飞,姑娘媳妇们被炸得吱哇乱叫抱头鼠窜,我们乘机冲上去捡哑炮仗。

二班的张宝明贪婪地自己霸占一个场子,响的没响的只顾往衣兜里装。突然一个大麻雷子掉在我俩眼前,我俩都愣怔了一下,见麻雷子没响,便斗鸡般双双猛扑过去。麻雷子先让我抓住了,张宝明身大力猛一下把我推开,蛮横地抢了过去,我刚要往回夺,陡然"轰"的一声一团火光在张宝明手里辉煌地炸开。张宝明狂呼大叫凄声哀号,我们一大帮人赶紧把乌血淋漓的张宝明送到医院,陈大夫在。陈大夫用药棉把张宝明的烂手擦净,在洋溢着火药味的血口子上敷了消炎粉,最后缠上了绷带。张宝明哭着说:"陈大夫,我能不能死?"陈大夫哈哈大笑,说:"死不了。过几天就好了,好了还能捡炮仗!"陈大夫就是我头破血流那次给我处置伤口的那个大夫。

张宝明手给炮仗崩坏了,从此得了个外号叫张崩子。

尾声

日子过得比风轮还快,我不知怎么过的就八岁了。

再有三天就三月一号。哥和姐张罗着上学,我也准备着入学。

我猜想上学一定极好玩,就对它充满幻想充满憧憬,像盼过年一样。

妈早就给我报了名。八岁上学正好,报名就收,不像七岁的还要托人说情。

这时候节气还没大暖,阳光明媚而寒风习习。妈说让我穿过年做的新衣服上学,我就更高兴。过年穿的衣服该多好看!蓝衣蓝裤,一个补丁都没有。

妈又到供销社给我买书包,妈说,一个书包要三块多钱。妈很心疼，妈又不心疼。铅笔橡皮格尺文具盒妈到供销社一把买齐了。哥和姐都羡慕我的文具盒，哥没有文具盒，姐的文具盒是爸找木匠做的。我的文具盒又新又亮光芒四射。

一切都准备好了，就等着上学。马驹子、换铁、春生、小英、小丽他们都报了名都上学，都和我一样高兴。

八年里我无比欢乐无比痛苦地走完了学龄前的孩提时代。

八年里我度过了童年生活的无与伦比无可复还的辉煌绚丽的一段美好时光。

八年里我做了无数个天真烂漫五彩缤纷没法再做亦没法忆起的儿梦。

八年里我吃了无数大饼子嚼了无数咸萝卜条喝了无数拔凉的井水。

八年呵八年，八年里给我留下了无比亲切又无比凶恶的怀念。

……

1990年冬改毕于复旦园

半杯冷饮

时节一眨眼就窜到了七月。

天干辣辣地突突冒火,整个地球仿佛被烤干巴了。满世界都热。今年气候反常,说是与太阳黑子有关,又说是厄尔尼诺现象。旱涝洪蝗遍地是灾。

钱士林从凉席上爬起来,冲窗外骂道:

"这不把人热死了嘛,还上啥班!"骂完了看看表,吃了一惊:

"呀,温州老客还等着我呢!得赶紧去。"

温州老客宛玉堂也在看表。

"这个钱,都什么时候了,还不来,让我等到什么时候,误了事可是不得了的呀……"

正说着,钱士林来了。

"哟,哥,真对不起你,帮对象买条裙子耽误了一会儿。来,进屋进屋。"

两人进了屋,关上门。钱士林说:

"我先给开发公司老韩挂个电话,开发公司,知道不?就是退休的官儿们办的公司,捞钱,往自己腰包捞。他们能批出东西来,平价卖议价,差价自个儿分。"说着按起了自动电话。

按了一遍,又放下了,说:

"这破电话,老坏,您先坐着等着,我隔壁挂。"

宛玉堂微微一笑。

隔壁文书室。钱士林对文书小曲说：

"小曲，楼下好像有人喊你！"

小曲说一句"帮我照看一下"便出去了。钱士林狡猾地眨了眨眼睛，抓起电话。

自动电话红灯闪烁。耳机里传来沉重的男人的声音。

"告诉他，'0'号柴油每吨1 050，外加信息费20，就1 070。可批4 000吨，两列罐车。行的话晚上领那个人到我家来……"

宛玉堂站起身问：

"怎么样？"

"晚上到老韩家面谈。"

钱士林刚送走宛玉堂，文书小曲过来传话："处长叫你。"

处长袁维鑫端坐在漂亮的黑漆亮面写字台前，见钱士林进来，拍了拍他的肩膀，亲切地说：

"坐，小钱，麻烦你点事，你拿着我的条子去总公司大楼找柳总经理，当面给他。现在就去吧！"

说罢把一个信封递给钱士林。又补充道："不在就拿回来，不要给秘书。"

钱士林恭敬地答应了一声，退出来，径奔楼下，骑上自行车向总公司而去。心里揣摩：处长净跟大头勾搭，没准儿也在"倒"，这么小心，事必重大。嘿，何不拆开看看。于是翻身下车。信封印着销售处字样，是本单位的，没写字。好办！钱士林心里有了谱，调回车，拐到收发室，冲收发员老孙太太要了个信封。轻轻撕开处长那封信，里面露出了瓤，这样写着：

柳总：您批来的条子我已办理，高压聚乙烯塑料颗粒按平价4 500从计划内拨了30吨给您。届时一切由我委办，信息费须先由买方单提给您，不走财务账。张书记联系的议价腈纶丝从库存拨40吨，也按国拨价13 000，对外名义以为总公司机关搞生活为宜，信息费同。

哦，钱士林不看则罢，看完倒吸了一口冷气。好家伙，大头们干得利害。塑料颗粒平价4 500一吨，议价9 000，赚一半，30吨多少，13万多，全进了一个人的腰包，嘿，再给柳处长三两万，真发了。张书记腈纶丝40吨，一吨赚7 000，40吨28万，没准也是这帮总公司头儿分了。咂呵，我这才哪儿到哪儿呀，干吧，过了这个村没这个店儿啦。

钱士林到总公司收发室要了糨糊重新把信封粘上，顺顺当当地把信送到了地方。

回到办公室，心旌摇动地坐下，喘了口气。"叮呤——"电话响了。

"喂，小钱吗，来收发室一躺，你的电报和汇款单。"

嗯？电报？汇款单？

钱士林走下去。

加急电报：
钱我即日动身三日到望火速联系为盼宋

噫，又来一个。行啊，都是来钱的买卖，不做待何。

又见汇款单，人民币1 000元整。

嗯，山东寄来的，上周工业蜡的报酬。老干部处周部长得8 000，自己1 000。行啊，1 000就1 000，顶四五个月的工资了。

今儿个怎么了，都赶到一块了。其实哪天不这样，哎，头晕脑袋热腿发酸，心里亮堂呢，钱哪，是大爷！

钱士林移步上楼，门半掩着，一进屋，哎，办公桌对面电镀椅上坐着一个披发女郎，正笑吟吟地望着他。

"您——"钱士林夸张地提高语调问。

"哟,真是贵人多忘事,忘啦?我是沈阳'梧羡有限公司'的,我叫乔其娜呀!"

"噢,想起来了,想起来了,瞧我这记性,老相识啦。什么时候到的?"钱士林忽然想了起来,那是前年出差,这位漂亮摩登女郎和自己友好相处,交识默契,自己在她频送的媚眼下曾经有点那个,回来后朝思暮想了半载有余。啊哈,今儿个哪阵风把她吹来了。

"我昨天晚上到的,住内招,今儿个一打听,你在这儿,就找上门来了!"说罢粲然一笑,动魄惊魂。

钱士林大着胆子仔细望了望眼前这位美貌绝伦的女郎,不觉倏然身子麻了半边。漂亮漂亮漂亮,太美了,比两年前还要漂亮。

钱士林心惊肉跳轻飘飘地坐下。笑着问:

"您自己来的吗?"

"对,自个儿一个。"

"住内招啦?"

"嗯。"

"我们这偏塞,条件不好,礼拜日我陪您观观光。"

"我可不是到这玩来啦,我是来求您这大能人来啦!"美人说罢脉脉地送来一个激动人心的微笑。

钱士林聪明,早猜出八九分。

"行啦,小钱,你先忙着。晚上麻烦你到旅馆找我,我有要事相烦。"美人无限美好地冲钱士林一笑,站起身,伸出手。

钱士林赶忙伸手迎住,皙白无比润泽无骨娇柔温暖的那只手被钱士林微颤的大手握住,钱士林又麻了另半边身子。

温嫚下了摩托车,噔噔噔跑上楼,进了屋,兴高采烈地说:

"瞧,夜总会的票,今晚咱俩一定要去。"

"这……小嫚,今晚我要连办几个事,实在没时间陪你去了。"

"你这人……真是，你说，你哪天没事过？好容易弄着的票，你又不想去了，你心里还有我没？啊……"

"小嫚，小嫚，小点声。哎，明天星期日，我一定陪你好好转转。今天就请你原谅了。"

钱士林看了看表，赶忙抓起电话。

"喂，童厂长吗？我小钱啊。您忙哪，没别事，想麻烦您把录像机借用一下，看几天录像，行吗……哎哎……哎呀，不行不行，怎么能给我呢，几千块钱哪。不是买的，那也不是风刮来的呀。上回那点小事不值一提，什么报酬不报酬的。你看你看，您太客气了。哎呀，那我可真不好意思了。行行，太谢谢您啦，我可怎么感谢您哪。两盘带就行啦，带点味的。太好了，太好了。好，我有时间去玩。大婶的人参过两天就捎来，到时我给您送去。回见回见！"

钱士林乐不可支，冲温嫚一拍手：

"哎，妥啦，化工厂老童把他的录像机给我啦，才买了一年。"

"得了吧，多少钱？"

"什么钱，白送。白给咱们。"

"呀，好几千的东西白给你？你是不是听差了。"

"嘘——小声点。上回帮他批编织袋他得了二万多好处费，一分都没给我，这回补上了。"

"是吗？那敢情好。带录像带吗？"

"带两盘，都是那类的。你看吧，保准过瘾。"

"哼，没出息！"温嫚笑着打了钱士林一拳。

日头偏西，炎威渐退。烤焦了的大地虚脱病人般垂头丧气地昏睡过去。

钱士林驾着"铃木"轻骑驮着宛玉堂来到老干部楼。四室一厅装潢雅丽的老干部楼是专为总公司厅局级干部建的，退与没退，一线二线的都住在这儿。老韩在任时是总公司党委副书记兼经委主任，副厅级。

这室内铺着绿色腈纶地毯，顶棚莲花大吊灯，冰箱彩电录像机组合音响电子琴电风扇洗衣机一应皆备，金碧辉煌。

分宾主落座后，主人拿出冰镇西瓜，冷饮，递上"剑牌"香烟。宛玉堂满脸堆笑，以南方人特有的礼貌致谢再三。

寒暄客套过后转入正题。

老韩说："我们这次批出的是计划外自产自销的，出厂价每吨1 050，包括运费，车皮我们负责，每吨外加10元信息费，是我们总公司的收入。"

"韩主任，1 050一吨，虽然包运，加上信息费就是1 060了，我们那儿比较好买的也只是1 030，也是包运的，所以……这个价钱是不是太高了点？"

"这还高？我们前天刚批出了3 000吨，四川买的。如果你们不要我们就要给武汉了。小钱打的招呼，说你们是老相识，有这层关系我还能给别人？小钱跟了我十多年了，小伙子求我办事我哪能回绝呢！"

钱士林听了莫名其妙，我什么时候在他手下工作啦，呵，我上班时间里外还不到五年，这会儿工龄倒有十多年了。姜还是老的辣。

宛玉堂眨了眨眼睛，狡猾地笑笑，说："韩主任，我个人的意思是——这里只有小钱我们三人，不见外。我的意思是，每吨1 030，这是我们的买价，走我们财务帐，信息费15元，这样就是加了5元，每吨1 045，我们的最大买价。不瞒您说，这里边我个人每吨提2元，这是我们的规定，走账的。每吨15元的信息费我们不走账，直接给您汇来。"

"嗯，这样吧，我们考虑考虑，明天上班我们几个负责同志碰碰，如果他们同意的话，我再给你信儿。"

"那也好。我在这里最多还能待上三天,韩主任最好能尽快给个信儿。那就这样吧,告辞了。"

宛玉堂告辞了出来,钱士林用轻骑把他送到住处。掉转车头又转回局长楼。

老韩见钱士林进了屋,说:"我料定你要回来的。你明天下午告诉他,就按1 030,外加信息费15,1 045。告诉他,信息费不可以走账,不要支票,要让他单位直接给他本人汇来,提出后交到我们手里。"

钱士林点头称是。

温嫚光彩照人地出了门,晚上这顿饭吃得兴高采烈,她热血沸腾面生红晕杏眼放光。没话找话说,没活找活干。妈见了奇怪,爸见了纳闷,弟弟见了疑惑,妹妹见了不解。

童厂长家富丽堂皇。童厂长从门窥孔里望见了温嫚,便打开了门,极热情地把温嫚迎进屋。

童厂长嘻嘻笑着,用胖乎乎的手在温嫚半裸的肩上软绵绵地拍了两下,可爱而又可亲地说:

"小嫚,你看童叔慷慨不,这下够你看啦。"

温嫚美丽的肩膀被童厂长放上的胖手摸得一阵发痒,好不难受,听了这话,立刻又高兴起来,妩媚地说:"童叔够意思,小钱没白和童叔交往一回。"

"那你怎么感谢童叔呢?"童厂长死盯着温嫚说。

"小钱以后多跟童叔做这种上算的买卖,两下不亏,不就得了!"

"哦——这丫头,这就行啦?"童厂长扬了扬眉说,走过去,打开组合音响。

温嫚四下环顾了一遍,问道:"怎么,我童婶呢?"

"她跟明明他们出去溜达了,我看家。坐,听一会儿录音机,再不就看录像，我给你放盘好的。"

"那太好了，看录像太好了！"温嫚欣喜若狂地直拍手。

童长厂打开录像机，放入录像带，调好。电视荧光屏上欻拉欻拉闪起来。

童厂长踅回来，拉温嫚坐下。

荧光屏上光怪陆离的夜总会突兀而至，三闪两闪后狂舞的红男绿女缠缠绵绵撕撕扯扯厮绞在一起难解难分。突然，大厅灯灭，须臾又亮，跳舞的男女竟脱得一丝不挂更加疯狂地舞起来。

温嫚的心怦怦跳了起来，她立刻意识到这是什么片子了。脸看得通红、滚热，想走又想看，躁动不安。

童厂长恰到好处地说："国外时兴脱衣舞，现今儿你们这些小青年能接受得了，我们这个岁数的都是过来人了，不在乎。过一阵就进入情节了，看吧！"说着很自然地往温嫚跟前挪了挪屁股。

电视屏幕上的镜头从舞场追逐到卧室内，刹那间风雨大作，电闪雷鸣……

温嫚汗流浃背，连衣裙几乎贴到了身上，浑身醉了般地酥软痉挛起来。头昏脑涨间她恍惚感到一双热乎乎的大手已经汗涔涔地按到了她的胸腹上。她猛然闭上眼，站起来，狂抖着说："我……不看了……我得走……"

"哎，看完了吧，这……没什么……不要紧。"

温嫚紫涨着脸，拉开门迈步要走。童厂长哈哈笑着喊道："等等，把录像机拿着呀！"

温嫚头也不回地钻出门，说了声："不拿了。"便咚咚跑下楼去。

钱士林到服务台查到乔其娜的房间，砰砰敲响了门。

"请进。"里面燕语莺声。

钱士林跨进屋，室内铺着大红地毯。钱士林弯腰解开鞋带脱下皮鞋，把脚踏在拖鞋里，正要直起身来，两只雪白的小手罩住了他的眼睛，一条拖地沙裙柔柔地擦了一下他的脸。

钱士林抬起头，乔其娜酥胸半袒，玉臂全露，飘然向着钱士林，笑吟吟地说："钱君，你好难请哟，我等了你两个小时了。"

"哎呀，真对不起，单位开调查会，才散，我紧赶慢赶就来了。"

"哼，我才不信呢。是不是跟对象轧马路去了，冷不丁想起我了，才来呀。"

"你看看，你还是那么能开玩笑！"

钱士林坐进沙发，浑身燥热。乔其娜拧开电扇，挨着钱士林坐下。

"找我有要事？什么要事？"钱士林笑嘻嘻地说。

"无事不登三宝殿。一来想看看你，二来……就看你肯不肯帮忙了。"

"你说吧！"

"你得先给我个话儿。这事你准能办。"说罢把手放到钱士林的腿上。

"行！我能办的一定尽量办。"

"不是尽量，一定要办成。"乔其娜把钱士林的腿轻轻地捏了一下。

"好好好！你说吧。"

"我们公司想买一些柴油，你在销售处，正好管得着。"

钱士林一听，正在自己意料之中。这娘们，柴油是紧控产品，哪那么容易批呢。

"这——不是我不帮忙，实在这东西控制得紧。"

"得了吧，当官的都吃礼，我不信把钱递上去办不成？"

"哪像你说的那样，我们的制度还是很严的。"

"拉倒吧，富了摆摊的，肥了当官的，苦了上班儿的。能瞒得了谁啊！"乔其娜娇嗔地靠在了钱士林身上，一只手竟软软地握住了钱士林汗涔涔的手。

钱士林耳鸣脑涨，两眼发花，浑不觉刚才都说了些什么。乔其娜柔软的肌肤紧靠他身上，温暖喷香的鼻息轻拂着他的脸，长发缎子般覆盖在他的肩上。他无法摆脱这醍醐灌顶般的诱惑了。

钱士林侧过身一把将乔其娜搂到怀里，猛烈地亲吻起来……

闷得要炸开的天密不透风地蒸灼着每一个人，空气仿佛划根火柴就可以点着。满街满巷都充满了五花八门的冷饮的叫卖声。人们的胃袋如一个赤红的坩埚，喝进去的水顷刻间就挥发净尽，留下更恼人的焦渴。

新商市天气预报：本市入夏以来的高温反常天气还将持续一个时期……

钱士林携温嫚从商场出来。温嫚怀里抱着最新流行的款式新颖漂亮可人的短袖无领多功能五彩裙和一幅昂贵的高档落地窗帘。这是钱士林从银行支出的那1 000元现金的全部收获。

两个人来到地摊前。钱士林递过五元钱，张口要下十杯冰镇冷饮。温嫚拽了一下他的胳膊说："你省着点花钱，又不是风刮来的。"

"啧啧，五块钱还算钱？不是风刮来的，比风刮来的也差不到哪儿去。嘿，来吧——哎，录像机怎么样？"

"哼，机子倒不错，录像带啥玩意呀，谁敢看哪。"

"这带子还是二类带呢，比这黄的还有。"

录像机那天温嫚虽然没拿，等第二天晚上，钱士林还是自己去捧了回来。哪能因小失大呢。

两人边聊边奔温嫚家去。钱士林得意地说："温州老宛那笔买卖至少能给我两万。差不多快提出来啦。"

"这些钱来得容易，你可小心点，别跌进去。"

"这哪到哪儿呀。咱们有个三万两万的那还叫钱？现在总公司有头有脑的哪家没个十万二十万的！要干就赶紧干上一阵，晚了就干不成了。以后价格放开，产供销直接挂钩，谁也没辙啦。"

到了温嫚家门口。

"你进去吧，我得先到单位去看看。"钱士林说。

钱士林转回身，跨上自行车向招待所驶去。

他按响了门铃。

里边出来的是个戴眼镜的白脸中年人。

"您是——"钱士林不解地问。

"我是《经济时报》的记者，您找我有事吧？"

"哦——不不，这儿我记得住着一位小姐啦？"

"我来的时候，这是空的。您到服务台问问吧。"

钱士林来到服务台打听。服务员告诉他，乔其娜已搬到五楼房间了。

钱士林迈进乔其娜的房间。乔其娜才睡了午觉，正云鬓不整，娇态可人。

"你怎么才来呀，把我急死啦。"乔其娜搂住钱士林的脖子说。

"哎，我问你，你怎么搬到这儿来啦？"

"这——你不知道，前天来了个大报记者，住在我隔壁，晚上总找人闲聊，我听那意思，要搞什么调查，写什么'官倒'的文章。我怕跟他住在一块有麻烦，就换到五楼了。他准是就手搬到我住的房间啦。"

"哦——"钱士林略有所思。

"哦什么呀，没事，天塌下来有个高的撑着呢，你怕啥。快说，那事怎么样了？"

"差不多了，你明天就去办手续。然后赶紧往回拍电报，把好处费分批汇来。我赶紧把总公司经理和我们处长这几份子给兑上。车皮订妥了马上就发。"

"有你的。我明天就去办。"乔其娜非常高兴，热热乎乎地在钱士林脸上咂了一嘴。

钱士林把手伸进乔其娜无比温柔的胸前大抓大揉,痴迷地说:"来吧,宝贝,给哥们儿点实惠的。"

乔其娜轻轻推开钱士林,说:"好,你这馋猫,总想占点便宜。等会儿,我洗了来。"说罢起身到洗浴间。

钱士林打开办公室门,才坐下,处长就进来了。他赶紧起身让座。

"小钱啊,你过一会儿到我这儿来一下。"处长望着他说。

"嗯,这就去呀?"钱士林问。

"唔,我有一个客人,等他走了,你就过来。"

钱士林暗忖道:什么事亲自来叫我去,准不是小事。

正想着,门被砰砰地敲响,钱士林高声请进,一个短矮黑胖的人闪了进来。

"你——啊,老宋,哎呀,才到吗?请坐请坐。"钱士林夸张地满脸惊喜色。

"我拍来的电报你收到了吧?"老宋故作轻松地说。

"收到了收到了。老宋,一路顺风吧。"

"哦哦。"老宋应道。

寒暄了几句,钱士林说:"老宋,咱俩晌午找个地方边喝边聊。"

"行行,我也是这个意思,"老宋敏捷地说,"中午你去找我好啦,不见不散。"

老宋走了。钱士林赶快到处长办公室候见。

处长站在写字台前凝思,见钱士林进来,和蔼地指了指对面沙发叫坐。

"处长找我有事?"钱士林恭敬地问。

"哦,没什么大事。我前天叫你捎去的信是当面交的吧?"钱士林回答是。"好。上午总公司开个会,《经济时报》来个记者,要调查一些经济情况,大概是什么人往北京捅了信,他们就派人来了。我倒不是说咱们处乃至总公司有什么事,但既然来了,咱们还是应该有个交代。咱们销售处是根敏感神经,难免有人在里面做些文章。我们没事更好,怕就怕没事给你造出事来,所以在这种事上一定谨慎,就是生出谣言也不好。你说呢?"

钱士林点了点头,心想,这是害怕了。他那封信准怕我给偷看了。嘿,你当是搞这事太容易了,就疏忽了,那不活该吗?咱握着把柄,你别吓唬我,你要是出了事把我当替罪羊往外兜,可别怪我不客气。想到这儿,钱士林说:"我是这么看,咱们脚正不怕鞋歪,又没让谁抓着把柄,都是工作,岗位不同,要是查到咱这儿,领导、同志间相帮相助多照应着点儿,没什么谣言能成真——对了,您的信我是当面给的,没事!"

"南来饭庄"气魄宏丽,典雅豪华。南宾北客,绿女红男在五彩华灯下杯觥交错。

钱士林和老宋选了个套间,点了四个菜,要了八听易拉罐啤酒,边喝边谈。

老宋来的意思是要订下一批液化气,量大周期长,长年保证。钱士林说液化气是计划内产品,国家统一调拨。老宋说他知道这事麻烦,他愿出大宗好处费。钱士林说眼下国家大报正有记者来调查,谁敢妄动。老宋说这批液化气跟其他产品不同,这是我们签的合同,并非倒卖,省内如缺可以用其他产品转补。钱士林说你比我还明白,你真行。老宋接着说这次我们不直接给你们信息费,我们公司产的家用电器系列可以批发价卖给你们一批,两下都得利。钱士林说要是行,我可以跟处长商量商量。老宋急忙补充说,事成了我们免费送你一套家用电器。钱士林说给处长也得塞上点。好说,你透话给他,事成二十天两套家用电器发到,包括你的。钱士林会意一笑。

高温持续到八月中旬,炎威稍有退意。市气象台预报,三五日内,本市气温在27℃~33℃之间,至下旬可望转凉。

老韩亲自来找钱士林,告诉他柴油的事已经办妥,信息费如汇来,立即分到各人手中,而且不要存入银行。钱士林给宛玉堂打电话,宛玉堂说款已在路上走着,明后天即到,他提出后,交到人手就回开封。老韩、钱士林听了才放心了。

傍晚,钱士林携了温嫚来到房产公司唐经理家。

老唐两口子住着宽敞明亮的大三代。温嫚四壁张望目瞪口呆,赞叹不已。老唐老伴念叨说:"孩子们都出去过了,三口人住这么大屋子怪空得慌。这不,老丫头又要结婚了,就剩俩人儿了。"

钱士林问道:"日子定了吗?"

"下礼拜。日子不逢双,我说十月一,就等不及了。"

温嫚听了哧哧笑。钱士林说:"谁不愿早度蜜月呀!早结婚您老早抱孙子。"瞅了瞅温嫚,"你说是不是?"

"真是的,你倒明白了。"温嫚打了一下钱士林。

正说着,门铃响起,老唐回来了。

"哟,小钱来了。"老唐好热情。

"挺长时间没来了,来看看,丽芝要结婚了,小嫚提醒我咋还不去呢?我就赶紧来了。"钱士林说罢示意温嫚,温嫚会意地打开挎包,拿出个精致的绣绒盒子,钱士林接过,打开,说:"我和小嫚没什么送的,托人从上海捎来这套四色玛瑙首饰,算我俩的礼物了,不成敬意。"

项链、镯子、戒指、耳环晶莹剔透,色彩斑斓。

老唐连忙推辞。钱士林诚恳执着。最后是盛情难却,收了。

老唐喊来老伴,训斥道:"怎么搞的,小钱是贵客,怎么不上糖果呢!"

聊了一会儿,老唐问起钱士林婚事。钱士林面带难色,说:"我们单位分的房在一区,小两代,窄点儿,我考虑把我母亲接来就难办了。"

"哦！这样吧，我给你调到三区新楼大两代，一换就行了。"

温嫚一听高兴得直拍手："那敢情好了，真谢谢唐叔了。"

"没什么，又不是外人。别对闲人讲就是了。明儿个把户口簿拿我那儿去，填个底单，把房本领去。"

从老唐家出来，钱士林和温嫚在璀璨的路灯下往家去。小风轻拂，树影婆娑。白天虽是炎热，到了晚上却可人地清凉。温嫚心里一阵阵高兴，深为自己有这个有本事的对象而自豪。自个儿是既有福气又有命。当初跟钱士林相处时，她对这个不满一米七的小白脸不甚满意。而介绍人百般说此人交际如何了得工作如何油水，她也就那么着了。处了几个月，她渐渐地体会到此人名不虚传了。油水之大实惠之多机谋之诡应酬之智手腕之高……大出她所料。于是爱心愈烈，情志弥坚。正所谓在天愿做比翼鸟，在地愿为连理枝。想到这儿，温嫚挎住钱士林的胳膊，更近地靠在了这个非同凡响的青年人身上。

乔其娜约钱士林出来是在钱士林最忙的时候。

宛玉堂支付的信息费，他在市内几家银行分头存，几乎占了一上午时间。刚跑上楼，处长一个电话把他招去，郑重地告诉他出国考察的事已经批准，要他好好准备准备。他心里明白这是处长和他心照不宣彼此默契的结果，更有刚刚发到的每人一套的组合家用电器的催化作用。

"凡事不要毛躁，谨慎谨慎！"处长在他临出门时又一次叮嘱，他听了不下十遍了，但他感谢处长，这是经验之谈。

钱士林熟练地按响乔其娜房间那深深烙上他印记的门铃。

乔其娜把钱士林拉进屋，拿出一个黑色手提包，打开拉链，掏出一大沓拾元面额的钞票，笑吟吟地说："怎么样？现金。"钱士林大喜，一把拉过乔其娜热烈地把嘴凑上去。乔其娜娇懒地把钱士林推开，走到床边，仰躺在席梦思上。钱士林再也按捺不住勃发的男性热情了，奔到床前把她柔软的身子拉向自己。

"我明天就准备动身，这宗买卖就算告一段落。"

"我倒希望你能常来。"

"放心吧，亲爱的，就是奔你我也要多往这儿走走。"

"你那口子要知道你跟我搞还不得气死！"

"哼，改革开放吗，就是男的要搞活，女的要开放，他能管那么多。爱本来就不该是专一的。我只要真心爱着他，只要我们的家庭完整无缺，就无可非议，就心安理得。男女之间讲感情吗？男女之间的感情就是爱情。就像我爱你，我们就可以在一起做爱，让爱得到满足，这并不涉及家庭。比如你和小嫚，你将来要和她结婚，而我与你的爱情并不妨碍她成为你的妻子，也不会影响你们组成家庭。我在你们这儿跟你相爱，我在另外一个地方也许会爱另外一个人，你说是不是？"

乔其娜侃侃而谈，钱士林听得目瞪口呆。他翻身坐起，看着眼前这个玉质冰肌坦然裸着娇好女儿身的有着新时期女性的开拓精神和了不起的思辨能力的美人，从心里折服了。古来称美人为尤物，尤者优也，为尤物者必女流之俊杰。

乔其娜见钱士林痴呆呆望着自己，便嘻嘻笑了起来，坐起身翻到了钱士林身上，抚着他的脸说："你看我瞎说一气，随便发一通感想，在你这大学生面前还不是班门弄斧吗！"

钱士林由紧张又放松开来，被乔其娜激荡的情致重新鼓动起来，顺从地服从于她的一切……

乔其娜见钱士林疲累的样子，便披上衣服，说："我给你倒杯冷饮，睡一会儿。下午别上班了，陪我好好玩玩。"

钱士林不置可否，深沉的欲海使他无法升浮，他服从并且只能服从这无边的魔力。

大概是北方大气层空气密度低的缘故，太阳洒下的光芒几乎无遗漏地倾泻而下，在中午一两点钟的时候倒是烫人的热。

宿舍闷热睡不着，钱士林看看表还有半个小时到上班时间，便推着自行车转到闹市。来到一处冰镇冷饮摊儿上，觉得嗓子干渴，便翻出五角钱要了一杯。鲜黄的橘汁冷饮冒着白沫沙沙有声，透明玻璃杯映出冷饮开胃的颜色，肉艳可人，高档的冰镇冷饮在炎热的盛夏吸引无数人，却少有人光顾，因为每杯不过四两的容量对干渴难耐的人们来说不过是杯水车薪，结果只能是诱发贪婪的渴望无谓地败坏囊中的钱财。钱士林不然，他几乎平均每天要饮十杯这样五角钱一杯的冷饮，畅快无比，毫不吝惜手中钞票。这点钱值什么，打什么紧？因此摆摊小贩极是欢喜，每见钱士林踱到，便满满地斟上一杯候着。

钱士林把杯在手，轻轻吹去泡沫，轻轻呷了一口，与往日的一般。又呷了一口，却是平常的味道。再呷了一口，平白地身上起了冷意。复又呷了一口，身上顿时起了一层鸡皮疙瘩。下肚的冷饮冷冰冰在腹内作起乱来。钱士林不由眉头紧皱，剩下的半杯冷饮再也喝不下去了。

怪哉，钱士林百思不得其解，举头望了望斜阳，忽然一阵小风吹过，猛地想起了什么，恍然悟通，节气虽在三伏，然炎威已是强弩之末，这盛夏看看已过，天渐渐转凉，今日不同了昨日，故判然有异，不足为怪。

于是，钱士林摇了摇头，骑上自行车离开了市场。

《经济时报》显著位置的一篇调查报告在石化总公司引起猛烈骚动。钱士林心惊肉跳地捧着报纸逐行细看。

"百万富翁"们的发迹

本报记者报道：在记者对新商石油化工总公司为期二十

天的采访中，大量的触目惊心的事实令记者发现了一个鲜为人知的世界。在这个国家视为经济支柱的石化企业中，相当大一部分中上层领导干部利用手中的权力倒卖昂贵的国家计划内石化产品（其中包括高压聚乙烯塑料颗粒、工业和食品蜡、柴油、腈纶丝、醋酸、化肥、液化石油气等），从中牟取暴利。他们利用国家金融流通的某些薄弱环节，以直接交付现金提取所谓信息费（亦称好处费），买卖双方经办人员在讨价还价后平分高出平价或议价部分的货款，少则数千，多则几十万。而在位高权重的关键部门的一部分领导干部中，利用手中权力可几十吨几百吨甚至几千吨地以国拨价批出上述产品，再以远远超出平价的价格卖出。这些人在倒卖中填饱了私囊，已经或正在成为腰缠几万几十万巨资的富翁，有的则早已登上"百万富翁"的宝座。

这个石化总公司的老干部处的一大批退居二线的厅、处级领导干部，在当前商品经济机制改革人们越来越向"钱"看的情况下，适时地成立了所谓"经济开发公司"，对外则称"绿化办公室"，利用他们深厚的关系网和炙手可热的余威，肆无忌惮地进行上述紧俏工业品的倒卖活动，肥得可以，肥得流油，堂而皇之地成了新时期一个个大腹便便的陶朱公。

不禁有人会问，在法纪日益健全的今天，这些人何以如此猖獗？我们仅举一个事例便可看出法纪在这个总公司是怎样的无力。去年7月，该总公司人事处负责调配的一个科长的儿子纠集几个人开着大卡车，以交通监理车开道，内外串通光天化日下盗出十几吨塑料颗粒，案发后轰动了整个石化系统，人们凭案件的性质判断至少要判10年以上有期徒刑。出乎意料的是，案子拖了一年多后，罪犯仅被判为劳教一年，且监外执行，回原单位上班……此类现象在该石化总公司不胜枚举。原因很简单，权力和金钱买通了全部执法环节。有法不依，执法不严，是为无法，无法则无天。

上述不过是记者了解的一个梗概，并非通盘全貌，该石化总公司发生过和正在发生的一切事实或许远比这严重得多，但窥一斑足以见全豹，从新商石化总公司这一个"点"我们可以想见这股席卷全国的"恶风"之凶烈。应该说，在计划经济到商品经济这一历史转型中，以权谋私是从中孳生的"五蠹"之首，是我们党和国家肌体内极危险的蛀虫，不能不引起我们高度的警惕和深思……

钱士林放下报纸，激灵打个冷战，一摸衬衫早湿透了。

新商市气象台发布了今明两天天气预报："近日来，我市气温明显下降，持续高温得到缓解，预计未来48小时内将有雷阵雨。"

一段时间后，天气晴和。一架飞机冲天而起，钱士林按预定计划出国考察去了……

短篇小说

走进古堡

真就像退回了几百年,那感觉从来没有过。透明的空气从嘴里灌进去,从直肠涌出来,带走了你感染的一切现代文明的污浊。好风凉凉爽爽地从头上飘过,把你肮脏不堪的头发仔细地梳理了一遍,使你丑恶的面目更显本色。太阳不大不小地照在那里,让你知道她万千年来一如母亲的乳房般温暖动人。

我和希曾在车上就看到了那块界碑,当时高兴得猛砸车窗喊停下。一贯未遇这种情况的司机、乘务员以为碰到了神经病,怒斥了几声后真就把车停了下来。

修葺过的古城门上记载了这座古城繁荣辉煌的过去。而在古城南门四里外却存留着一座古代宝塔的废墟,它在没有倒塌的某个时代曾为这座古城留下了名满天下的吉祥名字。而我和希曾这次风尘仆仆寻访旧地的一个重要原因就是它的存在。

我的意思是从脚下这座东门一直穿过城街走向西门,然后直奔古堡遗址。希曾则兴致盎然理由充分地驳斥了我的观点,认为从这里登上古城墙,顺着城垣绕半个城而至西门,那感觉绝非寻常。这样我们就产生了战略上的分歧,而开始了书呆子式的无休止的争论,最后在突然出现于眼前的一个瘦骨嶙峋深不可测的老太太的教导下才停止了辩斗。

老太太目光深邃,表情幽黯,声音遥远亲切,说:沿着城墙走……一直走下去就到了要去的地方……契丹大族……金国女真……秋高马肥风吹草低铁骑金柝虎吼雁鸣牧笛悲箫寒关渴饮……

自然是希曾胜了。没办法只能登上城墙，循迹而行。那时候，我们都是兴致勃勃满面灰尘。希曾说这感觉最好。我突然觉得刚才的老太太神秘莫测，回头看时，她却早不见了踪影。我惊奇不已，希曾见怪不怪不以为然，说："这里的一切都这么古老新鲜，走吧走吧，好瞧的准在后头。"

这古城墙是土夯打成的，一千余年历史了，仍有十来米高，基础牢实，走向清晰，分内外两城，干涸的护城河河床裸露。城外千里平川，一望无际，地远天高，土黑草肥。城内灰蒙蒙七八百户人家，男人女人大人小孩都或急急忙忙或优哉游哉地在房前屋后紧走慢走。每家院儿里都铺满了焦黄的粮食。我和希曾都不明白所以，感觉奇怪。那时候，天就灰暗下来，熏风扑面，阴凉可人，古色古香。

城下一个人远远地向我们张望，他身边坐着一个女人。凭感觉我就知道那女人古朴丰实，味醇色佳，她身上汩汩流淌着几百年来色彩斑斓的各种血液。

那张望的人径直向我们走来。他的服饰昏暗板旧，脸色晦涩朦胧。那人离我们近了，却如没看见我们一般自顾自直走过去，我留意地向他斜睨，他也正向我们睇视了一眼。我又觉奇怪。交臂而过后我猛然回头望去，那人也正回头张望我们，便急忙调回头去，怪哉？我心想。希曾仍不以为然，喊我仔细领略风景。

脚下的老土夯实可靠，两三丈宽的古城墙遗址足以显示当年古城的雄伟规模。我不灵敏的鼻子这时灵敏地嗅出了九百年前淳厚的气味。古代的阳光在昏暗的高天下和蔼地照在我们阴盛阳衰的脸上。希曾的猎装和我身上的西装这时候正发出腐朽的臭气。

希曾脱下了沉重的衣服扛在肩上。这时候，坐着的女人就离我们近了。

女人慢慢转动了一下她美好的脖子，雕塑般注视着我们。那时候，我的眼睛已不受大脑的约束，瞳孔成百次缩小又放大。女人高挽发髻，丰颐娥眉，乳胸高耸，玉臂半藏。这与刚才的直觉颇有出入。女人深沉地看了我们一眼，毫无表情地转回头去。我的阴盛阳衰的气质被她深沉的一瞥骤然撩动。理想中的丽人标准就在眼前。她是大家闺秀小家碧玉，是吴宫西子洛阳莫愁。我直觉得身上的衣服陡然变成了宽袍大袖，金冠凤翅玉带腰横执圭奉节缙绅纨绔，俨如王侯。

希曾嘻嘻奸笑，我恍然如醒。希曾说小心点儿别走岔了道。我一看果然脚下正是城墙斜坡，再走一步就得滚下去。我留恋地向女人望去。那女人竟还是如我最初看见最初感觉的那样古朴丰实，味醇色佳，不是什么发髻高挽娥眉丰颐。女人坐在那里实在是一动未动。

我躁热异常，解下领带打开衬衣扣子，真想把自己扒个精光。我们打起精神沿着城垣继续往前走。

我们从车上跳下来的时候是在城的东门。经过一番领略，不知不觉就到了南门。南门与东门别无二致，以此推论四个城门皆当如是。倒是南门面南坐北，为正门所在。那时候，古代的阳光就从苍老的大天下亲切地倾洒下来，直罩在它的上面，也罩在我们的头上。

继续走下去，我们顺利地来到西门。

我建议先到城里小憩一下，走了六七里路的城墙，着实有些累了。希曾毫无倦意，但又不好扫我的兴，便指着城脚的一间房子说，咱们问问那人家该怎么好，显然下车时那古怪深奥的老太太的指点他还没有忘。

于是我们就去问。

青砖结构的三间小屋看上去不下几百年历史。门首卧着一只灰蒙蒙的大狗，如化石般不动。屋前场院上一个阴沉沉的长脸老头正在用木锨扬起新收下的高粱。我走上前去，刚要张口，那化石般不动的灰蒙蒙的大狗突然呼地蹿了过来。这不禁让我想起了当年晋灵公嗾使凶猛的獒犬攻击赵宣子的情形。我惊恐万状，落荒而逃。这时，屋里款款走出一个村姑，喝住了猛犬。"乌桓，没招你惹你叫唤什么？回去！"那狗叫乌桓，我听了挺耳熟。村姑一喝，那乌桓就优美地走回原处，一动不动地趴下，仍如化石一般。

我狼狈极了，高级教养荡然无存，不俗不雅丑态百出。而那村姑正深情地望着我，手掩樱口，似笑非笑。我见此情景顿时镇静下来，刚要开口讲话，忽然身后传来一声："公子，你有何事？"声音极其遥远，言语古老新鲜。我回过头来，似乎觉得是长脸老头的嘴在动，便客气地问道："大爷，这堡里可有歇脚的地方？"

"说不准。"

"那么，古塔的遗址在哪里呢？"

"说不准。说不准哪！"

老头就这么一句"说不准"，用眼睛瞭了我们一下，便又阴沉沉地低下头，再也不说话了。

我抬头望那村姑时，村姑也早不见了踪影。

我莫名其妙，希曾却正向迎面而来的一挂驴车走去。

希曾挥手喊住了驴车，问是从城里来的吗？赶车的黑红汉子回答说，是，也不是。没等我们再问，他便先说，你们打哪儿来？到这干吗？我知道说大地方来的准有分量，便说我们从省城来，到这儿寻访古迹，是先走城里好，还是先找古塔废墟好？他没有回答，却说两位上车吧，我就到城西去顺便给你们捎个脚。我们就千恩万谢地上了车。

小毛驴精神抖擞地拉着我们向城西跑去。

那时候，大天就渐渐清澄起来，而空气还是一般地好。车上算我们已满五人。我们无功受禄，坐着不安，便讨好地搭话。黑红汉子说，这是我老婆，这是我儿子，我们是一家。我们在城西小屯儿住，不是堡里人家。你们要去的塔底儿离咱家不远，咱家那个屯就叫塔屯。

我这时才注意到汉子的老婆。这是一个比汉子还黑的农妇，旁边坐着他们十来岁的儿子，也是黑的。我后悔没带烟，好给汉子一根，但看到黑孩子遂想起背兜里还有几个鸭梨，便挑大的掏出一个递了过去。孩子眼睛一亮，却又不敢接。黑老婆便说，拿着吧，快谢谢叔叔。黑色的两口子见我们给孩子梨吃，且又是大地方来的人，便显得十分高兴。毛驴善解人意机灵无比，翻蹄亮掌奋尾扬鬃。小车嘚嘚跑得毫无负担。

希曾和汉子搭话，亲切和蔼而又不着边际。小孩双手紧捧着大鸭梨一点点品着，舍不得吃。我这时就能跟那老婆随便交谈了。

我说这古城怎么这么神秘？

老婆听了似乎吃了一惊。坐这车颠不？她回答。

我又说你们常进城吗？

在省城坐不上毛驴车吧？咱这可穷！老婆显然在打岔。

我更诧异，便不再问了。

小道两旁尽是收割过的苞米田。车轮轧在蒺藜种子上哔剥直响。一只田鼠忽地从道旁窜出，跃上一个土丘，回过头来瞪着黢黑的大眼睛，抬起前爪向驴车频频致意。几只布谷鸟咕咕叫着，紧贴着我们的头皮倏然掠过。我思路混乱，不知过去也不知将来，漫无目标地四处乱看。

突然，车吁的一声就停住了。

"到了。"黑汉子说。

我们下了车，我回过头去准备道谢，奇怪的是驴车早影子般笼罩在雾色里悄然而去。

我挣扎着想明了这一切，但混乱的思路使我徒劳。

这时候，一个奇形怪状的小屯子就出现在我们眼前了。

得打听塔址,希曾说,便走到一家院里。院里站着两个穿青色衣服的人。希曾问道:"请问宝塔的废墟在哪儿?"青衣人一指,说:"就在前面不远。"然后便淡淡地看着我们。

我觉着渴。恰好道左一家有口水压井。一位老妇正在压水,旁边站着一头奶牛,奶牛旁站着一个妇女,妇女旁边站着一个小孩。妇女很年轻。"去喝点水。"我说。

我们来到井旁,老妇人熟视无睹,仍压着水。村妇举头望着我们,露出惊色。我抢先过去说:"大嫂,喝点儿水好吗?就这井水。"

"喝吧。"她说,随手递过一只葫芦瓢。

我接过瓢喝水,喉结上下翻飞,声音清脆悦耳。在渴意即消的时候,我用眼睛偷看了一下村妇,而在眼里的却是古董般面无表情的老妇人。老妇人嘴角动了一下,没发出任何声音,而我却听到:"先生何方人士,来此有何贵干?"我激灵一下,忙答道:"我们是省城来的,来……考察一下古堡古迹……前面可有古塔遗址吗?"

"你在说什么?"希曾猛地拨拉我一下,"犯病了是不是?谁跟你说话了,你在跟谁说话?"

"我,这位老人……不是你问我们的吗?"我急忙问老妇人。老妇人哑巴似的还在压水,真像什么也没说。希曾吃惊不小,希曾以为我今天精神失常。老妇人、村姑、那孩子漠然如初。这时候,那头奶牛高昂着头就突然吼叫了一声,声音雄浑跌宕,悲壮苍凉。妩媚的牛眼无限怨艾地看着我们。于是我们就跌跌撞撞地走了。

永远的高天亮出一块方方正正的明澈,在那下面,我们踏上了古塔的墟址。

墟址大约高出地表十余米。可以想见那宝塔没有坍倒时的雄姿。青砖绿瓦,断壁残垣,枯枝败叶深可盈尺。看得出这里已是许久不见人迹了。我狐疑不已,这里并非难抵之境,何以杳无人烟?

希曾稀奇,叫花子似的四处乱拣。在掀起一块橙绿色的辽金琉璃瓦当的时候,他就突然大叫了一声。我从美妙神秘的感觉中猛然被惊醒,歪脖去看。那时候,悠久的阳光,正从遥远的古代温暖地照下来,橙绿色的琉璃瓦当金碧辉煌光耀灿烂。一条硕大威严的雕花大蟒傲然探出了碗口粗的身子。大蟒白额赤睛黑质黄鳞,仙风道骨气宇轩昂。希曾被唬得魂飞天外,我吓得骨软筋酥屎尿全无。

我实在回忆不起我们是怎样离开那里的,只是在面无人色气喘吁吁的时候,才发现我们已逃出百步的距离。我的眼前犹然金灯银灯乱转。希曾说,玩儿命是不是?今儿个算长见识了。我惊魂甫定,喘着气说,我们走吧。

我们就走了。我们走的时候是夕阳下山的那一刻。姣好的阳光永恒地从天边流落,无遮无蔽的大地慈祥地露出贞洁的古铜色乳胸。我和希曾淌着满身的臭汗,和我们肮脏的肉体一道,在这贞洁的古铜色乳胸上残酷地向前践踏。当我们无耻地向前张望的时候,不远处金光四射的城邑正从灰蒙蒙的雾霭中舒缓地展现出来,恬适地迎着我们贼溜溜的双眼。

那时候,幽深的古堡就这样明朗地摆在了我们的面前。尽管我们像落水狗一样筋疲力尽,而当它突兀出现的时候,我们焦灼的欲望即如决堤的洪水一样奔涌而出。我们高兴极啦。

羊肠小道曲曲弯弯。小风厮磨耳鬓,频频送来古代的暮鼓晨钟。悠扬的箫声几百年绕梁不断,万军驰骋铁马啸啸千里平原血色如染。我和希曾精神亢奋面色红润,如儿马一样踊跃而进。古堡愈来愈近,我们愈来愈远。道路坎坷,前途光明,我们信心倍增。

一个白髯老头在我们前面一闪而过。他说:载驰载行,快哉疲命。

我们经过的村庄又重新回到了视野。我们沿着刚刚走过的路又重新走了回来。在神秘驴车送我们的那条绵长的小道上我们趋步如奔。空气甜蜜可餐,古音悠扬可闻。

那时我们就突然加快了速度,神经兮兮神秘兮兮。两旁风物匆匆而过,朦胧迷离杳不可观。我们身边充满悦耳动听的喧哗。恍如隔世似曾相识,大天渐渐杂乱无章,太阳歪歪斜斜摇摇欲坠。

一个粗鲁的男声突然断喝,到站了,到站了,下车下车。

我愕然不知所以,身边人群鱼贯而下。希曾推了推我说,怎么咱们坐上了回来的汽车,闹鬼了不是?

我这时才稍稍清醒过来。我们真的不知怎么就坐上了回来的汽车。这是终点站,这是人烟稠密的县城近郊。哦……

古堡渐渐离我们远了。悠久的光芒披金般洒在它的四周。清明的氤氲地气此起彼伏。人间大道纵横古堡前后。几百只金色乌鸦盘桓在它的上空。我含着眼泪回头顾望,心如刀绞头痛如裂。

希曾非同凡响地走了过来,说:"我们理应有此遭际,我们必然有此遭际。"

那时候,古老的阳光正温柔地照在我们的脸上。

1990年夏于复旦大学作家班

庙会

秀兰收拾停当，抻抻大绒夹袄，镜子里照了照，显出窈窕身段，就抿嘴儿一笑。

春芝挎着篮子进门，见这模样就乐了，拉着秀兰的手说："哟哟，相新郎呀，打扮这么俏。"

秀兰脸红了："又羞答人了，光洗把脸，算哪门子俏！"

"咂，洗把脸都把咱比没了，我要是男人哪，非把你吃喽！"

"行啦行啦，你这张嘴呀我算服了。趁早咱快走吧。"

秀兰和春芝就上了路。

日头白白地在头上挂着，几朵云彩慢悠悠地在蓝天里走。微风丝丝吹过来，亮着露珠的百叶草簌簌地晃着头。

秀兰一身红，春芝一身粉，两团火似的在路上摆。

离镇上近了，两人都出了汗。

庙会才开始，异常热闹，五行八作，三教九流。镇上最热闹的就数庙会了。庙会紧傍着的就是娘娘庙。娘娘庙赶上庙会集日香火最盛，三屯六寨、十里八乡的善男信女都来娘娘庙进香讨吉。庙里大慈大悲救苦救难的观音娘娘保佑着方圆百里的平安，谁敢不敬谁敢不恭呢？娘娘庙其实是个小寺，和尚只有六七个，加上火工护院杂扫也不过一二十人。这儿远离都市，偏疆野国的只一个小镇，一个庙就是辽远的嫩江岸一处名物了。

秀兰和春芝不是来逛庙会的，是到娘娘庙拜观音的。

秀兰上次庙会就来了一次，那是自己一个人儿。回去后喜眉喜眼的，说下次庙会再来。春芝见说，觉得挺有意思，何不也拜拜菩萨，就让秀兰喊上自己也来了。

集市上人一个挨着一个，两人挤了半个时辰才到娘娘庙前。秀兰掏出个红包，拿出钱来在杂货摊上买了两包香，然后挽着春芝踏上了台阶。

观音大士的彩塑金碧辉煌，栩栩如生，极具精神。左手托着净瓶，右手拈着柳枝，座下莲花台气韵飞动。身边金童玉女憨稚可掬。金身两厢四壁门首却很平常，漆迹斑驳，尘灰满布。可不难知道，都冲娘娘来的，都信娘娘，照顾不了许多，就娘娘打扮得好。这般朴拙的虔诚反显出不和谐来。倒是两副对联还算醒目：

　　善为至宝，一生用之不尽
　　心作良田，百世耕之有余

另一副是：

　　人天路上作福为先
　　生死海中念佛第一

香亭上插好了香，秀兰、春芝倒身便拜。这时耳畔清脆地响了两下——"当当"，是让菩萨感知布施的铜钲的敲击声。两人抬头望去，佛像旁板板直直立着一个年轻和尚。和尚白净清秀得锦人儿一般，见秀兰、春芝抬头望他，便莞尔一笑，露出排玉似的两行牙齿，合掌道："多谢两位女施主，云如这厢有礼了，阿弥陀佛。"这和尚叫云如。

秀兰微红了脸，说："佛门净地，我们又来搅扰了，有罪有罪！"

云如道："哪里哪里，施主太客套了，山门逼仄，玉趾践临，佛光普照，觉海慈航。小僧代方丈致意了。"

秀兰听了扑哧竟笑出了声："全是敬菩萨，我们别都客气起来了！"

云如又是莞尔一笑，细眼痴痴地望着秀兰。

春芝恍然觉得诧异，看看秀兰，又看看和尚，眉眼间的意思不太寻常。哦，怪不得秀兰上次来娘娘庙回去就眉开眼笑的，敢情这是……这……这和尚这么俊俏，准是两人看上了，哎呀这事……想到这儿春芝不觉自己脸也红了起来，手捻衣襟露出慌乱。

云如说："两位女施主，赶了半晌路，一定很乏了，不妨到精舍歇歇。"

秀兰轻声推辞："不啦，法事繁忙，怎敢打扰，我们这就要赶回去哪。"

云如说："两位女施主菩萨已拜，虔心已表，到禅宅一坐又何妨，待用了午膳回去也不迟。"

"这——"秀兰为难地看了看春芝。

春芝更慌乱起来。这和尚要请到禅房歇歇，一般香客哪会这样，看来秀兰与他定非一般了。"那……秀兰你先去坐坐，我要赶紧着到集上买点东西，扯块布，买把筷子，称几斤盐，再给小孩儿……"

"如此说这位女施主就去忙自己的，小僧就不耽误了，买办得了到寺里小坐便是。"云如接住春芝话头说，"这位女施主若不嫌弃，就先到精舍坐坐。"

秀兰说："那我就讨扰了，春芝你买完了东西就来喊我，不敢太晚回去呢。"

"哎哎，我先去了。"春芝挎起篮子，倒着小步出了庙门。

出了庙门，春芝就松了口气。"是这意思了，"春芝心说，"我的妈哟，秀兰这寡是要守到头了。可这和尚……"

头次到娘娘庙烧香的时候,那也是一个好日子。秀兰插好香,刚要倒身拜,眼睛的余光见佛像后忽然转出个漂亮的年轻和尚来。秀兰心里一动,胡乱拜了两拜,起身时,一双僧鞋站在了面前,正是年轻和尚。和尚说:"施主是第一次来吗?恕小僧冒昧,施主可为亡夫祈祷,可为自家求佑吗?"秀兰一惊,心嗵嗵跳,慌慌地不知如何回答好,抬起眼来,低着眉说:"正是,师父慧眼如神哪。"和尚说:"不敢,小僧每在菩萨左右,却未见施主来过,因料此是初次。施主眉宇间潜藏悲戚,敛容趋步,形单影只,料有轻孝在身。施主云鬓鬆挽,服饰鲜丽,风姿绰约,料亡夫期年有半。施主投举盈雅,动止有宜,肌肤润如脂膏,流光溢彩,颐貌艳若芙蓉,含芳吐瑞,眸领春波秋水,唇展丹玉英华,料青春正好,光阴苦度,求祈前途。得罪得罪,阿弥陀佛。"和尚出口成章,嗓音铿锵悦耳,秀兰听得出了神,不由问道:"师父正是料事如神哪,敢问师父法号怎么称呼,侍候菩萨多久了?"和尚回答:"小僧法号云如,十二岁出家,奉天普光寺事佛九载,后普光寺为兵燹所焚,遂投身于此,尔来三年矣。"秀兰屏神凝气,听着,说着,不觉过了一个时辰。香客越来越稀,眼见日头贴近西山,秀兰才猛地觉出不安来,腾地红了脸,说:"时候不早了,打扰了师父,该回去了。"云如说:"可用了斋饭走。"秀兰摆摆手说:"不啦不啦。"俯身捡起篮子。云如送出山门,说:"愿下次庙会,再见施主。"秀兰心慌意乱地回到家。眼前成百成千次地浮现和尚俊俏的笑脸,耳边成千成百次地响着那句话:"愿下次庙会再见施主。"秀兰心打鼓似的敲。真没见过这么俊这么秀气的和尚,怹好的一表人才咋就遁进了空门,秀兰想。整天介挂记,这心哪都叫他给牵去了,秀兰又想。这是遭人闲话的事,做不得呀。佛门净地,哪容了这样的事,做不得。可怎么好?庙会不能去了,庙会不能去了。想着,念着,就到了下次庙会的日子。可不知怎的,心说不去不去,却又不知不觉地打扮起来,又喊上了春芝。

云如引着秀兰穿过厅院,来到左厢一个方丈大小的禅房。

云如让进了秀兰,指着个榆木凳子请秀兰坐下,说:"施主见笑,僻乡小寺,只这么几个出家人,凑合着守个清贫。"

秀兰坐下,打量着屋里的摆设,两把凳子,一具蒲团,一张禅床,一张禅桌,禅桌上几本线装佛经和两三个碗碟,地下一只水罐另一些杂物。秀兰说:"师父这里也是简朴,真正六根清净呢。"说完,看了一眼云如。

云如也正望着秀兰。云如说:"阿弥陀佛。唉,什么六根清净啊。"他神色凄然,"大千世界,春华秋实,若无非常变故,哪个愿来此苦守寂寞,枉度了一生!"

秀兰煞是吃惊,怎的云如竟出此言语。云如见秀兰诧异,苦笑了笑,说:"施主听我这般胡说,定觉奇怪。而小僧却是肺腑之言。本寺受戒僧徒共六人,除了愍慈方丈哪个不是半路出家的,或逃债,或亡命,或乞食,都是万般无奈,走投无路的。"

秀兰说:"师父不是说十二岁就出家普光寺,后来普光寺被兵火烧了,就投这儿了吗?"

"那是施主问,便常的回答。"云如说,"小僧家本在奉天,父亲供职军伍,镇守城关。母亲出身闺秀,谙熟诗文,家中教训小僧。生活倒是太平。后来起了战事,父亲出征北京,在一场大战中不幸阵亡。母亲带着我守寡两年,后改嫁一名政界要员。那人死活不肯收留我,便许愿把我送到普光寺,待长大后还俗。谁料继父只图母亲的美貌,并无真心,时间久了,非打即骂。母亲性情刚烈,不堪其侮,气极之下一病不起,奄忽而逝。这些事我是后来才听说的。那时我已十四岁,明白了许多世间的道理,普光寺弘信方丈对我极好,一时无还俗的念头。又七年后,奉天城骤生兵乱,偌大一座普光寺惨遭焚掠。弘信方丈大恸号啕,遣散众僧,给我写了封书函来投愍慈长老。我离开普光寺的第二天,弘信方丈便溘然坐化了。"

云如讲到这儿,眸子透出泪光。秀兰眼角也湿了起来,忙扯出手巾擦了擦,说:"到这儿会好点吗?"

云如接着说:"这里虽也不断香火,但山低庙小,屋窄人稀,除愍慈方丈,没有懂经的,菩萨也只供着观音一尊,与高山名刹比起来,实在愧称释门。久了,哪里修炼成罗汉果,倒平添了无边的烦恼。不怕施主笑话,如我这般年纪,寺里并无二人。故此才说清苦寂寞,实在虚度了青春。"

秀兰痴痴地望着云如,直如说书馆听大鼓词一样,早忘了自己是在哪儿了。秀兰恍然觉得云如手足般熟悉了。秀兰眼睛红了,紧着用手巾擦眼睛。

秀兰说:"师父原来这样命苦。我只道咱这小民百姓妇道人家命里注定一世受苦呢。既是这样,师父也怪可怜的,以后的日子还得过吗?"

说到这儿,秀兰觉得失了口,脸腾地又红了,但话儿早飞了出去。今个儿怎么了,今儿个秀兰总是这样。

云如见秀兰如此说,锦玉般的脸上也染上了红晕,脖子鼓鼓地涨起来,两手颤颤地抖个不住,鼻尖竟渗出闪亮的汗珠,将皂布直裰擦了一下,更显出皎洁。

秀兰水一样的眼睛迷离地望着云如,心怦怦跳得翻了个儿,大绒夹袄裹着的胸脯一起一伏。

云如跨前一步,猛地将秀兰的手握住。

秀兰浑身一震,双肩搐紧,羞鹿似的慌张,白白的脖子脸顿起飞霞,整个人儿红成一色,竟缎子般软在云如怀里。

洋洋的暖风吹得窗户扑啦扑啦响,草丛里的蝈蝈嘤嘤叫个不停,双飞的比翼蝴蝶门前轻快地闪着翅膀,葱翠的杨柳枝头竖着一个个粉红的蜻蜓。

云如捧起秀兰的脸,低下头,轻轻地将火烫的嘴唇贴上去,两颗晶莹的泪珠滚落腮边。秀兰微闭着眼睛,鼻翼翕动,绒毛淡淡的嘴角急促地嗫嚅着,发出绵长醉心的呻吟……

这时,一阵脚步声嚓嚓传了过来。云如耳尖,忙松开秀兰,展平直裰,双手合十,背对房门,念了声"阿弥陀佛"。秀兰慌慌地拢拢头发,垂下脸,掩住激烈起伏的胸乳。

门被推开,白亮的阳光晃晃地照满一屋。"云如,不吃饭了吗?呃……"

进来的是个三十多岁的和尚,红脸赤鼻,五短身材。

云如回转身,望着和尚说:"师兄,这位女施主是我俗家远房亲戚,今找我来祈禳魔障,说解因缘。既到用膳时分,一道去吃了斋。"

和尚说:"请女施主一道去罢。"眼睛却直直地望着秀兰。

云如说:"这位师兄法号空名。"

"讨扰净地,有罪有罪。"秀兰忙道个万福,就随着来到膳堂。

云如瞅空子对秀兰说:"咱这僻地小庙,全没规矩,不必拘束。只当乡里人家,不讲章法,施……秀兰……你不要见怪。"

秀兰睨了眼云如,一个浅笑,说:"既是讨扰了,哪敢讲究。"

连和尚净人一二十个泼杂杂坐了一地,喝着稀粥吃着粗菜。见秀兰来,都递过眼光,表情怪异。云如也不解说,拿只瓷碗盛满了捧给秀兰,低声说:"凑合着吧,佛门无欲,忌腥忌荤,不怪!"

秀兰接过碗,闻了闻,一股霉沤味直冲腔肺。这饭怎么吃呀,心说。又不好推托,就硬着头皮喝了几口。

眼看时候不早了,春芝买罢东西,人堆里转悠几遭,庙门口又等了等,实在耐不住了,便径直进了寺院。碎石路上正碰着云如送秀兰出来。

"还没吃饭吧,春芝?"秀兰脸上罩着一抹羞红,望见春芝忙说道。

"吃了吃了，才吃块切糕。那你……"春芝却慌慌的，倒像自己做了什么。

"真过意不去，这位师父留着吃了晌饭。"秀兰立住身说。

云如和春芝打过招呼，又送到庙门，就止住步道："两位施主慢走，小僧不远送了。"

太阳这时候最烈。两人边走边擦汗，边擦汗边走，却都不说话。

快到家的时候，秀兰说："你看这庙会好吗？"

春芝眨了眨眼，一笑，说："好。这庙会可真好！下次呀咱们一定再去。"就进了自己的院。

秀兰怔了一下，也回了屋。

和尚们都聚过来逗云如："师弟怕要还俗了。六根清净，却是'意根'不净。四大皆空，唯'色'不空。"

空名说："方才来的娘子可算是香客中最有姿色的了，咱这小山门怕见得不多。结交此等女流，就是还俗，也不枉了。云如师弟容仪俊美，才情备具，我佛慈悲，不会怪罪。"言罢叹了口气，悒悒合掌，念声阿弥陀佛，又道："苦海无边，回头是岸……"

"你们在讲什么？"一个慈颜善面、须眉霜白的老和尚站在眼前。

"方丈。"和尚们止住了喧哗，拾掇好衣履，各自散去。

"云如。"憨慈方丈喊住了云如。

"师父。"云如亮着眼睛看憨慈，鼻尖上迸出一层汗珠。

憨慈爱怜地端详了一阵云如，什么也没说，转身回了方丈室。

该是六月了。秀兰在热烘烘的晌午里晒得了陈衣旧被，就打起麻绳。按节令要做鞋了。袼褙早糊好了，鞋样儿也是现成的，打好麻绳就差纳鞋底了。线锤从梁柁上吊下来，滴溜溜打着转儿。

秀兰拧身盘腿往怀里拢着麻绺子。飞绒落到脸上痒酥酥的，绷紧的索子来来回回摩挲着秀兰鼓胀胀的胸脯，撩得秀兰一阵阵晕醉。打着打着，秀兰就眼神儿迷乱起来，打不下去了。这时候，窗外叽泠泠响起草虫的鸣叫。秀兰身上泛热，汗快打湿了短衫，就解开了蝴蝶扣儿，轻轻脱下来。秀兰扯过毛巾在白白的胳膊上捺了捺，吸去了汗，却见丰柔的两乳间积满了晶亮的水珠，就又点了点。秀兰见自己身子一起一伏的，眼看兜肚就护不住了。秀兰忽儿感到整个身子嗡嗡轰轰地响腾起来，又是一阵晕醉，就放下了线锤。秀兰靠在被垛上，脑子里又闪出那个人儿。秀兰一点一点地忆着娘娘庙的事。怕半个月没赶庙会了。已经错过一次，秀兰不好意思跟春芝说啦，倒是春芝提醒着，春芝怪好的，秀兰心说。可秀兰实在不好意思去。就那么扭扭捏捏地错过了一天，秀兰立刻后悔了。秀兰后悔了，就过了半个月。这不，要做鞋了。秀兰给谁做鞋呀，秀兰无夫无儿无长无幼，秀兰是无鞋可做的。可秀兰还是打起了麻绳，糊好袼褙，翻出鞋样儿。秀兰看过了，那双脚就这么大。秀兰就做起鞋来。秀兰想着那张脸，描着那张脸，心疼得不行。秀兰越想越厉害，恨不能倒在炕上哭一场。猛丁发现自己裸着肩背敞着怀儿，登时羞慌了。大天白日的，亮着窗户，秀兰坐直身朝外看去，眼睛即刻张大了……

云如心数着日子。庙会早过了，不见秀兰来。做了许多揣度，又打消了许多揣度。云如抱定秀兰挂着自己。坐禅不能入定，念经总是拗音儿。云如想着的只有秀兰。梦里，秀兰笑盈盈地向自己走来。

做早课的时候，云如茅塞顿开，醍醐灌顶，心明眼亮。秀兰咫尺般出现在他的眼前。秀兰蹙额皱眉，茕茕孑立，不洗不漱，不梳不照，忡忡地想着心事。秀兰走出房门，向娘娘庙方向张望，满眼哀怨，满目春情。屋里屋外收拾利索了，秀兰就盘腿上炕，绵软无力地做起活来。

云如心定了，打个主意去吧。他就禀方丈个理由，怀里揣些洋元，踱进市里，买身便装换了，奔上大路。

天光和暖，景色怡人。云如脸上漾着笑，脚下伴着红尘。

行人不多，走得快，没觉着怎么就到了村上。

云如眼前闪着路，眼看来到了一幢草房前。

齐肩高的秫秸障子围在四周，成了个整规宽阔的园子。鲜艳茁壮的花草蔬菜含芳吐绿映成妊紫嫣红。门侧一口水井青幽幽蒸气氤氲。屋檐下两只家燕啁啾啼哢啄着新泥。母鸡扇动翅膀咯咯乱叫。小猪四脚朝天晒着太阳。

云如见此景象，心里涌上一阵甘甜，不禁朝敞开的窗子望去。

秀兰嫩白的肌肤这时正裸在云如眼里。大红抹胸火团一样烧着云如的眼睛。秀兰斜仰在被垛上，酥柔的身子跌宕起伏。云如痴痴地看呆了。

恰此当口，秀兰挺起身向窗外张了一眼，顿时凝住了。

秀兰以为花了眼，以为自己在做梦。当云如疾步向院子走来的时候，秀兰终于明白这是真的。

是真的。云如了知秀兰所想所思的一切。云如忘了自己是趋是行，却早进了屋子。

天哪，秀兰心都要蹦了出来。这冤家怎么想着想着就来了呵。秀兰蹭下炕，趿着鞋，慌乱地抓过小褂，刚刚披上，风一样就被一双胳膊紧紧地扎住了。

云如搂着秀兰绵如春柳的身子，止不住地狂抖，怎么也平静不下来。秀兰伏在云如怀里酣痴迷醉恍若五里雾中。秀兰和云如就这样搂抱着半晌不曾分开。终于，秀兰抬起头，游丝般地望着云如说，怕有人来，关了门窗。他们就松开身，闩了里外门，又合了窗子。两扇窗棂各贴着一只彩蝴蝶，恰成了一对。

秀兰缓缓地解下衣服，凝脂般的身体瓷雕一样照在云如眼前。

秀兰侧肩斜卧，隆乳丰臀，股腹暄润，躯背圆柔。云如呆住了，半晌才醒过神来，张臂滚在秀兰皎洁鲜活的身上。

炎阳如火，天地流光。静悄悄里夹杂着轻微的哔哔剥剥。赤白的温热笼着远近蒸腾腾的燥裂，偶尔传来人家的几声狗吠，生生动动的满村子响应。窗棂纸时不时扑啦啦抖两下。房后老榆树上的喜鹊叽叽喳喳叫个不停。

云如将头埋在秀兰的乳上，婴儿似的摩吮着。秀兰一双手温暖地抚摸着早已成熟了的云如。忽然，秀兰呜呜咽咽地啜泣起来。云如吃惊地抬头盯着秀兰的眼睛，问道："怎么，我惹你生气了？"

"没有，"秀兰说，"我是想啊，你一个出家人，破了戒条，佛法不容不说，这样下去总没个长远。日子久了，怎瞒得住，我也不好做人哪。为这，我是可怜自个儿命苦哇！"秀兰悲切不已。

"不要哭了，不要哭了。"云如着了慌，扳过秀兰的脸，轻轻吻去簌簌淌下的泪水。"那，秀兰，你说该咋办，我听你的，还不行吗？"

"你知道那么多事理，怎能听我的呢，一个女人能管得了男人？"秀兰摇摇头，悲犹未已。

"听你的，真听你的。什么佛法呀，我不是跟你讲过，我是无奈才出家的吗？"云如瞪大眼睛说。

"那呀，你要是听我的，我……我要你还俗，在家当个居士，不耽误念经信佛，你答应吗？"

"我早这么想了，"云如一阵高兴，"就是不知你的意思。你真愿意我还俗吗，真愿意吗？"

"愿意，愿意。"秀兰坐起身，"你答应了，是吗？"

"是。"云如说，"我还俗。我们一道过日子。我养活你。我们一直过到老。"

"过到老……嗯，过到老……"秀兰抱住云如，笑了。

云如也笑了。

憨慈方丈手抚在云如头上，说："既有此心，必有此福，佛门广大，庇佑众生。你素心慧睿，耳目聪明，姿仪俊秀，倜傥风流，命在凡尘里，不宜遁空门。"

云如汗流浃背，叩拜涕零。"师父。"云如不敢抬头，"师父，云如仓皇亡命，皈依菩提，蒙师父不弃，沐浴甘露，感受佛光。叵耐厕蛆窘于芝室，蝇蚋不堪庙堂。今云如罪还俗里，心犹在我佛，祈为居士。"

憨慈呵呵大笑，道："弟子若怀善守慈，秉承佛训，为师也不枉了一番苦心。去罢，去罢。阿弥陀佛。"

云如站起身，拜辞师父。又与师兄们话别，也是难舍难分。

空名握着云如的手说："师弟，你今番还俗，早在师兄们眼里，只是不料这么疾。既去过快活日子，修身养性，施行善道，必得正果。然而富乐之时，亦别忘了师兄们觉海竞渡，禅悟遥期呀。"言讫泪下。众人也唏嘘起来。

云如不忍，扭过身去，将自己用的一应什物散给大家，只留了几本佛经装进搭袋，斜挎在肩上，依依出了庙门。

春芝把剪好的一堆大红"喜"字和神福符箓摊在新铺的炕席上，看了又看，就咯咯地笑起来。"你看，秀兰，这幅'百子花生'比买的还好呢。"

秀兰把蘸着白土的擦布丢进瓦盆，迈下凳子，凑过去，喜得弯了眼，说："亏你这么巧，眼气死人啦。彩纸够不，最好把'童子拜寿''鲤鱼跳龙门'和'灶王爷'也剪出来。"

"我想着哩，连'门神'也没拉下。赶上我结婚了，要说眼气呀，我更眼气你哪。"春芝拍拍手，倚着门框，抓把瓜子嗑了起来。"这几团白土真好，刚刷上就干白干白的。"

"敢情，往常挖出水来也掺黄，这回倒碰上运气了。"秀兰四下看了回墙，也不禁乐开了嘴。

"咱孩子都比炕沿儿高了,也没这么亮堂过,真是的,馋煞人了。恁俊的情郎哥儿,就该住这样的屋儿。哪像咱那口子丑八怪似的。"春芝吐了口瓜子皮说。

"看你说的,我哪有那么好的命。苦了这么多年,凑合吧。"秀兰故意平平淡淡地说。

"哟哟,还不满足哇。哪是苦哩,好时候等着你呢,这不到了。啥人啥命。"春芝又吐了口瓜子皮,"哎,我说,那人儿是不是该来啦,就这两天吧?"

"是吧。大后个儿逢双,再下去就单日子了。"秀兰瞭了一眼皇历。

"这月这个日子最好。"春芝说。

"嗯,这日子最好。"秀兰说。

云如离了集镇,背着搭袋,取大路而来。这条道云如早走得惯熟,今日更不觉费力。阳光洒下来,披了一身。草露刚刚褪尽,满甸子爽清。虫儿鸟儿吱吱喳喳叫个正紧。云如心中欢喜,脚下生风,嘴里悠然唱道:

> 五更里的月亮弯作一轮
> 哥哥我自幼进了庙门
> 禅堂念经(那个)十三载呀
> 小童儿转眼变成大人
>
> 燕子双飞(哦么)不离群
> 蒲团上打坐我细思寻
> 冬去秋来(那个)催人老哇
> 可怜虚度了好青春
> ……

正唱着，远处一缕舒曼幽婉的歌声如烟般传了过来：

> 东边下雨（吔么）西边晴
> 姐姐我裁纸糊窗棂
> 忽儿想起（那个）伤心事呀
> 守着空屋坐到天明
>
> 缸里没米（吔么）心不宁
> 无夫的日子不太平
> 手搭凉棚（那个）望大路哇
> 狠心的冤家你回了几程
> ……

云如循声望去，村口春柳样立着个人。云如一眼辨出那是秀兰。秀兰红妆绣袄，袅袅婷婷，顾盼生姿地迎着云如来到身边。"瞅你……"两人就抱在了一处。

一个天光朗白的日子，云高影淡，田野铺金。大路上咔吭咔吭响着清脆的蹄声。秀兰端坐在驴背上，弯眉樱口，恬适安宁。云如身着靛青夹袄，脚蹬密底布鞋，一旁稳稳地跟着。

"庙会早开了吧，咱得紧走点呢。今儿个人七，烧香的准多。"秀兰说。

"赶趟儿，你有身子啦，急了怕颠着。"云如说，回过头，轻轻拍了下，"驾！"

小驴嘚嘚放快了步子。

1991年圣诞于复旦园

风瘫

她用力地展开自己的双腿，仰躺在那块青石板上。这时，劲嗖的谷风就穿过她的身体，呼号着刮过。她感到一阵被冷水浇头和暴雨淋身的凉意，不由连打了几个寒战，身上起了一层鸡皮疙瘩。

欢儿孥着小手向她奔来。"妈，妈！"嫩得像豆腐似的奶声揪着她的心。她哎哎地迎过去，俯下身一把将儿子搂住，哑哑地在小脸蛋上亲个没够，疼得眼泪都淌了下来。

柳嫂端过一碗新擀的面条，放在床边。解下毛巾替她擦着眼泪，说："想儿都想疯了，咋就不知心疼自己……来，吃点东西，看腮帮子都塌下去了。"

婆婆离这儿就半顿饭功夫。婆婆说："就算姜家的人，断了根的瓜，有什么用，还不是摆设！"小姑吊起眼说："人都妨死了，又榆木疙瘩一块，还觍脸活着。"

宫妈用白纸青布剪了个符，低着声告诉她："缝在小衣里，忌点荤腥。七七后我有法儿。"

丈夫岫岩临进山前，走了三遍，末了还是抓着她的手看她。她说："我的右眼跳得厉害，就别去了吧！""眼睛跳也没那么铁准。男左女右，是跳财呢。"她央求说："还是别去了吧，不差这一担！""多砍一担，攒足了，给你扯块格布做衣裳的钱就有了。"说着，在她额头上亲了一口就走了。

这是第十五回了。她感到身子有了异样，腰酸腿麻。总共有两个月了，这次月信四天没见来。她努力展开自己的双腿，闭上眼睛深深呼吸，不放过一丝刮过她的潮冷劲嗖的谷风。

四年来，她每季做一套小衣，板板正正地叠放好。"欢儿"是她起的名。这名多好听，又甜口又吉利。她想着，一天不知要亲亲抱抱欢儿多少遍。

柳嫂有空就来说话。柳嫂说："总这么死守着也不是事儿，你这么年轻，长得又好。"她赶忙说："快别这么讲，哪敢有那份心思。这辈子也不敢做对不住岫岩的事。传出去还咋活！"柳嫂就闭了嘴，脸上也红起来。

初七祭日。婆婆在市上买了三牲祭品，又准备鸡鸭鱼肉，蒸馍酿酒。儿孙们都回来，族人也请来不少。公公叨咕说："大媳妇不找回来，叫人笑话！"婆婆说："找她做甚？儿子不在了，她肚子给谁留着？哼。"公公说："人家也没说改嫁，不是挺好地守着吗！""怕还没碰着可心的，"小姑说，"她长得那么好，过路客都看两眼，还能安分，守到老再找她？"

宫妈说："收拾收拾，领你到庙里拜拜。就有法了，保你高兴。"于是她拾掇好了，跟宫妈到奶奶庙拜了四方菩萨八路神仙，烧了几炷好香。

岫岩走后，她的心就嘀嘀跳个不行。活儿也做不下去了，一遍一遍地出门望。傍晌午的时候，眼见一群人向家里奔来，她心一翻个儿。还一箭远，她就看到了被抬着的血肉模糊的岫岩。她啊地大叫了一声，没命地扑过去，哭倒在岫岩身上。

青石板凉了些，可不能动，就这块青石板。还不能垫东西，冰就冰点吧，好事都得苦磨一阵。现在，她觉得凉嗖的谷风像针一样袭进她的腿根，钻进她的小腹里。快三个月了，她的下身麻得越来越厉害，用手掐一把，也不觉疼了。

她想象中的欢儿越来越离不开她了。她多少次梦见欢儿"妈，妈"地唤她，嘻嘻地滚在她怀里撒欢拱她的奶。她吃饭时总要煮个鸡蛋放在那个给欢儿准备的碗里，欢儿的小凳子就放在她身边。她多想请个画师把欢儿画下来贴到墙上。

柳嫂抱着儿子石头儿来。柳嫂说："想儿子，就让石头儿认你当干妈吧，算咱俩的，还不都一样儿？"她听了直流泪，推辞说："那哪行，自己的儿就是自己的儿，哪能夺你的，让外人听了多不好！""唉，"柳嫂听了，擦擦眼角，"你整天这副样子，让咱姐妹儿见了怪揪心的。"柳嫂就哽咽起来，"想开点儿，将来再……"柳嫂说到这儿又止住了。

小姑咬着婆婆的耳朵说："妈，听说她用那个老法儿了。""老法儿？"婆婆一惊，"你是说……"婆婆张大了嘴，"灵是灵，那法儿没人敢用，成了人也完了。老早就没听人说谁再用那法儿了。"

回来后，宫妈悠着腔说："这可是老祖宗传下的绝招，百用百灵。不过得心诚。"宫妈紧盯着她说："咱这儿没有比你心更诚的啦。"她催道："我的好宫妈，你快说呀！"宫妈说："后山谷口有块青石，早年间都叫孕儿石。这石头是女娲娘娘补天时剩下的，就扔在这儿了。凡寡妇没届四十的，心要诚，择双日子，辰时巳时，躺在石上，脱掉裤子，分开两腿让谷风吹自己两时辰。青石就会把谷风吹来的你丈夫的精气吸进你肚子里，满三个月，就能怀上，比他在时生的还好！"宫妈一脸神秘，说得高兴，又补上一句，"男人的坟离青石越近越好。岫岩埋在哪儿？"她坐直身子，亮着眼睛说："就埋在谷口。"

岫岩砍柴时不慎跌下了悬崖。她像塌了天一样，哭得死去活来。没了主心骨，没了岫岩。可还得活着，还得葬好岫岩。岫岩砍柴时每天在谷口转，总夸那儿风水好，唉，就葬在那儿吧。岫岩就葬在了谷口。

算上这次就满三个月了。她的腿木得快走不动路。小肚子和腰胸确实硬邦邦的,便尿也不爽利。难道这是怀上了?快怀上吧,她有点挺不住了。眼看着天阴了下来,要有雨,谷风更大了,从她叉开的双腿间刀子似的嗖嗖刮过。她感到一阵眩晕和恶心。她劝自己,挺住。轰隆一声,一个响雷打了下来,紧接着瓢泼似的大雨哗哗地浇到她的身上。她忍着挺着,突然就什么都不知道了。

她只要有欢儿这样的孩子,就什么都满足了。婆婆也能认自己了,自己能大大方方堂堂正正地牵着儿子的手坐在婆婆家属于自己的位置上。都三十出头了,早该做妈了,要是岫岩不……想到这儿她就哭了。

柳嫂越来越不放心。柳嫂知道她在做什么。眼见她身子一天坏似一天,这哪是怀孕的征兆,她这不是坐病了吗!那法儿灵么?谁见过?宫妈也未准就见过。这天看看就阴了下来,我得瞅瞅去,山里雨大,激着了还不要她命。柳嫂想。柳嫂喊起男人就出去了。

公公说:"一哄哄的说大媳妇做风孕,那是要命!明儿你们娘俩去劝劝她,别再去了。"婆婆说:"别去了?怕要成了。你想绝户?她这才是明白人!"

宫妈说:"就这样子,快了。咬咬牙,再挺几次。我给你摸摸。"摸了,宫妈说:"差不离儿了,我怀孩子那阵儿,腰腿也硬邦邦的。还恶心?那就是了。"

她和岫岩恩爱了一场,还不到半年。岫岩的影子老在眼前晃。岫岩常给她托梦,说:"我在那边也惦记着你,可别忘了我呀!""给我生个儿子吧。"岫岩笑嘻嘻地亲着她说。"美的你!"她点着丈夫的脑门说,"今年多做点儿,明年,明年行吧!"

她昏睡了三天三夜。醒来的时候,她不相信自己还活着。欢儿、柳嫂、公公、婆婆、小姑、宫妈,还有岫岩,她什么都忘了。她只觉得自己有一颗能转动的头、能看人的眼睛、能说话的嘴。

她没了从前的年轻、从前的俊俏、从前的生气……她离从前越来越远了。从前,可有不少令她高兴的好日子。

柳嫂守在她的身边。柳嫂也老了。从城里请来了郎中,仔细号了脉,郎中说:"她得的是风瘫。太重了,看不好了!"

后来,她知道了自己的病,是风瘫。

名弹

现在，目标平静地进入他的射程。

"一百。"他嘴角抽动了一下，清晰准确地读出了这个数字。

每次扣动扳机，他都要郑重地从嘴里读出一个数字，就像瞬间后从他的枪膛里蹦出的弹壳一样。"九十九""九十八""九十七"……他就是这么一直读过来的，从"一"开始。

读"一"这个数，那已是十年前的依稀往事了。

狙击营埋伏在狙击的地方。目标稳稳地走进他的杀伤范围。他认真看了一眼那颗子弹，然后拉开枪栓，把它压进弹膛。

头天晚上，武三说，要杀人啦，要祭枪！就把半碗酒喷在枪上，半碗酒洒在地上。

狙击营的人都这样做。

他想了想，掏出匕首，在子弹上咔咔地刻上了自己的名字。

目标到达最佳位置，就站住不动了，好像是向这里张望。他忽然产生了一个念头，这念头令他怦然心动，于是他狠狠地读出了一个"一"字，接着扣动了扳机。

他极清晰地感觉到，那被他读作"一"的目标，弹中在头部，就是额心皱眉的地方。子弹钻进去的时候，那地方愕然皱了一下。

那颗中弹的头里留下了他的名字。

他惜弹如金。他每弹必中头部,必中额心那个皱眉的地方。

他极虔诚。每颗子弹都刻上自己的名字,这是他战前必行的祭礼。

从那个"一"开始,"二""三""四"……直到刚刚读出的"一百"。这中间,已过去漫长的十年。这时,他已是一名陆军上尉。

那次夜间行动。

凄冷的月光森然照在他们疾行的碎石路上。卷地寒风嗖嗖吹过脚面。

哗啦一声,一个白色的东西把他绊得跌坐在地。仔细看去,不禁倒吸一口凉气,一个骷髅头骨碌滚在他眼前。

骷髅头正面对着他,眉心处一个暗黑色的东西嵌在上面。他一惊,抖着手把那暗黑色的东西拔了下来。是一枚弹头。

就着冰冷的月光,他骇然读出了弹头上锈迹斑驳的两个字:铁标。

他的名字。

那以后,一股深入骨髓的阴冷便沉重地笼罩了他。

随着读数的增大,那股深入骨髓的阴冷愈加猛烈地袭进他的心里。他被压得喘不过气来。

在行过第一百个祭礼——在弹头刻上自己的名字后,他发誓:弃武从商。

可是,这颗子弹却突然丢失了。

十年里,他就丢过这一颗子弹。他拔著草占卜,卦象吉。他大喜,更坚定了决心,百数后弃武从商。

这是最后一次了。

他极庄严地行了祭礼:长跪在地,虔诚地刻上自己的名字。

现在，目标平静地进入他的射程。

"一百。"他嘴角抽动了一下，清晰准确地读出了这个数字。

他的手突然颤抖起来，连动作了几次竟毫无反应。

他知道这是心理作用。如被刺了一刀，他猛然觉得自己的军人气质受到了伤害。他恶狠狠地咒骂了自己一声，重新扣动扳机。

几乎同时，他看到瞄准的目标身上白光一闪，一股灼烫的热浪呼地扑到头上，他还没来得及叫出声就垂下了头。

野战医院里，医生沿着他眉心处的弹洞从脑颅中取出了一枚锃亮的弹头，弹头上刻着两个字：铁标。

童男童女

1

锛子十二岁了。

角子也十二岁了。

锛子和角子同日生。那天,锛子妈和角子妈坐在炕上纳鞋底。锛子妈忽觉着裆下水湿,疼了一阵,孩子就生了出来。角子妈帮锛子妈刚忙活完,觉着裆下也湿了起来,用用力,也生下了孩子。锛子爸和角子爸从地里回来,见女人同时生产,都挺高兴,挤进屋争着看自个儿的崽儿。本地风俗孩子落地起名。起什么名?两个男人大眼瞪小眼,不会起名。倒是锛子妈泼势,见地旮旯儿堆着木工家什,瞅准了一件,就说叫"锛子"吧,就叫了锛子。角子妈怕落在后面,见炕梢炕着豆角,就顺嘴说叫"角子"吧,就叫了角子。锛子是男,角子是女。锛子爹妈和角子爹妈觉着生得蹊跷,两家有缘分,就扎亲家吧。两家就扎了亲家。

锛子和角子青梅竹马,玩到了大。

锛子到哪儿,角子到哪儿。

"角子是我媳妇。"锛子心里说。

"锛子是我男人。"角子心里说。

没人敢欺负角子,欺负了,锛子就去揍他。

没人敢嘀咕锛子,嘀咕了,角子就去骂她。

孩子们都说:"看,小女婿,小媳妇。"

上学的时候,两人坐同桌。

锛子考试答不上题,就抄角子的。锛子让老师抓住了,被留了级。角子说我也抄他的了,也就留了级。

放暑假的时候,锛子和角子都帮家里干活。锛子学会了铲地,角子学会了掐尖打杈。

锛子家的地离角子家的地百步远。锛子铲几锄,便张一张角子。角子打一阵杈,借直腰工夫就瞭一瞭锛子。两人干得都起劲,都不歇着。

锛子妈说:"这孩子!"

角子妈也说:"这孩子!"

锛子爸和角子爸对看一眼,咧开嘴笑了,说:"这俩孩子!"

午间歇晌,大人们回去吃饭,说:"他俩在这儿看着吧。"就都回去了。

大人们才走远,锛子就跳了过来,说:"找块树荫儿,咱俩也歇歇。"

他们就找了块树荫,躺下。

四周是深幽幽的青纱帐,只见得头上的青天。锛子躺了一会儿,睡不着,支起胳膊,看着角子说:"咱俩往后是两口子。"

角子说:"现在也是。"

"现在不是。"锛子说。

"咋不是?"角子问。

"两口子要在一起睡觉呢。"锛子说。

"啊,是要睡觉。"角子也说。

锛子忽然翻身坐起,说:"咱们睡一次吧。"

角子想了想,说:"那咱们就睡一次吧。"

两人就并齐身子躺在一块,可睡了好半天也没睡成。

"咱还小吧?"锛子说。

"咱是小哇！"角子说。

"咱往后再说吧。"

"那咱往后再说吧。"

两人背靠背就睡着了。

2

杨球子是男孩子头儿。

朱秧子是女孩子尖儿。

小学毕了业，他们又一同进乡里读初中。一天，县里一辆吉普车迷了路，碰上放学回家的杨球子和朱秧子，他俩指点了迷津，司机一高兴，就用车把他俩送回了家。

村里离乡里太远，乡里离县里太远。村人都没见过吉普车，更不用说坐。

全村都轰动了。

杨球子爸逢人便讲："球子坐了吉普车，知道不？"

朱秧子妈也逢人便说："秧子坐了吉普车，听说没？"

逢到的人都说："这俩小犊子，有福,祖坟冒青烟了,啧啧……"

杨球子和朱秧子就神气起来，脑袋往上抬。

初中毕业两人就不念了。家里不供，这是村里的最高文凭。知足了，不念了。

凭着初中文凭，媒人鬼撵似的挤上门。

球子家穷。秧子家也穷。他们就都忙着定亲，都找富的。

球子说："谁也不要，就要秧子。"

秧子说："谁也不跟，就跟球子。"

两家都不依。球子属猴，秧子属鸡，大人们就都说："鸡猴不到头。"

两家都忙着端盅。端盅就是定亲。

球子急了。秧子慌了。

球子和秧子凑到一块商量。

"现在反对包办,咱要自由。"球子说。

"咋自由?大人都那么凶。"秧子说。

"定亲要登记,乡里管这事。家里再凶,还能凶过政府?"

"对,找政府。可找政府咋说?"

"就说登记。登了记就牢帮了,没人敢破坏。"

"嗯,那咱就去登记。"

两人合计好了就奔乡里。

乡民政助理管登记。听他俩一说,瞪圆了眼,问:"你俩多大?"

"十四,属猴的。"球子说。

"十三,属鸡的。"秧子说。

民政助理哈哈大笑:"呵呵,这俩小尕,你俩玩啥呢!"

"真的!"球子着急地说。

"真的!"秧子流出了眼泪。

"说说咋回事。"民政助理说。

球子和秧子就说了咋回事。

民政助理说:"你们都小,先别考虑这事。家里也没权包办婚姻。这样,你们好好劳动,别管它。回去把我的话讲给父母听,他们要是不听,来告诉我一声,乡里收拾他们。"

球子和秧子都高兴。

球子问:"那我们呢?"

"你们嘛,好好劳动,互相帮助,到了法定年龄我给你们登记。去吧,去吧。"

两人就去了。

路上走着,球子喜得直蹦高。

秧子说:"这就牢帮啦。"

"将来你要变心呢?"秧子阴了脸说。

"变心？你变心我也不能变心！"球子着急地说。

"你敢起誓？"

"咋不敢起誓！"

两人就站住。

球子伸出手。秧子也伸出手。勾住。

两人齐声说：

"扎红花，穿红袄，我俩从小好到老。"

又齐声唱：

"肉贴肉，筋连筋，一百年不变心。"

唱完了，两人就快活地往回走。

3

庄庄和稼稼去小河里洗澡。

洗完了躺在沙滩上晒太阳。

庄庄的身子黑里透红。稼稼的身子白里透粉。两人舒舒服服四脚朝天，小肚子一鼓一鼓。

庄庄突然想起了什么，问稼稼：

"你知道你怎么来的？"

"我妈生的呗！"稼稼嘴一撇。

"不对，我妈说不是。"

"不是？那是咋来的？"

"我妈说，我们都是从粪堆里刨出来的。"

"瞎说！"

"怎么是瞎说，我妈从不糊弄我。"

"……"

"我问我爸，我爸也说是。"

"我爸妈咋没跟我说？"稼稼似信非信。

"这事光让小子知道，小姑娘知道没用。"庄庄神气地说。

"谁家想要小孩，就到粪堆去刨。"见稼稼不吱声，庄庄又说。

"啊……妈呀！"稼稼信了。

庄庄大人似的眯着眼睛看云。一会儿，想起了什么，扑楞坐起，指着自己说：

"稼稼，你知道小姑娘为啥没鸡鸡吗？"

稼稼大瞪眼睛，说："不知道呀！"

"那你就不知道吧。"庄庄故意卖起关子。

"你说嘛！"稼稼催道。

"……"庄庄又躺下来，闭上了眼睛。

"你不说，我就不跟你好了！"稼稼说着，站起来要走。

庄庄忙说："别呀，告诉你还不行吗？"

"你说呀！"稼稼坐下来，挂着下颌认真听。

庄庄正儿巴经地说："开始都有，刨出来的时候，是腊月天，有的就给冻掉了。"

"那我的也给冻掉了？"稼稼诧异地问。

"也给冻掉了。"庄庄肯定地说。

沉默了一会儿，稼稼扑闪着眼睛说：

"要是夏天刨就好了！"

虚事二题

迷幻

  他就那么笑吟吟地望着她。
  头上的雪白绷带更衬托出他绝伦的英武。他说:"我送送你。"
  "你的伤口还没好!"她柔声说。
  "我们每天都做死的准备。"
  他们慢慢走上了那条绵长的路。
  他的眼睛炯炯有光,鼻梁挺拔,嘴角威严。
  她娇好的身姿刚巧到他的颈部。
  月亮高挂中空。两人一身白色。
  他握住了她的手。她有些冷。
  她情不由己地靠近了他,秀发摩挲着他的耳际。
  "这时候我很幸福。"他低下头看着她说。
  "你真是头一次接触……"她没说出"女人",她还想说"像你这样威武英俊的军官"。
  "残酷和冷血是行伍的特质。"他沉重地说。
  "现在是解放了吗?现在。"
  "是春天摇醒了我。"他眼睛一闪。
  清冷的路边枯草瑟瑟。
  她倒在他的怀里。她忽有一种靠近虚空的感觉。她仰脸望着他,他脸色青白,她知道这是月光的作用。

沙沙的脚步。她只听到自己的声音。

"你走路怎么没一点声音?"她问。

"十年军旅的艰苦跋涉,使我们与常人的差异越来越大了。"他幽幽地说。

"现在不是好了吗?和平时期。"她歪着头问。脸上微微染上了红晕。

"我灵魂里已有了深刻的记忆。"他声音里透着苦涩。

"我现在理解你们了。"她诚恳地说。

"我十分留恋明媚的生活。"他颇多感慨。

月亮渐渐淡了下去,启明星隐隐升了起来。她的家到了。

"快四点钟了,你又陪了我一夜。"她欢喜里夹带着抱歉。

他立住了脚步。

"我进去了。你赶快回去睡个觉,下次见。"她依依地望着他。

他冲她微微一笑,旋转身,无声息地走了。

她来到门边,仍留恋地回头顾望。这时候,天还没亮,左近"喔"的一声鸡鸣,他迅速地消失了。

"他走得真快。"她自言自语地说。

"天天三点多回来,这上的是什么班?"吃晚饭的时候,她还在睡觉,妈催醒了她说。

"人不是说了嘛,这阵子加班加点。"她撒娇地搂住妈的脖子。

"加班加点也该有时有晌啊,咋能连着半月一月呢,谁受得了!"妈心疼地抚摸着她的头发。

"没事,白天睡觉更香,又不是我一个人。"她故作轻松地说。

"还没事呢,眼窝都抠进去了,就是缺觉。"妈的眼睛有了泪光。

"妈,真没事。从现在开始我一定多吃多睡,胖起来给你看,行啵妈?"她慌起来,她就怕妈这样。

她就拼命吃了两碗饭。

下零点班的时候,他已在路口等着她。今晚无月,周围一团黑。偶尔的一点亮光便映出他头上绷带耀眼的白。

"你每天送我,真让我难为情。"她牵起他的手说。

"我盼望的就是这一刻。"他把她揽在肩下。

两人慢慢地走。

"今夜太黑了,我有点怕。"她贴紧了他。

"在我这儿是白天。"他搂紧了她。

"你头上的伤还没好?有一个月了。这么重吗?"

"功勋和死伤都是军人的标志,我更喜欢血染周身的一瞬。"他眼里射出威严的冷光。

"你能讲讲那次事故的经过吗?"

"流血是军人的责任,不管是什么时候。"

到达中途的时候,斜刺里有条小路。

"到我那里坐坐吧,你还一直没到我那里看过。"他把嘴凑近她的耳朵说。

"哦,你终于邀请我到你那里去啦。"她高兴起来。

一会儿,他们来到一座砖房前。

她感到奇怪,她还没注意到,这座房子就突兀地出现在面前了。

到底是军队,她想。

室内摆设很简单。他指着左厢一个一尺多高的树墩让她坐上,自己也坐下来。

"一无所有,什么都是简陋的。"他略带抱歉地说。

"那次,"他又说,"我们在岗下施工,一块预制板突然就掉了下来。实际上下面并没有人,不过全连唯一的一架收音机正放在那儿,除武器外,这是全连最贵重的财产。我急了,抢上一步,想把它挪开。那预制板正砸在我的头上。收音机也没保住,都碎了……"他下意识地在头上摸了一下。

"都碎了！哦——"她大吃了一惊，"你，真能开玩笑，到底有多重？"她白了脸。

"都过去了，受伤的地方医生给我复了原。"他微笑着说。

"……"

"这里太阴冷，你不宜多待。"他站起身，伸手拉她起来。

他们又回到了老路。

到家的时候，他立住了。他搂她入怀，轻轻地在她额上吻了一下。

她感觉他的唇极凉，但她心却极暖。她听到了自己的心跳。

"你一定很冷，下次要加衣服。"她关切地说。

"我走了。"他就走了。

她要拍门的时候，鸡就又"喔"地叫了起来。她习惯性地回头顾望，他的影子又早不见了。

这次她不奇怪。今夜无月。

"我打听了，你们零点就下班，哪加班加到两三点钟！这是咋回事？"爸大不解地问，那样子毫无含糊的意思。

"……"她惊慌地红了脸。

"是不是在搞对象？"爸紧追不舍。

"……嗯。"她无逃路地点了头。

"他是干什么的？告诉爸。"爸面无表情地说。

"军人。"

"哪里的军人？"

"驻防施工的。"

"哦？这儿没听说有驻防啊？施工的就更没听说了。"

"爸你真是，人家还能骗我。是个军官，而且受了伤。"

"叫什么名字？"

"李剑鸿。连长。"

"爸不是不信，你是我闺女，爸妈就不兴问啦？"

"他们施工驻地离我们这儿不远。"

"这儿我熟透了，真没听说有施工的部队呀。多长时间了？"

"一个月。"

"哦——"

爸出去了大半天。

太阳斜照的时候，爸急匆匆赶了回来。

妈推醒了她。

"快快，快起来！"妈一脸惊慌。

"走走，都跟我去！"爸脸色铁青。

于是大家都跟爸去。一家人，还有几个邻居。

她跌跌绊绊不知所以。

中途的时候，爸领着他们向斜刺里一条小路奔去。

她恍然明白了许多。她想，那简陋的房子就要出现了。

多少分钟后，爸驻了步，人们都驻了步。

一座坟茔出现在眼前。

坟的四周绿草葱茏，坟左一个一尺多高的树桩，坟前一截花岗岩石碑。

碑文刻道：

李剑鸿烈士之墓

李剑鸿烈士辽宁丹东人一九四六年入伍历任班长排长副连长连长陆军中尉一九五六年八月十三日支农施工中为抢救国家财产不幸牺牲时年二十八岁……

中国人民解放军××××部队立

一九五六年十月七日

红幻

他向她健步走来，火红色的运动衫熠熠闪烁。

他来到她面前，站住了，粲然一笑，说："傍晚，约你到落虹桥玩好吗？"

她莫名其妙。她感到这太唐突了。她仔细地看了他一眼，这一眼，让她无法说出拒绝的话。

"能赏光吗？"他又问了一句。

"哦，我不认识你呀！"她闪着眼睛歪头问。

"这不就认识了吗！"他微笑着说，目光如水。

"这……看有没有时间啦。"她有些迷乱。

"好。我等着你。不见不散。"他坚定而又极富信心地说，然后转身离去。

她久久望着他的身影。

忽然，他走着的脚下涌起一片汪洋，他火红的身影被迅速地淹没了。

她啊地叫了一声，惊觉而起。

这是一个梦。

栩栩如生，如真的一样。真是一个梦。

这梦！

傍晚的时候，她没有去。

他又向她走来。火红色的运动衫依然熠熠闪烁。

他来到她面前，站住。他凝视着她，莞尔一笑，说："你怎么没来，让我久等。"

她面对着他，不知如何作答，心怦怦跳，脸上微热，说："我……"

"昨天，也许你有事。那么，今晚肯赏光吗？傍晚，还是老地方！"他微笑着，挺拔的身材在火色映衬中透出非凡的俊美。

"嗯！我……"她有些慌乱，不知是惊是喜。

"一定赏光哦！"他叮嘱了一遍，美目流盼，信心如昨。

"……"她心旌摇动，面生桃红。

他回转身，健步离去。

她拉不住自己的眼睛，持久地送着他。

忽然，他走着的脚下一片汪洋陡然涌起，他火红的身影迅速地被淹没。

她啊地叫了一声，翻身坐起。

又是一个梦。

栩栩如生，如真的一样。确是一个梦。

这梦？

傍晚的时候，她向落虹桥的方向望了望，没去。

他已来到她面前。火红的运动衫灿烂如血。

他微含怨憾，但愠色一闪即逝，宽宏地一笑，牙如排玉，说：

"你一定有事，或有什么想法。可我却是一片真心，请你相信。"

"我……本来想去的，可我……觉得像梦一样。"

"这时候，我们都是真实的，我袒露我的真诚。"他略带怨艾和疲惫。

"那么……我觉得真对不起你！"她睇视着他的眼睛，心生怜意。

"如果我再受拒绝，就不会有幸福的机会了。"

他眼里闪出泪光。

"那么，我……答应你。"她立刻受了感动，心头一热。

"还是那儿，老地方，我等着你。"

"嗯，傍晚？"

"傍晚，不见不散。"

他掩饰不住地露出欣喜，深情地望着她，良久，回转身，轻轻地走了。

她一如他，钉住了一般，酣痴如醉。

忽然，那可怕的汪洋又卷地而起，迅猛吞没了他火红的身影。

她啊地惊呼起来，周身汗透。

还是一个梦。

栩栩如生，如真的一样，还是那个梦。

这梦！！

傍晚的时候，她向落虹桥走去。

落虹桥下密密麻麻围满了人。

她不知所然。问起旁人，说是下午，一个残疾人从桥上掉到水里，快沉的时候，一个穿火红色运动衫的年轻人，纵身跳了下去，把残疾人推上岸，自己却没上来。四个小时了，才捞出人……

她一惊，忙用力挤进人丛。只见地中央躺着一个人，脸罩白布，身上穿着火红的运动衫。

这时，满天的霞光落下来，与地上的火红映成一色。

1990年初夏于复旦南区

进香

邪火说起就起,满屯子都去烧香。

事从鼠眼老张口出。

夜黑做梦,梦一白胡老头。老头教去烧香讨药,吃了脖子病包好。有鼻有眼,真真亮亮的。第二天一早就去土地庙,烧香上供,真就讨回两撮药,吃了,脖子立马见细,贼灵!

鼠眼老张说。

人听了,都摸脖子,都羡慕鼠眼老张。

屯子叫脖子屯,个个有粗脖子病。

奸的想,咱们也去讨药,没准也行。想着就去了,竟也讨回药来,指甲大的一块不知什么,就着水喝了。第二天一摸,觉着脖子也苗条一圈儿。贼灵!就吵吵出去了。

炸了似的传开。

人们就都去烧香,都去讨药。基本都灵。

土地庙青烟袅袅,香火旺盛。

显着虔诚,供品越来越好。馒头,鸡蛋,粉条,炖肉,朝子糕……最后上了猪头。

支书童九慌了,找村长老庄。开支委会。

"迷信不得,"童九说,"不压,上级知道就坏了!"

"他们说挺准的。"不知谁说。

"鼠眼老张瞎眉唬眼的一屁两谎,恁准?"老庄说。

"准，准个屁。猴子配骆驼，玄啦！"支委甲喷口烟说。

"沙子大，刮碗里就算药。"支委乙说。

"老陈婆子讨个水老鳖，吃了。"支委丙说。

"点灯熬油，啥不往里飞。都是药。嘿嘿。"支委丁说完就笑。

"嘿。嘿嘿。嘿嘿嘿嘿……"支委们都笑。

"得治。"童九说。

"治。"老庄说，"不治还行？"他抹了把头发茬子，又说，"这个屯子，两天没事，三天早早的。"

"给好日子不过。三天不打，上房揭瓦。"

"咋治？"

"嗯，咋治？"

支委们都挠头，没招。

"不好治。"

"甚叫不好治？非治不可！"老庄把腿盘到炕上说。

"干脆，罚款。"

"不中，不是路。"

"开会教育。"

"教育？教育你吧，老猪腰子硬着呢，不进盐酱。"

"把鼠眼老张捆来斗一顿。"

"这不兴了。谁还敢来这套，屁眼拔罐子，找死嘛。不成。"

支委们又都挠头。

"这帮老家伙，"老庄说，"拿他们还没辙了。"

"嘿，有了。"突然童九一拍大腿，"考你们一考。"

"考啥？"支委们齐声问。

"咱脖子屯的待遇是啥？"

"那还用问，免费医疗呗。"支委们异口同声。

"这不结了，"童九说，"不免费医疗吗，讨药烧香的，一律不报药费！"

"从今儿个开始。"童九又说。

"好法儿。"支委们又异口同声。

"不是信神吗,神给药,还用治病?"

"报,报个鬼!"

呸,老庄吐口痰,说:"贴出去,治他们拉稀!獾子写,现在就写。"

獾子就是支委乙。獾子立刻就写。

红纸黑字。

第二天,屯口连贴告示三张:

凡本屯群众,有迷信烧香讨药者,即日起一切医疗费用自理,不予报销……云云。

追忆似水年华（代后记）

这是一篇迟到了近三十年的文字。尽管韶华不再，但重拾当年那份激情，涌上心头的如潮波涛仍久久不能平复。

从20世纪80年代初开始，文学如一根魔棒令无数文学青年如醉如痴，义无反顾地摸爬探索，而我就是这无数人中十分幸运的一个。那时，我所供职的大庆石化系统乃是全国工资福利待遇最好的单位之一，同时宣传部门的岗位又给予我从事文学创作极大的便利，为此，无论是省市报纸，抑或文学刊物，凡有作品发表都会得到相应的荣誉，因此在北京鲁迅文学院进修乃至后来的复旦作家班学习，都毫无例外地得到本单位公派待遇，从而在经济上有了稳定的保障。至今，我对给予我决定性支持的领导和有关人士仍心存感激、念念不忘。记得1988年，中石化系统评职称，我因刚刚在省级大型纯文学刊物上发表一部中篇小说并借此加入省作协，同时又具备大专学历而一步获评助理政工师，工资待遇随之上调至工程师层级。正是这些看似平俗的事实保证了我在复旦期间得以从容地学习、创作、交友，并收获了丰厚的回报——这部涵盖了我主要创作成果的小说集。

事实上，在校期间，我就开始了这部集子的编撰工作，大部分作品陆续发表出来，初步具备了结集出版的条件。此项工程得到了老师们的大力支持，贾植芳老先生亲自题写了书名，陈思和老师百忙之中为本书作序。说到这点，陈思和老师专门提到，《上海文学》主编周介人老师讲起的那篇短什《风瘫》在《上海文学》发表后引起的争议,如同我第一部中篇《水乡旧事》在《东北作家》发表后引起的争议一样。我特别感谢陈思和老师,作为学院派文学理论和文学评论的领军人物,他毫无推辞地为本书写序,并认真审阅了全部书稿,继而写下了饱含真知灼见的序言,同时也是一篇上乘的文学批评论述。陈思和老师在序言中,不但准确地肯定了发表在《民族文学》上的短篇《走进古堡》较为纯熟的艺术水准,更高度评价前述《上海文学》上的那篇《风瘫》"力透纸背"……如此抬爱实在令我受宠若惊。在聆听思和老师文艺理论谆谆教诲的同时,受其锦囊明旨点拨实属不易。在离校二十多年后的今天重新编校此书并重新拜读老师为拙作所作的这篇序言的时候,则深刻印证了我的同学聂茂博士对此富有深意的评断——弥足珍贵!也正因如此,沉寂长久的创作之火或许渐渐复燃。远离文学的传奇经历恰恰是绝佳的创作富矿,当学识和经历皆已充沛完备的时候,继续沉寂便是对生命的不负责任的耗费,同时也是对饱含期待的老师们的辜负。近三十年前,当上海新华书店隆重推出七卷本巨著《追忆似水年华》中译本,而自己捷足先登抢购到手并通宵翻阅的时候,伟大的普鲁斯特恰恰是在那座阁楼里重现他青少年时期的绝代风华。

2018 年 12 月 20 日于贵阳

图书在版编目(CIP)数据

走进古堡/箫声曼著.—上海:复旦大学出版社,2019.8
(复旦大学中文系"高山流水"文丛/陈引驰,梁永安主编)
ISBN 978-7-309-14435-2

Ⅰ.①走… Ⅱ.①箫… Ⅲ.①中篇小说-小说集-中国-当代 ②短篇小说-小说集-中国-当代 Ⅳ.①I247.7

中国版本图书馆 CIP 数据核字(2019)第 157352 号

走进古堡
箫声曼 著

出 品 人　严　峰
责任编辑　赵楚月

复旦大学出版社有限公司出版发行
上海市国权路 579 号　邮编:200433
网址:fupnet@fudanpress.com　http://www.fudanpress.com
门市零售:86-21-65642857　团体订购:86-21-65118853
外埠邮购:86-21-65109143　出版部电话:86-21-65642845
常熟市华顺印刷有限公司

开本 890×1240　1/32　印张 8.375　字数 200 千
2019 年 8 月第 1 版第 1 次印刷

ISBN 978-7-309-14435-2/I·1165
定价:42.00 元

如有印装质量问题,请向复旦大学出版社有限公司出版部调换。
版权所有　侵权必究